13
Dungeon Master
wants to sleep now
orever...
ダンジョンマスターが
惰眠をむさぼるまで

「ケーマと添い寝……♪
ネルネぇ、そのまま押さえてなさい」
犬耳幼女
ニク
第695番ダンジョンコア
ロクコ

「嫌ならで命令してくださいねー？
……でも嫌じゃないからそうしないんですよねー？」
魔女見習い
ネルネ
ダンジョンマスター
増田桂馬

第89番ダンジョンコア
ハク
ケーマ、奴隷に!?

『ロクコちゃんと添い寝したそうね？』
俺の首にかちゃりと首輪が着けられた。

奴隷勇者
ワタル
アイディのマスター
セバス
「さぁ、決闘《踊り》しましょう。
セバス、エスコートしなさい」
第666番ダンジョンコア
アイディ

「かかってくるが良いのである――」
大武闘大会チャンピオン
第50番

CONTENTS

Dungeon master wants to
sleep now and fo

絶対に働きたくないダンジョンマスターが惰眠をむさぼるまで 13

鬼影スパナ

OVERLAP

イラスト／よう太

◆プロローグ

「なぁ、俺らはいつケーマさんの村に行けるんだろうな、ウゾー」
「……さぁ？　でもそろそろ金は返せるんじゃないかな、ムゾー」
かつてケーマに助けられたこともあるCランク冒険者ウゾームゾー兄弟。彼らは、今、魔国にあるとある町でハンターをやっていた。ハンターとは、冒険者の魔国版の存在だ。冒険者ではなくハンターと呼ばれる所以《ゆえん》は、モンスターを狩る仕事しかないからだ。

大抵の雑用は『魔族』――帝国でいう貴族のようなものと思われる――がアンデッドを使役してこなしているため、魔国では特別な技術が必要な職人や接客業以外には、モンスターを狩る仕事くらいしかないのだ。そして職人や接客業は専門職で冒険者のようにアルバイトでやるには敷居が高すぎる。

ウゾームゾー兄弟も最初こそ町中で荷車を引くスケルトンや郊外で畑を耕すスケルトンに驚いたものの、そのおかげで人々（帝国であったら人というべきか分からない姿形をしているが）がだいぶ優雅な暮らしをしているというので、慣れと共に受け入れた。

で、今日もウゾームゾーは自分の狩れるモンスター、アイアントード（50㎝くらいの硬い肌を持つカエル）を狩って町に帰還してきたところだった。1年以上前、ケーマに魔剣を渡したのち、依頼で魔国領にやってきたウゾーとムゾー。彼らはその依頼中にたまたま魔族のお坊ちゃんを助け、その魔族が治める町で食客扱いとなって暮らしていた。

助けた際にウゾーが怪我《けが》を負ってしまい、その治療費を肩代わりしてもらった。そしてそれを返すまでの間厄介になるという話だったのだが——無理のないペースでということで、もう1年以上掛かっている。

……尚《なお》、依頼の方は魔国にあったハンターギルドで達成報告ができた。冒険者ギルドとは別組織ではあるものの、提携関係にあるらしい。


「それにしても、魔国の人も帝国の人間とさほど変わらないんだな、ウゾー」

「ああ。見た目は面食らうことが多いが、多くは身体《からだ》に魔石があるだけで話ができる『人間』だものなぁ……時に、あの魔女さんと飲みに行ったと聞いたんだが、ムゾー？」

「少しだけだ少しだけ。それに、見事にフラれたよ。魔法にしか興味ないってさ」

「ハハハ、いい気味だ」

相方のムゾーがフラれたのを笑うウゾー。ちなみに彼は前に酒場で働くハーピーの給仕さんにアタックして見事にフラれており、その時笑われた仕返しである。

と、そこに近づく一人の人狼《ワーウルフ》が居た。

「おう、帰ってきたか新入り」

食客の先輩、スクジラだ。彼は相方である人虎《ワータイガー》のシロナガと2人組を組んでいる。ちなみに最初こそスクジラ達《たち》が人狼・人虎であることに驚いたウゾームゾーだが、人間が狼《おおかみ》獣人（獣色強め）に変身できるだけの存在だと気付いてからは殆《ほとん》ど抵抗なく受け入れることができた。人狼の魔石は心臓にあり、外部に露出していないのも要因であるといえよう。

「おい、聞いているのか、新入り」

スクジラは少し狼の鼻を鳴らしてウゾームゾーを呼ぶ。

「……もうここにきて1年以上になってるんだが。なぁウゾー？」

「ああ。いい加減名前で呼んで欲しい所だな、ムゾー」

「む、そうだったな。いいかげん新入りっていうのも可笑《おか》しいか。ええと、ウゾーとムゾー？　でいいのか？」

もふっとした顎に手を当てて訊《たず》ねるように言うスクジラ。

「合ってるぞ。というか俺らの名前が分からないとは思わないんだが。なぁウゾー？」

「そうだな。こうしていつも俺ら名前言い合ってるもんな、ムゾー」

「いやなに。文化の違いっつーもんがあるからな。親しい人にしか呼ばせない名前とかある奴《やつ》もいるんだよ」

そういえば帝国なんかでも貴族なんかは大体が長ったらしい名前で、愛称で呼び合うのは親しい人とされていたりするということをウゾーとムゾーは思い出した。似たようなものだろう。

「なるほど。だが安心してくれ、俺達はこれが本名だ。一文字も略しちゃいないさ。なぁウゾー？」

「えっ、俺実はウゾルダートって名前なんだが。……冗談だ。俺もそのままの名前だぞ、ムゾー、スクジラ」

「ならいい。シロナガが呼んでたからな、付いてこい。ウゾームゾー」

一体何の用なのかと、心当たりを思い浮かべて付いて行く。たぶんまた、稽古をつけてくれるという話だろう。


帝都とさほど変わらない立派な町並みを抜け訓練場までやってくると、そこで錘《おもり》を付けた木剣を素振りしているシロナガが居た。

「おお！　きたな貴様ら！」

「来たけど、また稽古つけてくれるのか？　シロナガ」

「それもあるが、今日は別件だ！」

別件と言われ、稽古以外に何か話すことがあるのかと身構えるウゾーとムゾー。

「今度、闘技大会があるだろ……あれ、お前らも出ろ！」

それは2人にとって唐突な話題だった。

「は？　いや、ちょっとまて。闘技大会って、あの、凄《すご》い奴がたくさん出てくるって話してた大武闘大会のことか？　おいおい、俺ら単なるCランク冒険者だぞ。なぁウゾー」

「ああ。スクジラでも手も足も出ないような奴がゴロゴロ出てくるんだろ？　俺らが勝てるわけないじゃないか。なぁムゾー」

「馬鹿もんッ！　やる前から負ける気でどうする!!　というか、大武闘大会は魔族様が出る大会だ、出るのは闘技大会だっ！」

どちらにしても、出場者は強敵揃《ぞろ》いだろう。

「だが別に優勝しろとは言ってない、貴様らなら2回戦突破でもできれば御の字だろう」

「なら、どうしてだ？」

改めて聞くウゾーに、シロナガが答える。

「まず、貴様らが食客なのに功績がほぼない。これじゃぁ坊ちゃんのためにならん」

「うぐ」

「そ、それはまぁ、なんとなく分かるな」

実際には自分達で働いた金で生活しているのだが、ウゾーとムゾーはこの魔国において食客として身分を保証してもらっていた。

功績らしい功績といえば最初に魔族の坊ちゃんを助けただけ。それは公式に何かの記録が残るようなものではなかった。一応魔国でハンター活動はしているが、それはよほどの大物でも狩らなければ普通の仕事であるし。

身分を保証している方からしてみれば、ウゾームゾー兄弟がそれに見合う存在であると公式大会にでも出てアピールしてくれた方がやりやすい、というわけだ。

「それに、いい経験になると思うぜ？　なぁスクジラ。オメェ前回出てみてどうだった」

「ん？　そうだな……確かにいい経験になった。それに、怪我しても死なねぇ限りは大会運営の方で治してくれるからな。あと勝てば金が出る……本戦の3回戦突破で、金貨5枚だったかな」

金貨5枚。それだけあれば、ウゾームゾーの借金は一気に返せて、お土産を携えて帰国できるだろう。

「っつーことだ。それぞれ2回戦突破でもすりゃ、貴様らの借金くれぇは全部返して釣りも出るんじゃないか？　もう残りもそんなにないんだろ？」

参加するだけでも、腑《ふ》抜《ぬ》けではないとアピールできるとのことだ。そして怪我も心配しなくてよい。勝てばファイトマネーも出る。


色々と好条件だった。これはもう、ウゾームゾー兄弟に断る理由も無かった。

「……別段失敗しても死ぬわけじゃないもんな、ムゾー」

「……まぁダメ元だしな、やってみるか。なぁウゾー」

こうして、ウゾームゾー兄弟は、闘技大会への参加を決めた。

「ムゾー、もしケーマさんが出たらどこまで行くんだろうな？」

「案外、優勝して大武闘大会に出場するかもしれないな。ま、帝国のツィーアにいるケーマさんが出場すること自体ありえないだろうけど」

そんなどうでもいい事を考えていたからだろうか、その日のシロナガによる訓練はかなり苛烈なものになった。

第Ⅰ章

ツィーア貫通トンネルを挟んだ隣村、ドラーグ村関係のあれこれが落ち着き、これでようやく落ち着いて眠れるな、と、一息つく。だが、事件というモノは気を抜いた時にこそその手を差し込んでくるもので。短い平穏はあっという間に幕を下ろした。


「ロクコちゃん、遊びに来ちゃったわ」

「ハク姉様！　いらっしゃいませ！」

そう。俺達の宿にスポンサー様《ハクさん》が御光臨されたのだ。わざわざ正面の入口から側近のクロウェさんを伴い堂々とご来店である。

白の女神と言われて信仰されるほど神々しいハクさん。ウサギダンジョンを使ったダンジョンバトルから結構時間が経《た》ってただろうか？　それとも何かしら俺に釘《くぎ》を刺しにでも来たんだろうか。

なんにせよゴレーヌ村へは久しぶりの来訪である。スイートルームは全く問題なく使用可能、おもてなしの準備はいつだって万全。ハクさんを見て拝んでいる冒険者どもは放置して、応接室にご案内した。いや、本当なら即スイートルームにご滞在願いたいところなのだけれど用事があるのだそうで。

応接室のソファーに腰を下ろし、向かい合う俺とロクコとハクさん（無論、ロクコはハクさんの隣だ）。座ると同時に我が宿のメイド長キヌエさんによってそっと紅茶の入ったカップが音もなく配膳される。もちろんダンジョン産で最高級のいい茶葉だ。俺にはあんまり違いは分からないけれども。

「それで、今日は何の用があったの？」

紅茶を一口飲んで一息ついたハクさんに、横に座るロクコが尋ねる。

「あら。ロクコちゃんに会いたかっただけ——と言えたらよかったのだけれども。今日は先日の約束を果たしに来たのよ。クロウェ、アレを」

「はい、お嬢様。……ケーマ様、こちらを」

約束？　と首を傾《かし》げつつも、クロウェさんから赤い封蠟《ふうろう》のされた白い封筒とペーパーナイフを受け取る。……今すぐ開けろって？　はいはい。一体何が書かれてるのかなー楽しみだなーっと。ぴっぴっ、とペーパーナイフで封筒を開け中の手紙を取り出す。えーっと何々？

「……『魔国大武闘大会ご招待のお知らせ』、ですか？」

手紙にはそんなことが書かれていた。というか手紙なら別に『白の砂浜』経由で手紙だけくれればいいのに。いや、先日の約束、ということはこれはもしかして。

「その大会の賞品が『神のパジャマ』なのです」

「ああ、そういう事ですか」

先日のダンジョンバトルの報酬として、ハクさんから神の寝具の情報を貰《もら》うという約束をしていた。先ほどハクさんが言っていた約束とはそのことだったようだ。

「情報手に入れるのにも苦労したのよ、色々。なにせ魔国といえば敵国ですし」

「……もしかして魔国に行くには許可が必要ですか？」

敵国ともなると、国境とか関所とか色々と厄介な手続きとかも要るのではないだろうか、そもそも許可が必要でハクさんのお許しが無ければ出国すらできないのでは？　と思って聞いたのだが、ハクさんはニコリと笑って否定した。

「いいえ誰でも行けますよ。ただ、身の安全が保障できないだけで」

「それ許可が必要って事じゃ……」

「ちょっと違います。……そうね、帝国の使者として行くことで絡まれにくくなるって感じかしら」

この場合、問題となるのは帝国側ではなく魔国側とのこと。曰《いわ》く、魔国はアイディや564番コアのように戦闘民族な連中が基本。故に、国の使者とかでなければ確実に絡まれた上で負ければ奴隷になるような、そんな世紀末的国家らしい。でも使者として行ってもやっぱり絡まれるそうだ、何それ怖い。使者という肩書に牽制《けんせい》くらいの効果しかない。

「というわけで、ゴレーヌ男爵には帝国からの使者として魔国大武闘大会に行ってもらいます。いいですね？」

いつもの呼び名ではなく、半ば自分でも忘れていた俺の爵位をわざわざ付けて言うハクさん。これたかが男爵ごときが断ったら首が飛ぶやつですね、物理的に。

「ん？　ハク姉様。行ってもらうってだけで、参戦しろ、じゃないんですね？」

「あら。バレちゃった？　うふふ、ロクコちゃんは偉いわね」

と、ハクさんはロクコの頭を優しく撫《な》でた。

大武闘大会には化け物じみた、もとい化け物そのものの魔王派閥ダンジョンコア達《たち》も多数参戦しており、しかもダンジョンバトルではなく個の武勇を競う戦いである。……種が割れてしまえば、ハクさんも俺にそもそも勝ち目があるとは考えていないらしい。

「ドラゴンを平伏《ひれふ》させたというゴレーヌ男爵なら良い所まで行くでしょうが、優勝は無理でしょうね。単に観戦してくればいいというだけです」

無論、これは『神のパジャマ』が誰かのものになるのを指を咥《くわ》えて見ていろとかいう嫌がらせではない。帝国の使者として行くことで、『神のパジャマ』を手に入れた誰かと交渉し、入手できる可能性が出てくるのだ。

つまりハクさんの純然たる好意による『神のパジャマ』入手チャンスということだ。

……それでもロクコが口出ししなかったら俺を強引に参加させて亡き者にしようと考えていたのでは？　という線は消えないけれども。

「なるほど。ありがとうございます、謹んでお受けします」

「どういたしまして。名目としては文化交流の留学という形になります。帝国の名を貶《おとし》めることの無いように……それと、ロクコちゃんのこともしっかり守るように」

「はっ、かしこまり——え、ロクコも連れて行くんですか？」

てっきり俺1人で行ってこいとかいう話だと思ったのに。これには俺だけでなく、ロクコも驚いた。

「私も行っていいんですか？」

「666番が会いたいそうよ。ああ、本当はあんな野蛮な国にロクコちゃんを行かせたくないのだけれど。6番との交渉もあって断り切れなくてね」

「アイディが？　なら納得ですね」

666番コアことアイディはロクコとお友達である。ついでにハクさんにロクコが溺愛されているように、大魔王の6番コアに溺愛されているのがアイディだ。あのいかつい爺《じじ》様がどう溺愛してるかといえば……魔王流の稽古を念入りにつけてくれるらしい。アイディもそれを喜んでいる。

もしロクコとアイディが揃《そろ》って同盟結んでくださいって言ったらあっさり友好国になるんじゃないかな。……さすがにそれはないか。

「ロクコちゃんは建前として文化交流大使という役職にしてあります。存分に666番コアと交流するといいわ」

「まぁ！　ありがとうございますハク姉様！」

文化交流大使。うん、まぁ一緒にお茶するのも文化交流だよね。

「ついでに、ロクコちゃん不在のダンジョンをしっかり守るためにミーシャを派遣しますので、良いように使ってください」

「いいんですかお姉様？　ミーシャってあれでも帝都のギルドマスターでしょ？」

「いいのよロクコちゃん。どうせ昼寝してるくらいですし……」

「なんかケーマみたいで親近感ありますね」

奇遇だな、俺もミーシャとは気が合うと思ってるんだ。

「それにしても魔国ってどんなところかしら。アイディからは少ししか話を聞けてないのだけど、毎日ダンスパーティーだとか言ってましたっけ」

「ダンスパーティー？　ああ、666番が言ってたならそれは決闘や乱闘のことでしょうね。だから魔国を一言で言えば……蛮族の国かしら」

的確な表現なんだろうな、と、俺は漠然と納得した。

「……ロクコちゃんの護衛、私の手の者も付けますけど、よろしくお願いしますね、ケーマさん？」

「アッハイ」

こうして、俺とロクコは魔国へ行くことが決定した。

「で、ハクさん。俺達はいつ頃留学することになっているんです？」

「再来週よ。留学期間は1ヶ月ね」

ほう。再来週から1ヶ月。

「だから来週の終わり頃には帝都に来て頂戴ね」

「分かりました」

半月後となるとまだ余裕があるが、本来ならこの世界で移動にはかなり時間がかかるものなので、ギリギリの連絡とも言える。【転移】とかダンジョンの機能でぴょーんとワープできない限り。まぁハクさんもそこら辺の事情を色々考慮しての連絡だろう。実際余裕だし。俺達は「『欲望の洞窟』から『白の砂浜』経由で帝都へ」の短縮ルートが使えるので。

「それじゃ、表向きの要件は済んだから……んんっ」

ハクさんが咳払《せきばら》いし、チラチラとロクコを見る。

「……ロクコ。あとは頼んだぞ」

「ん、分かったわ。さ、お姉様。いっぱいもてなしてあげますからね！」

「ふふふ、楽しみだわ」

晴れやかな笑顔でハクさんはロクコに手を引かれて行った。

今回の滞在も満足いただけるものになったようで、翌朝ハクさんはたっぷりのチップを置いて「再来週、待ってますからね！」と名残惜しそうに帰っていった。

＊＊＊

というわけで俺達は留学の為《ため》に支度をすることになった。とはいえ、そんなに慌てる必要もない。1ヶ月分の支度となってもだ。

「まぁ、DP《ダンジョンポイント》あれば大体なんとかなるよな」

「そうね。……となると、キヌエの料理とか？」

前に帝都へ向けてワタル達と旅行したのを思い出す。あれみたいな感じで良いだろう。なにせ俺達はDPカタログという、DPさえ持っていけばなんでも手に入るチートのようなシステムを持っている。前回帝都へ向かったときと同程度の旅支度に加え、持ち物の不足があってもDPで買えばいい。気楽なものだ。

尚《なお》、魔国に向かうにあたり、お付きをそれぞれ1名、計2名まで連れていけるという事になっている。誰を連れていくかと言えば、まず護衛として外せないのはウチの最高個人戦力であるニク。そしてもう一人だが――

「マスター、私も魔国に行きたいですー」

意外なことにネルネが立候補した。

「メンバーはまだ確定じゃないんですよねー？」

「そうね。帝都へ行った時のメンバーだとイチカなところだけど……どうするケーマ？」

「ネルネが行きたいって言うのは意外だな。何か理由があるのか？」

イチカだったら魔国の食べ物を食べに行きたいとかいう理由で行きそうなところだけど。

「魔国はですねー、魔道具の研究が盛んなんですよー？」

蛮族の国、魔国。それはつまり年中戦争しているような状態である。そして戦争と言えば欠かせないのが技術革新。そんな因果関係で、魔国では戦争に使えそうな魔道具の開発がとてもお盛んで、成果は民間の魔道具にも転用されているとのこと。

「総合的には帝国の魔道具も素晴らしいのですがー、帝国は概《おおむ》ね勇者工房って錬金工房のおかげですねー。しかしここの技術は外部には秘匿されてるのでー……格差が激しいんですよねー」

一方、上と下で歪《いびつ》なまでに大きな隔たりがあるのが帝国の魔道具研究界隈《かいわい》らしい。魔国の場合はちょうどその隙間を埋めるかのように広がっているとの事。

「つまり、真面目に留学する機会なわけか……」

「ですですー。連れてってくれたらー、今後の魔道具作りの成果でお応えしますよー？」

パーティーメンバーという枠を考えるとイチカを連れてくのが安定ではある。文化交流の建前もあるなら、人付き合いが上手《うま》いイチカは魔国でも柔軟に対応してくれることだろう。魔国の美味《うま》いモンとか見つけまくってくれるに違いない。前の旅行の時も大活躍だったし。

「そうか？」

「ケーマ、今回はネルネの方がいいと思うわ」

「イチカは確かに便利だけど――今回は留学なんでしょ？」

ロクコのその一言が決定打となった。

確かに、ネルネの方がイチカよりも魔国で得られるものは多そうだ。魔道具についてのプレゼンもやる気が感じられて評価が高い。

それに、留学の成果を出せと言われた場合でもネルネなら代わりに魔道具を作ってくれるだろう。うん、ハクさんなら留学の成果が出せなかったらそれはそれで文句をつけてくるに違いないだろうし、今回はネルネだな！

「そうだな。魔道具の技術を学べるなら後々ダンジョンの役に立つだろうし」

「んじゃ、そういうわけだからネルネもしっかり支度しなさい。【収納】は覚えてたかしら？　まだならスクロール渡すわよ」

「わーいー、ありがとうございますロクコ様ー、マスターー！」

――こうして、今回連れていく最後の従者はネルネに決まった。

イチカにはお土産で我慢してもらうとしよう。とても残念そうにしていたが、【収納】に入れとけば現地の出来立てそのまま食べられるし、魔国の屋台で色々買ってきてやることにする。楽しみにしといてくれ。うん。


「ところでロクコ。ダンジョンや宿のシフトは大丈夫か？」

ふと思ったことをロクコに聞く。

「ん？　そうね、確かに少し調整しないといけないわね。……折角だし、ダンジョン管理用のモンスターを増やしてもいいかしら？　もう1人くらいダンジョン番のモンスターでも呼んでおいた方が良いと思うのだけど」

一理ある。現状、ダンジョンの管理についてはエルフゴーストのエルルが不眠不休で当たっており、しかもお隣の娘《イグニ》さんが遊びに来たらその相手もするのだ。……アンデッドで休みが必要ないとはいえ、エルルは元々一般人。個人の人格を尊重するならオフトン教的にはしっかり休ませなきゃダメじゃないかなこれ。


というか、他のダンジョンモンスターのメンツもよく考えたら酷《ひど》くないか？　レイはオフトン教の聖女として忙しいしキヌエさんとシルキーズも宿の仕事が。ネルネは研究に邁《まい》進《しん》しているし今回は俺達のお付きで留学だ。指輪サキュパスのコサキは対夢魔の護衛だし、あとは魔剣のシエスタやロクコのペット達とネズミと……

あれ。ウチのダンジョンのネームド、碌《ろく》なモンスターいないな。テンさんこっちに連れてくるべきだろうか。いや、テンさんはテンさんで『白の砂浜』のまとめ役《ボス》だった。

……オフトン教教祖として、もっとみんなを休ませなきゃならん使命があるのではなかろうか。となると、ダンジョンの管理専用のモンスターがもう1人くらいは欲しいところだ。

「ロクコ、ガチャ回してみるか？　いいのが出たらダンジョン番にしよう」

「お、良いわね！　やるわ！……何DPガチャのにする？」

「うーん、1万Pかな？」

「ま、そうね。また10万Pガチャ回してみたかったけど、それだったらレイ達《たち》みたいなの増やせばいいし。とりあえず1回だけやってみましょっか」

というわけで、念のためコアルームに移動。ここならどんなモンスターが呼び出されても問題ない。ロクコは早速メニューを開き、1万DPガチャに手を伸ばした。

キュイン！　と魔法陣が広がる。いつもの演出。果たして求めるモンスターは出てくるのか――と見ていると、魔法陣から、パンダがにゅいっと出てきた。

「……白黒の熊？」

「……パンダ、だな？」

身長1m程の、パンダ。……これはロクコのペット枠かな。まぁ、熊の一種だし多少は戦力になるかもしれないが……なぜパンダがここに……？

「あ、ケーマこれ、ただの熊じゃないわ」

「うん？　まぁパンダだけど、なにかあったか？」

ロクコの指差した先——その尻尾には、10㎝くらいの小さな宝箱がくっついていた。

「……ミミックね！」

「ちょっとまて」

ミミックってあれだろ、宝箱に擬態して冒険者を襲う奴《やつ》。なんでそれがパンダというか、宝箱小さすぎというか。なんだこれ。なんだよこれ。

「あ、見てケーマ！」

「……はぁ？」

と、パンダは俺達の目の前で宝箱に入っていった。……10㎝くらいの、小さな宝箱に。しゅるんっと吸い込まれるように。そして、残された宝箱がことりと床に落ちた。時空魔法でも使ってんのかな。と、片手でつかめるほどの宝箱を拾う。手乗り宝箱だ。重さもそれほど感じない。……でもそれだけかな。どうしろってんだコレ。ミミックマ？　いや、ミミックパンダか。

「ダンジョンで使うには異色すぎるな……やっぱりロクコのペット枠か」

「お、それはそれで嬉《うれ》しいわね。ふふふ、じゃあ今日からあなたは——パックよ！」

パンダ箱《BOX》、略してパックって感じかな。詰め込《パック》むとも掛かってて良いんでないの。どっちも偶然かもしれんが。

　こうして、ダンジョンの管理人はさておきロクコのペットが増えた。……ダンジョンの管理用モンスターは別枠で何か呼ばないとな。

　というわけで改めてダンジョン管理用のモンスターを召喚するためにDPカタログを開く。パンダの入った小箱をパカパカ開け閉めするロクコと共に、候補を検討……やめなさいロクコ、パンダが困ってるでしょ。開け閉めするたびににゅるっと出入りするのが面白いのは分かるけど。

「……なんかこう、ダンジョンの運営を淡々とこなしてくれるようなのってないかな」

「知性がありつつ淡々と……んー、エルルを考えるとゴースト系？」

「ゴースト系は当たり外れが大きい気がする」

　エルルはたまたま大当たりだったが、前に564番コアとのダンジョンバトルで見たゴーストは勝手にボス部屋を離れてしまう程に馬鹿だったし。

「とりあえず、ダンジョンの管理となるとエルル同様レイの部下よね」

「となると吸血鬼のレイと相性がよさそうなのを選ぶべきか？」

　ミミックパンダの小箱をパクッと閉じてポケットにしまうと、ロクコは俺の隣に座ってカタログをのぞき込む。不意打ちでふわりと良い香りがした。

「あー、鬼繫《つな》がりってことで……『オーガ』はどうだ？　って知性あるタイプかな？」

「そっちは微妙だけど、こっちの『鬼』の方ならありそうじゃないかしら」

「『悪魔』も良いかもしれん。これはむしろあるだろ知性。無かったら困る」

「564番コアみたいなのだとそれはそれで困るわよ？　あ、でもカスタマイズ項目多いわね。さすが悪魔？」

「『賢者ウサギ』ってこれミカンの影響だよな絶対……知能は実際どうなのかな」

「ウサギにしては賢者、という可能性も。他のにしときましょ」

そんなこんなで色々話し合った結果、

「とりあえず『妖精』にするか……」

「そうね……」

ダンジョン運営に大きさは関係ない。むしろ下手にボスモンスター代わりになれない方が前線に出て自爆とかしない。外に出ないから知性だけあれば問題ない。というわけで、できるだけ安くて頭が良さそうなのという条件で探したら『妖精』という結論になった。

吸血鬼との関係？　えーと、ほら、羽とか？　まぁもういいよ別に。うん。


が、今から召喚するというのはやめておく。

「レイの部下だし、レイにDP渡して召喚しといてもらおう」

「その方がレイのいう事聞きそうな気がするわ。なんとなくだけど。……今度は強化に使わないように使い道を指定しないとね」

折角なので1体だけじゃなく3体くらい召喚できるＤ Ｐ《ダンジョンポイント》を渡して、後はレイに召喚・教育を任せてしまおう。そうしよう。……いやその、『妖精』のカスタマイズ項目が『吸血鬼』以上に多くてこれ以上は任せた方が効率良いかなって。

性別に身長に羽の有無、伸縮率とか言う訳の分からない項目もあった。属性とかも色々山盛りだ。……【クリエイトゴーレム】とか使わせたいし『魔法の才能』は欲しいよな、うん。

「迷いすぎて私達の留学まで召喚できないままって可能性もあるわね」

「そこは、俺達が留学に行く前に召喚してもらおう。ついでに命名も。メニュー権限の付与もしないといけないし」

「あ、そうか。それもあるのよね。ダンジョン管理用だし」

ダンジョンメニューの権限を付与する権限、みたいなのは（少なくとも今の所は）付与できない。つまりこればっかりは俺かロクコがやらないといけない事なのだ。そして、そのためにはネームドである必要がある。名前のないモブにはダンジョンの管理権限の付与はできないのだ。

マスタールームにレイを呼んで諸々《もろもろ》を説明した。

「私に、直属の部下ですか……！」

「ああ。ダンジョン管理用のな。『妖精』をレイの采配で召喚してくれ。俺らが留学する前に頼むぞ」

「はっ！　心得ました！」

びしっとレイは敬礼する。ロクコはそんなレイに握手しつつＤＰを受け渡した。１体分１万５０００Ｐとして、４万５０００Ｐだ。

「大体３体分渡しておく。『妖精』はカスタマイズ項目多いからな、ダンジョンの運営に向くようにお前の采配で調整しろ。エルルとも仲良くさせるんだぞ」

「はい！　責任重大ですね！　お任せください！」

レイは凄《すご》く嬉しそうだ。まぁ任せたよ。俺達は留学に向けて他の支度するからな。

＊　＊　＊

そして翌日には妖精がダンジョンのマスタールームを飛び交っていた。

赤いの、青いの、緑の、黄色いの……あと他よりでかいの。と、露骨に３匹以上いる……これ10体くらい居ないか？　オイ。

「……えぇ。なんか多くない？」

「多いわね……」

「マスター！　ロクコ様！　お待ちしておりました！」

ニッコニコの笑みを浮かべたレイが俺達を出迎える。

「説明を頼む。俺は3体分と言ったはずだが」

「あ、はい。これは司令塔となる大妖精1体と、さらにその手足となる小妖精という構成です！」

「というと、お値段内訳は、大妖精が1万5000P、残りを3万P……それぞれ3体セットで1万×3ってところか？」

「いえ！　なんとこの妖精。元は1匹なのです！」

「ほほう？」

聞くところによると『分化』というオプションがあり、それで元々1体の妖精がこうして10体ほどにまで分かれているのだという。

「1匹に戻ってスクロールを使えば実質全員分のスクロールになり、その分お得なのではないかと思いまして！」

「なるほど。そいつはお得そうなアイディアだ。良く見つけたな、レイ」

「はは！　お褒めに与《あずか》り恐悦至極に存じます！」

レイを褒めると、嬉しそうに目を輝かせた。きっとニクみたく犬の尻尾があったなら今頃ぶんぶん振られているに違いない。

「それじゃ、これでかかったDPは4万5000Pってことか」

「あ、いえ、実は合計5万Pになってしまいまして……しかし足が出た分は私の貯蓄から補填したので大丈夫です！」

と、笑顔でレイは報告した。いやいや。

「……それレイに給料で払ったヤツだろ。これはダンジョンの経費だから払うよ。ほら」

「いえいえいえ、私が勝手にやったことなので！」

「そこはキッチリしとかないと気持ち悪い。それにスクロールが節約できるならむしろ得だし、受け取っておけ。……ロクコ、やれ」

「はいはーい」

ロクコはレイを逃げられないように後ろから羽交い絞めにした。ダンジョンモンスターなのでそもそも反抗できないが、こうされては攻撃力0のレイには逃げようがない。そして、両手が塞がったままのロクコは――昨日みたく握手で渡せないので、レイの耳をかぷりと噛《か》んで強制的にDPを付与した。

「ひにゃっ！」

「大人しく受け取らないからこうなるのよ？　あむあむ」

「あ、ひぅ、ろ、ロクコ、様ぁっ」

目をぎゅっと閉じ、顔を赤くしてプルプル震えるレイ。DPの受け渡しって低周波マッサージみたいな、電気流れる感じがするんだよなぁ……慣れるとどうということないんだが。普段は手で受け渡してるのだが。と言うか、何気にロクコって耳をはみはみするのが好きなんだろうか？　今度ゴブリンの耳でも差し入れてみるかな……

「はい、きっちり5000P流し込んだわよ」

「くっ……ありがとうございます！　私が勝手にしたことなのに……」

「スクロールが節約できるならむしろ得だからな。なんなら褒美《ボーナス》をやってもいいぞ。何か欲しいものとかあるか？　あまり高いものは困るが、俺に用意できるものなら」

「そんな！　い、いいんですか!?」

嬉しそうににへっと笑うレイ。まぁDPで1万Pくらいまでの品なら良いだろう。

「で、では、私にもマスターの抱き枕になるという栄誉を……あ、いや！　すみません調子に乗りました！　その、マスターの使い古しのジャージなど頂けたらと……！」

「えっ」

レイは俺の想定とまったく異なる要求を出してきて、俺は思わず固まってしまう。

「それなら私の方で保管してるから、1着あげるわね」

「えっ」

これまた想定外のロクコの返し。

「ははぁ！　ありがたき幸せ！」

「ふふん、精進なさい」

「ごめん2人とも待って、ちょっと待って」

俺はレイとロクコに待ったをかけて止める。抱き枕が栄誉とかどういう事なの。ニクが自慢げに話してたりするんだろうか……説明してくれたのむ。

「え？　もっとも無防備な状態のマスター、その側《そば》に仕えられる。これはもはや多大なる信頼が無いとできない仕事ですよね？」

　あ、うん。そういうね。信頼を形にしてる役職って感じね。そうね。言われてみれば抱き枕業務はまさに信頼の表れといっていいね。

「で、なんで俺のジャージなんだ」

「マスターの抱かれ枕《ダミー》を作るためですが？　予行演習には必要ですよね？」

……あ、うん。なんでさも当然のような顔で。なんかもういいや。

「で、ロクコはなんで俺のジャージを保管してたの？　捨てたやつだよね？」

「…………黙秘権を行使するわ」

　あ、うん。黙秘権なんて妙な事覚えやがって。まぁいいか。


「さて。あとは妖精にメニュー権限等々を持たせてやらないとな。レイ、妖精に色々教えて、名前もつけてやれ。お前の部下だからな」

「は、はいっ！　お任せください！」

　よし、考えるのが面倒な命名もレイに任せてしまえば少し楽できる。

「あ、その、実は名前、仮のものでしたが、先に考えていたのですが！　それを付けてもよろしいでしょうか！」

「ん？　仕事が早いな、何て名前だ？　言ってみろ」

「はい！　『エコ・レ・アルファ・ファントム・クイーン・オブ・フェアリー・クリスティア・ファルミナーゼ・トロルキラー・ホブ・ゴブ・メッザルーナ・クインテット・セル・ディビジョン・ネテロ・パルゼッセ・ドリアーノ・ドレアーノ・ポルカ』です！」

「……それは分化した分それぞれの名前か？」

「いえ、1体分ですが」

「却下だ！　長い！」

なんだその寿限無みたいな名前は。覚えきれないしメニューのネームドモンスター一覧表に名前が入り切らないいんじゃないかそれ。逆にどうなるか見てみたいぞ？

「う……長いですか。た、確かに自分でもそんな気はしていました」

「ならどうしてそのまま出しちゃったの……」

「いやぁー……あはは」

と、ここでロクコがじーっとレイの顔を見る。

「な、なんでしょうロクコ様」

「……レイ、あなたさては徹夜したわね？」

「う！　す、すみません！　オフトン教聖女としてあるまじき行いを……！」

あー、そうかそうか。徹夜しちゃったならそういうこともある。仕方ないよな。

「まったく、ちゃんと睡眠とらないと大変なことになるのはケーマに似たのかしらね」

「……じゃあ、ジャージ欲しがるのはロクコに似たのかな」

「はいやめ！　この話終わり！」

自分からふっといて。まぁいいけど。

「レイ、名前が無いと《ネームドじゃないと》メニュー権限付けられないから、妖精の名前は早めに決めてくれよ。……あ、でも最終決定前に教えてくれ。いいな？」

「は、はい」

とりあえず、そういうことで。これで妖精の名前も決まればダンジョンの備えはまぁまぁ万全になるだろう。

＊　＊　＊

翌日には妖精の名前もちゃんと決まったので、メニューから確認してダンジョン管理用のメニュー権限をいくつか付与しておいた。さすがに可能なモノを全て付与するわけにはいかない、新入りだからな。レイとエルルの指導の下、頑張ってくれたまえ。新入りについては、あとはレイに任せよう。なんかすごく懐いてるみたいだし、レイに召喚させた俺とロクコの判断は間違いじゃなかったのだろう。うん。

「……あ、そういえばミーシャが派遣されてくるのって明日だっけか？　そこら辺の受け入れ準備もしっかりしとかないとな……あ、スイートに泊まるのでいいんだっけかな？」

俺達《たち》はミーシャが到着するのを見届けてからダンジョンを出発し留学に行くことになる。そういう手筈《てはず》だ。

ちなみに俺とロクコ、ニクとネルネはすでに村を出発し帝都に向かっていることになっている。対外的には普通に留学なわけなのだが……そもそも辺境にある村のいち村長が国の代表として留学って色々おかしい。が、村の連中は一切疑問に思っていないようだ。

むしろ、

「お、村長！　新婚旅行の準備は済んだのか？」

「お、教祖様。奥さんと旅行だって？　楽しんでくるのもいいが、無事に帰って来いよ」

「ケーマ殿、これを。不要かもしれんが子宝に恵まれるというお守りだ、使ってくれ」

と、村を出る直前まで何故《なぜ》か夫婦で新婚旅行に行くような扱いを受けていた。なぜだ。帝都に行くときもこれほどじゃなかったはずなのに。

とはいえもう村を出たことになっており家に引きこもってるのでそんな揶揄《からか》いも聞こえてこないし収まっているはず……

「旦那様ー、奥様がお呼びやでー！」

「こらまてイチカお前か!?　お前の仕業か!?」

「冗談やてご主人様。最近よう言われとったからからかっただけや」

いまだに村では「村長はどこ行った？」「新婚旅行だとよ」「目出てぇな！」とか言われ

てるらしい。一体何故こんなことになったのか。これ、ミーシャの耳に入ったら、ハクさんの耳にも入るよなぁ……くっ、どうしてこうなった。留学にはロクコだけじゃなくニクとネルネも連れて行くというのに！

「まー、ニク先輩とネルネは精々メイド枠みたいな感じやろ？　主役はお二人やし、自然な発想やん。ハク様もしかめっ面で流してくれるんちゃう？」

「だが前に帝都まで行くときはこんなことには……」

「あんときゃワタルらチームバッカスに皇女様までおったしなぁ」

そうか。今回は、完全に俺とロクコだけがメインってことでそうなってたのか。気付かなかった……なんか俺、最近ポンコツになってる気がする……気を引き締めないとだらけすぎててヤバい。

そうだ、この留学では、気を抜いたら死ぬかもしれないというのに俺はなに気を抜いてるんだ？【超変身】で残機があるからって油断が過ぎるぞ、俺。よし、ここは気を引き締めていくことにしよう。

と、ロクコの部屋の前までやってきた。えーっと、そういえばなんかイチカが「ノックはいらんで」とか露骨に怪しいこと言ってたな……

「……おーいロクコ、入るぞ」

「えっ、あ、ちょ、ちょょっとまって！」

ガチャリと開けかけた扉を閉める。

フフフ、油断してないから助かったぜ。

「……ちょっと、何で入ってこないのよ」

「なんだ、待ってって言ったから待ったのに。入って良かったのか？」

「こう……ダメだけど！　ダメだけど入っても良かったのよ？」

「うん、何言ってんだ頭大丈夫か？」

とりあえずしばらく待ってから、改めて入る。ロクコは正面で椅子に座ってこちらを向いていた。

「一体何を企《たくら》んでたんだ？」

「あー、うー、うん、その、別にケーマには関係あるけど気にしなくていい事よ」

ホント一体何仕掛けてたんだ。と、部屋に転がる漫画がある。……あれは確かラッキースケベとかがよく出てくる漫画。そうか。そういう感じのトラップか。……あ。まさか、夫婦云々《うんぬん》の噂《うわさ》を流してるのロクコだったりする？　ついでにカマかけてみよう。

「ロクコ」

「うん」

「夫婦云々の噂がハクさんの耳に入ると色々ヤバいだろ。何考えてるんだ？」

「……ケーマ、ハク姉様は優しいからそんなヤバい事にはならないと思うわよ？」

「お前にとってはそうなんだろうけど、俺にとってはそんな優しくないぞ！」

むー、と頬を膨らませるロクコ。ほっぺをつつくとぷふぅと口から空気が漏れた。うん、夫婦云々を否定しないか。高確率でロクコが噂の発信源だな。

「で、なんで夫婦扱いで旅行って話になったんだ？」

「その……ハネムーンってのを漫画で見たのよ！」

エロ漫画はカタログに無かったと思うので、純粋に旅行に行く感じの話のを見たという事だろう。

「行きたいじゃないハネムーン？」

「結婚してからだろうそういうのは」

「じゃ、ケーマ。結婚して」

「ハクさんが怖いのでちょっと……」

「ほらぁ！　だから外堀から埋めてるんじゃないの！　分かる？　私の苦労！」

俺が断ると、ロクコがぽすぽすと俺を優しく叩《たた》きながら言った。

「ええい、お前が埋めてるのは内堀だ！　俺じゃなくて先にハクさんから許可をもぎ取って来い！　そしたら結婚でもなんでもできらぁ！」

「言ったわねケーマ！　つまり、ハク姉様から結婚の許可もらったら結婚ね!?」

んん!?　なんかとんでもない事になってないか？

「聞いたわねミーシャ！」

「はいにゃ。ばっちりこの耳で聞きましたよロクコ様」

と、扉の陰になって見えなかった所からひょいとミーシャが現れた。猫耳をぴょこぴょこさせつつ。いつの間に。いや、その、聞いてたって。何を。何で。何のために？

混乱はあるが、俺は、平静を装って挨拶する。

「お、おうミーシャ、もう来てたのか？」

「おひさにゃーん♪　ふふふ、ちょっと早めに来ちゃいました」

にゃん、と猫の手を作って挨拶するミーシャを見て、俺は背中に汗をかいた。

「あ、ところでロクコ様。外堀とか内堀ってなんです？」

「日本語、異世界語の慣用句よミーシャ。説明が難しいけど、なんかこう……基本として堀が二重になってて。で、埋めて防御力を無くす感じ」

「ああ、城壁を崩す、みたいな慣用句なんですねー。勉強になりますロクコ様」

いやまぁ、そんなことよりも……ミーシャに聞かれたってことは、俺の結婚の意思がハクさんに伝わってしまうわけで……あ、でも今のだとロクコがプロポーズしたわけだからギリセーフ？

「一歩前進ね！　ふっふっふ、あとはハク姉様から許可をもぎ取ればケーマと結婚できるわけよ。どうミーシャ、私の華麗な計画は」

「あーはい、いいんじゃないですかねー。がんばっすロクコ様。私はそこ協力できないいん

で。ケーマさんはさっさと覚悟決めてねとしか？」

……あ。留学中に消されるのかな？　俺。

「あー、でも私もなんかこう、おいしいものを食べたら気がそれて忘れてしまうかもですにゃー？」

「くっ……仕方ない。ハンバーガーをやろう」

「あざーっす！」

ミーシャに賄賂（ハンバーガー）を１００個ほど差し入れて、俺達は出発することにした。


出発はマスタールームからだ。ここからニクとネルネを連れて『白の砂浜』へ行き、向こうでハクさんが用意してくれた馬車に乗って帝都へ向かう。１日の道程だ。

「ニクもダンジョンの機能使って移動できるのって便利よね」

「そうだな。奴隷はアイテムだからな」

「そうね！」

という事にしてる。ハクさんも奴隷《ニク》の移動については特に言ってなかったので普通にできることなんだろうけど。

見送りはイチカとレイだ。ついでにマスタールームの中では早速レイとエルルに仕事を割り振られた妖精達がふよふよ飛び回っていた。

「こちらは任せました、イチカ」

「はいな先輩。おみやげ頼むでー」

ひらひらと手を振るイチカ。

「それじゃー、いってきますねー」

「ちゃんとお仕えするのよネルネ！　それではマスター、ロクコ様もどうぞごゆっくり楽しんできてくださいませ！」

俺達に向かってびしっと敬礼するレイ。


「それじゃあロクコ。頼む」

「はーい」

ロクコがメニューをぽちっと操作すると、俺達は一瞬で砂浜に移動した。帝都にある俺達のサブダンジョン、『白の砂浜』の敷地だ。

突然現れた俺達だが、イソギンチャクのような、にゅるんとした触手を持つピンク色のスライム……テンタクルスライムのテンさんが出迎えてくれた。

にゅるにゅると触手を動かして歓迎している。いや、すぐ帝都行くんだけどね。テンさんが俺を触手で胴上げのように持ち上げる。

「っておいおいやーめーろーよー。ロクコ達が見てるだろー？」

「（にゅるにゅる♪）」

まるで懐いてる犬のようなテンさんをよしよしと撫《な》でてやる。しばらくそうしてから名残惜しそうに俺を離すテンさん。俺は【浄化】でテンさんの粘液を落としつつロクコ達の下《もと》に戻る。

「ん？　どうしたロクコ。そんな顔を赤くして」

「ケーマ、やっぱりテンさんと仲良いのね……」

「ああ。テンさんとはたまに遊んでるからなぁ」

たまに砂浜で波の音を聞きつつ昼寝したいときとかはこっちにきて寝ていたのだ。その時にこう、テンさんとはにゅるにゅる戯れたりウォーターベッドみたいなテンさんの胴体で寝たり、ボールを投げて遊んだりとかしてたからな。

……そう言うと、ニクが羨ましいと言わんばかりにこちらを見て尻尾を揺らしていた。うん、今度ニクとも遊んでやるから。うん。

「まぁ今日はすぐ帝都に行かなきゃならないから、また今度な」

俺がそう言うとテンさんはすこししょんぼりと触手を動かした。ついでにテンさんが海水から造り上げたお手製岩塩をくれた。このピンク色の塩はサキュバス達がまた欲しいと言っていたので、くれてやれば喜ぶだろう。

「愛《う》い奴《やつ》め。ははは」

「……マスターはー、よくテンさんの言うこと分かりますねー？」

ん？　と他の面々を見ると、さっぱり理解できないという顔が並んでいた。イグニもそう言っていたが、そんなに分かりにくいだろうか？

「分かりやすいだろ。ニクの尻尾みたいなのが何本もあるんだし」

「私にはー、にょろにょろ動いてるようにしか見えないですねぇー……」

「私も分からないわね」

「わたしもです」

ネルネだけでなくロクコとニクも不思議そうな表情をうかべていた。あ、ニクはいつもの顔で尻尾がぐるんぐるんしてた。分かりやすいと思うんだけどなぁ。

そんなこんなでテンさんに挨拶した後、俺達《たち》は隣の『白の秘め事』に顔を出す。こちらは砂浜の上に建てられた小屋型ダンジョンという名の、ただのハクさんの別荘だ。

「お待ちしておりました」

管理人であるシルキーが頭を下げる。こちらで馬車を借りて、帝都へ向かうのだ。さすがに4人分の【転移】は魔力《マナ》消費がヤバすぎるからな……ハクさんのお迎えがあってもおかしくなかったが、留学にあたっての諸々《もろもろ》が忙しくて手が離せないんだとか。

「とりあえず俺達がここに着いたことは、ハクさんにはもう伝わってるかな」

「はい。仕事が忙しく顔を出せないとのことですが。すぐに発《た》ちますか？」

「そうだな。早くハクさんとこに向かおう」

というわけで、俺達は貴族用の箱馬車に乗って帝都へ向かった。……いや、これ皇族用かな？　凄《すご》い乗り心地いいし。横になって寝たいくらいだ。御者はシルキーが務めている。ダンジョンから離れていいのかな、一応ダンジョンのボス扱いらしいが……帝都に着いたらダンジョン機能でハクさんが送り返せるし問題は無いのだろう。うん。


「ケーマ、膝枕してあげよっか？」

と、俺とロクコ、ニクとネルネで向き合って4人で座りつつ窓の外を眺めていると、ロクコが不意にそんなことを言い出した。ほう。

「いいのか？　じゃあ――あ、いや、これハクさんの馬車だからやめとく」

「気にしなくていいのに……ハグの延長みたいなものでしょ。むしろハグより軽いわ」

「膝枕はハグより上だと思うんだが……ネルネ、どう思う？」

「えー？　別にいいと思いますけどー？　ニク先輩はどう思いますー？」

「ならわたしが抱き枕になれば解決かと」

……さすがに椅子で横になるのに抱き枕は狭いなぁ。

「じゃあ間を取って、ネルネが膝枕しなさい。私は向かいに座ってケーマの寝顔を眺めてるから。ほらニクこっちきて」

「かしこまりましたー。マスターどうぞー？」

「わかりました」

「ごめんちょっとまって。まずどう間を取ったらそうなるのかが分からないし顔を見られながらとか寝られないっていうかこれ決定なの？　マジで？」

と言いつつも馬車の中で席を移動し、俺はネルネのふとももに頭を載せることになった。

……あ、これいい。思っていた以上に快適だぞネルネの膝枕。

「……なんか気持ちよさそうね」

「いやうん、その、なんというか……いい」

ふにっとした弾力にほどよい高さと体温の温かさ。それになんかいい匂いもする。土っぽい香りがするのは、日頃粘土をこねて魔道具を作らせているからだろうか。

「ニク、こっちも膝枕よ！」

「わかりました」

と、ネルネと向かい合うようにニクが座り、そのふとももに頭を載せるロクコ。すると横を向いて寝てる者同士、ばっちり俺と目が合い……ロクコはふにゃっと笑った。

「あー……いいわね、これ。なんかいい匂いするし。ニク、いつも抱き枕にされてるからケーマの匂いが染みついてるのかしら」

「えっ、俺のニオイそんなに？　ちゃんと毎日温泉入ったり【浄化】したりしてるんだけど」

「オフトンに染みついてるんだし、抱き枕に染みついててもおかしくないでしょ」

「……そういうもんか。なんかこう、ごめんなニク？」

「ご主人様にマーキングされてむしろ誇らしいですが？」

あ、これ本気でそう思ってるな。尻尾がお尻とイスの間で悶《もだ》えるように震えてる。

「あー、ひとつ思ったんですがいいですかー？」

「ん？　どうしたネルネ」

ネルネが手持無沙汰に俺の頭を撫でつつ言う。

「これって添い寝ってことになるんですかねー？　奴隷と使用人は人数に数えないっていうじゃないですかー？　ならー、ふたりきりでー、しかも膝枕で向かい合ってピロートーク的な感じでー？」

その発想は無かったよ!?

「いや、ちゃんと椅子の分離れてるし！」

「おっとー、急に起きたら危ないですよー？　馬車は揺れますからねー？」

あ、頭を押さえられてて起き上がれない……だと……？　あ、正面のロクコがにまりと嬉《うれ》しそうだ。

「うふふ、ケーマと添い寝……♪　ネルネぇ、そのまま押さえてなさい」

「かしこまりましたロクコ様ぁー」

ぷぎゅ、と柔らかい感触が俺の耳の上に乗る。

「おいネルネ？」

「むふふー、嫌ならマスターも命令してくださいねー？……でも本当はマスターも嫌じゃないからそうしないんですよねー？　分かってますよー……いいんですよー？　私の事はー、私やロクコ様が強引にやったー、って言い訳に使ってくださいねー？　心優しいマスターは私にわざわざ命令できなかったー……ですよねー？　分かってますともー」

「うぐっ……」

最初以外は俺にだけ聞こえるような、くすぐったいささやき声で言うネルネ。

「マスターみたいな人のことー……へたれー……っていうんですよねー？　くすくすー」

ね、ネルネってば、ワタル相手にSっ気《け》が鍛えられてないか!?

「ん？　何か言ったネルネ？」

「なんでもないですよロクコ様ー。ただマスターは恥ずかしがり屋さんだなぁーって呟《つぶや》いただけですー」

「そ。ふふふ、ケーマと添い寝ー」

「だから添い寝じゃないって……」

こうして、帝都に着く直前まで俺はニマニマと笑うロクコに顔を見られつつ馬車に揺られていった。……帝都に着く前にはちゃんと起きたよ。

＊　＊　＊

帝都に到着してからは早かった。

まず城についてすぐ、皇帝に謁見。今回は1日も待たされずに到着素通しだ。……これ、ロクコの影響かなー、とか思いつつも、あっさりと謁見と挨拶を済ませる。謁見はライオネル皇帝が「存分に学んでまいれ」って一言言ってこっちは頭を下げるだけ——あ、ロクコ？ ロクコはハクさんとお茶してたよ。大使なのにね。いや、大使だからハクさんから直々にお話が、って感じなのかね。

で、その日のうちに魔国方面へ向かう使節団の馬車に乗せて送られることになった。スピード出立である……なんというか、ほんとね。

「というか、私達だけじゃないんですね、留学するの」
「ええ。流石《さすが》にロクコちゃん達だけじゃ怪しすぎるでしょう？ それに、先に魔国に行ってるグループもあるわよ」
「へぇー。楽しみね、ケーマ」
「お、おう」

そして俺達の馬車にはハクさんが乗っていた。というか、俺達がハクさんの馬車に乗っていた。馬車は俺とロクコとハクさんの3人乗りである。ニクとネルネは別の馬車だ。

……さすがにこれで膝枕はできないからなぁ。というか、俺とロクコが隣合って座って正面にハクさんってのがなんともプレッシャー以外の何物でもないというか。あ、ちゃんと手すりのある立派な椅子だから間も40㎝くらい離れてますよ？　揺れた拍子に手と手がぴとっと触れたりする距離じゃないんで大丈夫っす。そもそもこの馬車ぜんぜん揺れないし。

「そういえばアイディから、魔国にはハンターギルドっていうのがあるって聞きました」
「ええ。あれは冒険者ギルドを元に魔国で作られた組織ね。こっちの経営ノウハウを教えてあちらで作られた形のものよ」

魔国では冒険者ギルドの代わりにハンターギルドってのがある。一応Bランク冒険者の俺達はそこでもそこそこの立場に相当するんだとか。……もちろん強さを求められるハンターギルドでは、その分喧嘩《けんか》を吹っ掛けられたりする可能性も高い。適度になんとかしてね、とのことで。ええ、特に見た目が弱々しい俺とかロクコとかまさに狙い目だとかなんとか。

「へー、案外昔から交流があったりするんですか？」
「お互い、だいぶ前からある国だもの。無くは無いわ、多くは戦争って形の交流だけど。留学のための使節団も数年に一度くらいは送ってるわ」
「そうなんだ、なんか凄いです！　ね、ケーマ！」

「お、おう」

ちなみに帝都と魔国の首都、魔都は、国境を挟んで意外とすぐ近くにある。が、それは現在の地図で見たらそう見えるだけで、単に500年前から場所が変わっていないというだけらしい。

元々コーキーとかドンサマ、そしてツィーアやパヴェーラとかは別の国の領土や未開の地だった。それらを攻め滅ぼしたり取り込んだり開拓したりして今の帝国の領土になっているんだとか。……さりげなく「攻め滅ぼしたり」が入ってるあたりが帝国の帝国たる所以《ゆえん》か。で、お互い、反対方向に領土が増えていった結果、国の端同士で首都が近いという状況になっているわけだな。

これ、俺達はダンジョンの事情を知っているから自分のダンジョンがあるから動けないんだろうなと分かるが、事情を知らない人だと……どうしてお互いの首都がこんな近くで睨《にら》み合ってるんだろうか、とか思うのだろうか？　それとも、そっちが遷都しない限りこちらも絶対遷都しないぞと意地の張り合いをしているように見えるのだろうか。

「お姉様、冒険者ギルドって他の国には無いんですか？」

「ダイードや聖王国、ワコークなんかは冒険者ギルドがあるわよ。でも聖王国ではまた別枠でダンジョン攻略者ギルドみたいなのもあったかしら」

「聖王国。そういえば聖女アルカがまた来てましたね。アレも聖王国のそのギルドに？」

「その通りよロクコちゃん。光神教の聖女はダンジョン攻略ギルドの最上位——ウチのSランクに相当するわ。……アレはもうウチの国には入れないつもりだけど……」

今度は聖女が死んで名前を変えても別人に成りすましたとしてもダメなように条約を結び直したらしい。まぁ完全に不法入国だったよねアレ。

「だから国内なら見かけ次第殺しても構わないわよ。アレの従者も含めてね」

「分かったわ姉様。殺せたら殺しておきます。ね、ケーマ」

「お、おう」

今度こそあのメチャクチャで話の通じない聖女とはもう会わない——と思いたい。いや、あの聖女だと殺されるの承知で入り込んできてもおかしくないからね。怖い。

「で、ロクコちゃん。今更だけど、本当に魔国へ行くの？　引き返すなら今が最後のチャンスよ？」

「行きますよ姉様。なんたって友達のアイディが私に会いたがってるんですもの」

「あら嬉しそう。……ふふ、ロクコちゃんにお友達ができるとか、感慨深いわね……でもあまり仲良くし過ぎてもダメよ？　一応、魔国と帝国は戦争をしたりもする間柄なんだから」

「はーい。ケーマも気を付けましょうね」

「お、おう」

……ところで魔国に着くまでずっとこのポジションなんですかね？　畏れ多いので他の馬車に移動してもいいですかね？　え、ダメ？　ダメかぁ……


「あー、ところでハクさん、この馬車って寝たりできないんですか？」

「寝るならその椅子、背もたれを倒せばいいわ。毛布もつける？　それとも神の寝具があるから要らないかしら」

「いやまぁ、『神の掛布団』も『神の毛布』もロクコのなんで。普通のをお借りします」

「あらそう。そういえばケーマさん個人が持ってるのは『神の目覚まし』だったわね」

　そう言って指をパチンと鳴らすと、どこからともなくクロウェさんが毛布を持って現れた。どこに控えてたんだ、と思いつつ毛布を受け取ると、クロウェさんは再びどこかへ消えて行った。……馬車に従者用の隠し部屋があるんだろうか。さすがハクさんの馬車。

「それじゃ、俺は寝るので。ロクコは存分にハクさんと語らうと良い。留学中は会いたくてもそうそう会えないだろうからな」

　と、俺は椅子の背もたれを倒し、毛布をかぶる。

「そうね。……姉様、そっちの椅子に一緒に座ってもいいですか？」

「え？　でもこの椅子一人掛けなのよね……残念なんだけど」

　と、心から残念そうに言うハクさん。だがロクコはさらに攻める。

「じゃあ、姉様の膝の上に座っても？」

「……!?　い、いいわよっ？　お、おいで？」

「はい、失礼します姉様」

おおう、ロクコってば最近攻撃力でも上がった？

まぁ、俺はそんなロクコがハクさんの膝に座るのを見届けつつ寝ることにした。ハクさんの前で寝るのは非常に怖い所で寝たふりするだけのつもりだったが……サキュバスのクロウェさんが居るとなると下手に寝たふりしてたら寝てないのがバレるかもしれん。ここはしっかり覚悟を決めて寝るしかないな……ロクコが身をもってハクさんを止めてくれているので多少は安心できる、かな？　頼むぞロクコ、そこんとこよろしく。

……そういやクロウェさんってハクさんの夜の護衛なんだろうか？　俺が指輪サキュバスのネルを手元に置いてるのと同じような感じで。少し気になったが、まぁ、このまま野営ポイントまでぐっすり寝ていくとしよう。そのあともできる限り寝て過ごそう。

そんじゃ、オヤスミナサイ。

＊　＊　＊

雑談もしつつ、昼は基本的に馬車で移動しながら昼寝し、夜はテントで寝るという生活サイクルを1週間ほど続けたあたりで魔国の町にたどり着いた。

「はあ、ようやくテントじゃない所で寝れるな……」

「ケーマ、お疲れね。ケーマも馬車の中で寝ればよかったのに」

「ハクさんとロクコが居るスペースに割り込んでいく度胸はないなぁ」

尚《なお》、さすがに敵国となってる国へ至る道では宿場町もない（作ろうとしたヤツは皆戦争に巻き込まれて死んだそうな）ようで、かといって快適な寝床を兼ねた馬車は夜中ハクさん達《たち》の寝所になる。男の俺は自然と追い出されるように外で寝るしかなかったのだ。

あ、道中では野盗の襲撃もあったりしたけど俺達は元気だよ。ハクさんが用意した使節団の面々、みんな武闘派だった。普通は最低限の腕っぷしが無いと魔国には行かせられないそうな。襲われて死ぬので。というか、魔国の野盗もある意味凄《すご》いな。露骨に国家レベルの馬車集団に喧嘩吹っ掛けてくるとか……根性あるのか知性が無いのかは分からんけど。

しかし戦闘ではウチのニクが一番活躍してた気がする。気が付けば『首刈りわんこ』とか呼ばれてたし。……名前の由来は推して知るべし。

「はぁ、あのいけ好かない爺《じじい》にロクコちゃんを預けなきゃならないなんて、憂鬱です」

ハクさんがそんなことボヤきつつ到着した町。魔都。魔国の首都である。大武闘大会を行っている関係もあるのだろうが活気もある。町並みについても建材が似てるためか、帝都とそう違いがあるようには見えない。ただし、そこに居る人種が帝都とはどうにも違うように見えた。具体的にはモンスター味が強いように見える。鎧《よろい》を着てるリザードマンとか、手紙を運ぶハーピーとか、獣人も全身モフモフタイプが多い感じで。帝国とは違って肌色の多い種族が少ない感じ？　あとやたら好戦的な視線を浴びるのだ、馬車の窓からチラ見しただけでも。特にこの馬車に注がれてるだけなのかもしれないけど。

「……これが魔国かぁ」

「ええ。これが魔国です」

　ハクさんは俺の呟《つぶや》きに少し疲れた声で答えた。俺は返す言葉もなく、苦笑するしかなかった。


　馬車を走らせていると、大きな屋敷があった。どうやらそこが目的地らしい。門をくぐり、コの字になっている屋敷の庭に使節団の馬車を停《と》める。そして全身鎧の兵士達（ただし尻尾や羽が出ていたり、手がもふもふだったりする）に取り囲まれる馬車――一見襲撃のようだが、これはお出迎えの人達らしい。そしてお出迎えの中には、意外でもなんでもなく、アイディ、そして大魔王こと6番コアが待ち構えていた。

　こっちも国のトップが出てるわけだから、それを出迎えるためにトップが出てきてもなんもおかしくはないんだけど、個人的には魔国到着で即大魔王とエンカウントというのがなんかちょっと面白くも感じてしまう。いきなりラスボスのお出迎えとか。

「良く来たわねロクコ。待ってたわ」

「アイディ！　ええ、来たわよ」

微笑《ほほえ》ましくハグをかわすロクコとアイディ。まぁひとつだけ言わせてもらうと、国の代表同士の挨拶を無視して友達同士の挨拶してるってところかな。使節団の人達の目線が刺さる。

「ふん。留学を認める」

「チッ。無事帰しなさいよ」

そしてロクコ達の挨拶を問題視することもなく、むしろ古打ちを隠さず嫌々握手を交わす国家のトップ2人。こっちは少しは隠せと。大人げない。……いや、別に2人ともトップで誰が咎《とが》めるわけでもないからいいんだろうけど。

と、握手もそこそこに6番コアは使節団の方を見る。

「さて。よく来たなラヴェリオ帝国の者達よ。せいぜい魔国で学んで行くがいい」

6番コアは上から目線でそう言った。実際大魔王様なのでハクさん並みに上の立場だ。何も間違っていない。そんな大魔王の宣言を受け、使節団の面々は頭を下げ、それぞれ案内が付いてどこかへ行く。

……俺達は取り残されてしまったわけだが、どうすればいいんだろうか?

「ロクコ。あなたに渡したいものがあるの」

「ん?」

見ると、アイディがロクコに手を差し出し握手を求めていた。ロクコはそれをなんとなしに握り返す。DP《ダンジョンポイント》交換のような光景だ。ぱりっと静電気が走るような音がしてロクコがビクンッと震える。

「な、な、なにこれ？　DPとはまた違う感じのが」

「……通信機能の複製《コピー》と接続番号《アクセスコード》の交換をしたから、これからはいつでも連絡できるわよ」

「通信機能？　あ、そっか。これこの前のダンジョンバトルでアイディが父様にお願いしたやつ？　なになに、メニューで確認すればいいの？」

「ええ。そのはずよ」

ロクコがメニューを開く。俺も自分の方でメニューを見ると、『通信』の項目が増えていた。ちゃんと俺の方にも反映されてる、というかメニュー機能はダンジョン単位だもんな。

「まだ正式版じゃないから、直接会って機能をコピーしないといけないのですって」

「ふぅん、面倒ね」

「正式に出来上がったら皆に配布するらしいけど……早くて次の集会だそうよ。今のところは私だけが複製《コピー》権利を持ってるから、特別感があるわね」

ベータテストとかプレオープンみたいな感じか。そしてコピーガード付き。

「でもアクセスコードなんて必要なの？　コアの番号だけで十分じゃない？」

「コア番号だけだと悪戯《イタズラ》でメッセージを送りつけたりすることも考えられるし、コアとマスター、メニュー機能を使えるモンスター毎《ごと》に個別の宛先を割り振るとかいうのも検討してる……らしいわ？　まぁ、よく理解《わか》らなかったけど」

アイディが自身のメニュー画面を見せると、そこにはパソコンのメール機能のような画面があった。そして、父からのメッセージが届いている。

絵文字や拒否機能とかも検討中だとか。……やっぱりメールっぽいな。

「なるほど」

「ちなみに機能についてロクコのマスターにも相談したいって書いてあったから、ロクコも父様から連絡いただけるかもね？　それとも、もうきてるのかしら」

「おおお……なんかすごいわね。どういう仕組みなのかしら」

「知らないわ。とりあえず1通50Pで送れるみたいね」

「あ、DPかかるんだ。というか60メロンパン。高級版《いいやつ》なら10個か……結構かかるわね。いや、手紙送ると考えたら安いかしら？」

「距離を無視して一瞬で、かつ確実に届く、となれば破格じゃないかしら。通信経由でDPを譲渡したりもできるように、とも考えているみたい」

通信機能でDPのやりとり……する意味はあるんだろうか？　他のコアに何か依頼するとか？……ん、なんかDP送りつけられて依頼される未来が見えたような。気のせいだな。

「ちなみに最初に交換するのはロクコと決めていたから、まだハク様はもちろん爺様《じじ》にも渡してないわ」

と自慢げにアイディが言うと、爺様こと大魔王《6番コア》が指でトントンとアイディの肩を叩《たた》いた。

「それでアイディよ。次は儂《わし》が貰《もら》えるという事で良いのだな？」

「ええ。今の所私とロクコとしか通信できないけれど……まぁ、このあとハク様にも渡すので、もう1人増えますね？　どうぞ爺様」

アイディは慣れた手つきで6番コアと握手する。「ほう、これが」と小さく呟き、6番コアはアイディの手を離した。

「ハク様もどうぞ？」

「貰うわ。ロクコちゃん、何かあったら絶対すぐ連絡頂戴ね、すぐに駆け付けるわ」

アイディがハクさんにも通信機能を渡す。……ロクコ宛に毎日メール送ってきそうな気がするが、きっと気のせいではない。そしてハクさんのことだからガチで駆け付けてくるんだろうな、【転移】とかで。

「ロクコ達は私に付いて来なさい、魔都の私の屋敷に案内するわ」

「分かったわ。それじゃ姉様、お先に失礼します」

「ちゃんと毎日連絡してねロクコちゃん、約束よ？」

さりげなく定時報告を要求してくるハクさん。やっぱりか。これ、返事が無かったからという理由でも駆け付けてきそうだな。ロクコにはちゃんと毎日メールしてもらおう。そうしよう。

……しかし、その。俺達が移動するとこの場に残るのはハクさんと大魔王の2人だけになってしまうのだが、この2人を放置していっていいんだろうか？　こう、安全的な意味でも、身分的な意味でも。

「気にしなくて良いわロクコのマスター。あの2人は仲良しだもの。ほら、此処《ここ》は闘技場も兼ねているのよ？」

「……」

見ると、ハクさんは白い槍《やり》を、大魔王は黒い剣を抜いていた。うん、まぁ、きっと俺達にはどうしようもないなんやかんやがあるのだろう。肉体言語のトップ会談とか。

豪邸にプールがある感覚で、ここ魔国では個人邸宅に闘技場くらいある。そして1つの町に必ず1個は共同闘技場もある。それほどに決闘も日常茶飯事のこの国において、ハクさんと大魔王というある意味トップ会談のドリームマッチはさして目立つこともなく——というはずはないのだが、なんかこう、自然に人払いさせられて、恙《つつが》なく行われた。あ、覗《のぞ》こうとしたヤツが飛ぶ斬撃に吹き飛ばされた。……俺は全力で目をそらして、アイディについて行くことにした。

「ところで私達が留学するのはこの町でいいの？」

「否よ。此処より南にある私の領地になるわ。行くのはまだだけれど」

「へぇ、アイディは領地とか持ってるんだ、大人っぽいわねー」

「ロクコだって村があるじゃない。まぁ、私も任されてるのは小さなところなのだけど」

そしてそれらを一切無視して、何事もなかったかのように話をするロクコとアイディ。

……俺とニクとネルネは手持無沙汰にどう口を挟んだものかと思ってたら、アイディが俺を見た。

「今、魔都《ここ》で大会をやってるの。私は中盤で負けてしまったけれど、明日には決勝が行われるわ。それを見たいのでしょう？」

「お、大武闘大会か。見れるんだな？　しかも決勝」

「ハク様と爺様からも言付かってるもの。特等席へ案内してあげる」

できれば『神のパジャマ』を手に入れた優勝者に連絡がとれるようにして欲しいところだが、そこまで望むのは借りができすぎるか？　いや、特等席、というならあるいは？

「もう少し早く来てくれれば、私と私のマスターが戦《おど》っている姿をみせられたのだけれども」

「それは残念ね。アイディのカッコいい所見たかったわ」

「留学中に、軽い決闘《ダンス》くらいなら見せてあげるわ」

「楽しみね！　あ、でも私は戦えないからね？」

「残念。ロクコの腰の剣は、そういえば飾りだったわね」

とりあえず屋敷の部屋で一休みさせてもらおう……と、アイディに連れられて行った先には箱馬車があった。馬の足は6本脚だったけど。これスレイプニルってやつじゃね？

「これで屋敷に向かうのか」

「ええ。馬車を引いて走るには幼体の方が向いてるのよ」

……この6本脚の馬――馬型の魔物はスレイプニルの幼体で、成体になるともう1対脚が生えて8本脚になり、さらにデカくなるらしい。街の間を走る輸送馬車ならともかく、人を乗せて町中でも使うには多少使い勝手が悪いんだとか。なんじゃそりゃと思ったけど、よく考えたら魔物の生態だ。そういう事もあるのかもしれない。そもそも聞いてないけど。

執事服の御者が馬車の戸を開け、一人ずつ乗り込む。俺達《たち》が全員乗るや否や、馬車はアイディの屋敷に向かって出発した。お、結構揺れるな……いや、ハクさんの馬車と比べたらさすがに揺れるか。あの馬車が揺れなすぎるだけか。

「おやー？　この馬車ってー、魔道具ですかー？」

「あら。ロクコの従者は魔道具が分かるのかしら」

ふふん、と得意げに笑うアイディに、ネルネが答える。

「分かりますともー。なるほどー、低速ではさほど影響はないですがー……高速時に揺れが軽減される仕組みですかー？」

「正解よ。帝国にある馬車よりも、これは更に高性能なの」

曰《いわ》く、低速ではそこそこ揺れるが、超高速になってもそんなに揺れないという仕様の馬車らしい。ファイヤーアロー仕様とかなんとか。

「これに勝るのは帝国の皇族仕様くらい、だそうよ。ロクコ達が乗ってきた馬車ね」

「やっぱりあの馬車は特別仕様だったのね。まぁ、なんとなく分かってたけど」

「あれは希少素材をふんだんに使い、採算度外視で作られた最高級品。その点、こちらはもう少し安上がりで普及させやすいのが特徴ね。領主レベルなら使える代物で……車輪が壊れやすいのと、馬の確保が面倒なのが欠点かしら」

車輪に特殊なものを使っており、壊れても揺れがひどくなるのが第一段階、完全にぶっ壊れて走れなくなるのが第二段階、と段階的に壊れる仕組みらしい。超高速で走ってる最中に第二段階、つまり本格的にぶっ壊れると、横転からの大事故不可避だ。つまり特殊な車輪は大事故にならないための保険。……悪路を走破するためのギミックもあるらしく、その値段も高い。

「素晴らしい工夫ですねぇー！　帝国とは明らかに違う発展ですよー！」

道路を整備しないで、凄《すご》い車体と強い馬でどうにかする。そんなコンセプトの馬車は個人の武力を重視している魔国ならではと言っても良い感じだ。ある意味魔国を象徴していると言っても過言ではなかった。

「へぇ。ロクコの従者には、多少は見る目がある子を連れてきたってことね」

「ええ。ネルネはウチのダンジョンの魔道具作りが仕事だから、いっぱい勉強させてあげて欲しいわ。一応、留学って名目だし丁度いいでしょ？」

「良くってよ。精々学びなさい、ロクコの従者」

「ありがとうございますー！」

よしよし、アイディから激励の言葉を貰ってネルネも嬉《うれ》しそうだ。


「実は今回はロクコ達の御持《おも》て成《な》しの為《ため》に爺様が負担を持ってくれてるけれど、私自身ではまだ手が出ないの。餌代もかかるのよ、スレイプニルは良く食べるから。そのくせ最高速も半日持続が精々ね」

「まぁ、アイディがまだ自分の力でこの馬車が使えないって言っても……私達もハク姉様の馬車で来てるもの。同じよ、同じ」

ロクコがふふん、と何故《なぜ》か自慢げに笑った。アイディもニヤリと不敵に笑っている。

……何か通じ合ってるんだろうか、コア同士。まぁ仲が良くてなによりだ。ハクさんと大魔王《6番コア》のように決闘にならないだけでも安心して見ていられる。


馬車はお祭り気分の魔都を少し走って、アイディの屋敷に到着した。馬車から降りると、そこは石造りの屋敷だった。いざという時は砦《とりで》にもなります、といった風情の、頑丈そうな屋敷。少ない手荷物を使用人に預け、アイディの案内で中に入る。

「夕餉《ゆうげ》は早めにした方が良いかしら。それともひと眠りしてから？　ロクコのマスターのことだし、すぐ寝るのでしょう？」

「ああ、移動で疲れたから、さっさと食べてぐっすり寝たいから、すぐでいい。まだだいぶ日は高いけどもう晩飯でもいいくらいだ」

「移動中ずっと寝てたのに、ケーマはホントよく寝るわね……まぁニクも眠そうだけど」

移動はそれだけで体力使うもんだからな……ああ眠い。

「ならすぐ出すわね。私の町でも食べられてるけれど、魔国の主食を出してあげる。仕込みは終わってるはずだから、数分もあれば用意できるわ」

「魔国のごはん、楽しみね。イチカが居たら大喜びしたでしょうに」

「イチカ教官からはー、魔国の料理のレシピをお土産にー、って頼まれてますよー」

「あら。ご馳走《ちそう》、ってわけでもないからパッとしないけれど……レシピくらいいくらでも教えてあげるわ」

「ありがとうございますアイディお嬢様ー！」

楽しげに喜ぶロクコとネルネ。だが待って欲しい、戦闘狂達の魔国の主食である。消費期限ぎりぎりの戦闘糧食とか出てきそうだよな……

＊　＊　＊

……そう思っていた俺の予想は、斜め上の方向に裏切られることになった。

「小麦粉を練り、細長く切ったものを、干しキノコ等で作ったダシ汁に入れたものよ」

「うどんだコレ」

「好みで刻んだネギを入れなさい」

「うどんだコレ」

そう、うどんだった。改めて名前を聞いても「ウドン」だった。

「ネギ……ふむ」

「へぇ、美味《おい》しいわね。ちゅるるるる……」

おいニク、あんまりネギ入れると体調悪くなるぞ、犬耳娘なんだから。ロクコも気に入ったようで麺をちゅるるっと吸っている。

「パスタに似た感じだけどスープに浸《つ》かってるのが面白いわね」

「ふふふ、パスタのようにねっとりしたソースをかけても美味しいわよ」

それはそれでソフト麺みたいな感じになりそうだな。

「……で、アイディ。これはどういう由来なんだ？」

「小麦粉に水を混ぜたら殴るのに丁度いい感触になるでしょう？」

「それならパンでも良いだろう」

「勿論《もちろん》パンも有るわ。ついでに、この丁度いい細さに切るのが鍛錬になるのよ」

「スパゲッティの方が細くて鍛錬になるんじゃないか」

「ソーメンもあるわよ」

「ソーメンもあるんだ……」

うどんとソーメンの違いは麺の太さとはいうけど、日本では手延べだった気がするんだが……しかしうどんとは。もしかして魔国には醤油《しょうゆ》とかの調味料もあるんだろうか？　コメは魔国にも無いって話だったけど、魚醤《ぎょしょう》はパヴェーラとかにあったって話だし、どこかに醤油があってもおかしくないかも知れない。


「ああ、そうそう。ウドンは食の神イシダカが広めたレシピよ」


謎は全て解けた。勇者イシダカ、魔国まで来てたのか。フットワーク軽いなぁ。

「そういえば、前にケーマも似た料理出してたわね」

「へぇ。ロクコのマスターが居た異世界にもあるのね？」

「まぁそういうことだ。イシダカはやっぱり勇者で日本出身っぽいなぁ……」

「ところでそれが何か関係あるの？」

「……いや、特にないな」

まぁ魔国にウドン（とソーメン）があると分かっただけだ。魔国の歴史を少し知ったたってくらいかな？

「留学としてはー、現地の文化を知っておくことはー、理解の為に大事ですよー？」

ちゅるんっ、とウドンを食べつつネルネは言う。確かに文化を知ると、戦うことが大好きな魔国で、どうして魔道具が発展しているかといった疑問も解消したりする。その理由は「戦うのが大好きだから」に集約されるのだ。

例を挙げるとすれば――

――遠くの敵を倒しに行き、戦場で乗り回すために馬車の魔道具が発展した。

――暗くても戦えるように灯《あか》りの魔道具が発展した。

――どんな戦場でも水を確保できるように水差しの魔道具が発展した。

――敵を殺すために、あるいは毒や魅了に対抗するためにといった魔道具も発展した。

とにかく大体全部が「戦いに便利」「戦いに使える」「あれば勝てる」といった方針で開発されている。そして勝敗を分けるそれらは文字通り死活問題だ。全力で取り組んだ。問題があるとすれば戦いの果てに死ぬのはむしろ良いと思っていることだろうか。

そんなわけで、鍛冶屋や錬金術師は勝手に競い合い、時に手を取り合い、より戦いに便利な道具を生み出していった。それが魔国の歴史であり文化だとかなんとか。

言われてみれば、超高速で悪路走行できる馬車とか戦車《チャリオット》だもんな……魔国が作らないはずもない。揺れが少なければ弓や魔法の攻撃もし易《やす》いだろう。

戦争が技術を発展させる、とはよく言ったものだなぁ。

ウドンを食べつつ、俺はそんなどうでも良く関係のないことを考えていた。

＊＊＊

魔国の主食ことウドンを食べたところで、俺達は滞在する部屋に案内された。

石造りの部屋で、絨毯《じゅうたん》が敷かれている。ほほう、ベッドもあるじゃないか。1部屋2つか、どれどれ寝心地は……あ、硬い。箱に毛布載せてシーツかけた程度か。

「寝具は発達してないのか……これは上にオフトン敷いた方が良いかな」

「あら？　ロクコのマスターは戦場にまで寝具を持っていく気？」

魔国では常在戦場の心得というか、戦場でも同じ環境で休めるようにという感じなのか。日頃からこのベッドに慣れていれば戦場でも十分休める、という事かもしれない。魔国らしい。

「ケーマなら食料や武器防具より寝具を優先するわね」

「妙な所に拘《こだわ》るのね。寝具なんて、どのようなものでも変わりないでしょうに……鍛え方が足りてないのではないかしら？」

「そんなことないわよアイディ。柔らかい寝具だとやっぱり回復量が違うもの」

ロクコの回復量と言う視点に「ふむ」と一考するアイディ。下手に寝心地がどうの、というよりそういう言い方をした方がアイディには通じるようだ。

「しかし、柔らかい寝具……御持て成しするわけだし、ちゃんと用意すべきね。魔国で柔らかい寝具といえば、肉布団くらいだけど」

「肉布団？　ああ、うちのニクみたいな感じのかしら？」

……大体合ってるから困る。

ここはしっかり断っておこう。肉布団とかロクコの手前あり得ない。

「いえ、魔剣の姿に戻って捕虜とか獲物とかの臓腑《ぞうふ》にずぶりと入り込んで寝るのよ。魔国は武器系のコアが多いから」

大体合ってなかった!?　なにそのグロいの!?

「へー。それなら私には関係ないわね」

「武器系じゃなくても、こう、お腹《なか》を切り開いて中に入って寝るのもあるわ。手足を縛りつけて吊《つ》るして使うのよ。ロープに腸を使うと準備の手間が少ないわ」

なにその物騒なハンモック！　ロクコも平然と聞いてるけどグロすぎだよ！　って、ニクとネルネも平然と聞いてるんだけど!?　何？　俺がおかしいの？　この世界ではスタンダードだったりするの!?

「オフトン教教会に置いてある本で、寒冷地に住む狩人《かりゅうど》は狩った獲物の腹の中に入ることで寒さをしのぐことがあるとありましたが？」

「べつに私がやられるわけじゃないのでー？　血まみれとかレイが喜びそうですねー」

狩人《ニク》とモンスター《ネルネ》は精神強度が違った……！

「よければ手配するわ。ジャイアント混じりのニンゲン女奴隷にしましょう、モンスターだと獣臭いし。ちゃんと朝まで生きて温かさを保てる生命力のある奴隷を選ばないと」

「うーん、私は遠慮しとくわ」

「俺もそれはちょっと……」

ロクコの断りに乗じて俺も遠慮する。断固拒否だ。というか1回寝るたびに1つの命を使うとかコスパ的に相当悪いし、グロくて眠れる気もしない。

「どうせ潰す予定《DPにする》の奴隷なのだから、気にしなくていいのよ？」

「服が汚れるし、生臭そうじゃないの」

「そう？　私はそこが好きなのだけど……好みが分かれるところだったかしら」

……そういう問題ではないのでは？　こういうところで人間とダンジョンコアの感覚の違いってのを感じるなぁ。あ、俺達《たち》が遠慮するので、当然ニクとネルネも肉布団は使わないし使わせないぞ。ネルネ、残念そうな顔しない。

「うーん、そうなると……満足する寝具があるかしら？　手配も間に合わないわね」

頬に手を当て、困ったわ、と呟《つぶや》くアイディ。

「大丈夫よ。そもそもケーマ、オフトン持ち運んでるし」

「あら、そう？」

そうなのだ。こんなこともあろうかと、マイオフトンは【収納】に入っている。ついでにロクコもだ。枕が変わると寝られない事もあるのでいっそ布団ごと持ち運んでしまおうなんてことができるのが、魔法のいい所だ。

まぁニクとネルネの分は持ってきて無いが。

「ニク先輩はマスターと寝るとしてー、私オフトン持ってきてさてないのですがー」

「ＤＰ《ダンジョンポイント》があるでしょ、自分で出しなさい」

「むむむ……！」

渋るネルネ。ちゃんとお給料としてＤＰを渡したりもしてるはずなのだが。ついでに魔道具のための研究費もあるはずなのだが。……あ、ＤＰを節約するか、寝心地を我慢するかがネルネ的には微妙なラインなのかな。俺なら寝心地改善一択なんだけど……まぁこのくらい俺が出してもいいか、と言おうとしたその時、アイディが先に動いた。

「ロクコ、オフトンとかいう寝具をＤＰで買い取らせてもらえるかしら？　そしてそれを使えばいいでしょう」

「あら。いいの？」

「ええ。私がホストですもの。客人を持て成すのが仕事なのだから、本来私が払うべき出費よこれは。使い捨てで無いなら、他の相手にも使いまわせるでしょうし」

「おおー！　アイディ様ー！　ありがとうございますー！」

アイディのその提案にネルネは喜ぶ。筋も通っているし、オフトンの布教にもなるから俺からは特に何も言わないことにした。

「……その子犬の分は必要？」

「ああ、ニクの分は要らないわ。３人で仲良く寝るから」

と、ロクコが俺の腕に抱き付いてくる。……ん？　３人で？

「まて、ロクコ。俺とロクコは別室じゃないのか？」

「あら。私とケーマが客人同士で同じ部屋よ？　ネルネは使用人で別室。ね、アイディ」

なん、だと……？

アイディを見ると、ニコリと笑っている。

「ああ、私はロクコを全面的に応援してるから、気にしないで？　勿論、ロクコとロクコのマスターが何をしよう、と、口外もしないと誓うわ」

「……あー！　なんならニク先輩は抱き枕ですが実は使用人なのではー？　つまり私と一緒に寝るべきですよねー？」

唐突に声を上げるネルネ。そして、ニクに向かってぱちくりぱちくりと下手なウィンクをする。

「……！　そうですね、ご主人様の抱き枕業務はロクコ様がいれば不要でしょうし」

「そうね、ネルネにはニクを預かっててもらおうかしら」

あまりにも下手な合図に何してるんだコイツ、と思っている間に、ニクがネルネの側にすすすっと歩いて行った。

「え？　まてネルネ。ニクを引き取られたら俺とロクコが2人きりになってしまう」

「ベッド、くっつけておくわねロクコ」

離れていた2つのベッドをガッと蹴って動かしくっつけるアイディ。

あれ、これ外堀も内堀も埋められ尽くして、もはや丸裸なのでは？

「ありがとう、広く眠れていいわね。あ、掛布団はいいわ、持ってきたの使うから」

「ちょっ」

そして、「どうぞごゆっくり」とネルネとニクを連れて出ていった。……ネルネの目がまるで「へたれー？　それともー？　うふふー」と笑っているようであった。

＊　＊　＊

というわけで、結局ロクコと2人きりで寝ることになり、勿論手を出さずにむしろさっさと寝たのだが、翌朝のロクコはやたら嬉《うれ》しそうだった。

「むふふ」

断じていうが、俺はさっさと寝たしロクコは隣のベッドで寝ただけである。朝起きたら素っ裸になっていたという事もないし、ロクコが俺に密着するように潜り込んでいたとかいう事もない。

なにせ移動で疲れてたし。身体《からだ》バッキバキだったし。当然のように寝た。夢も見ないでぐっすりだった。起きた時にロクコが俺の顔を覗《のぞ》き込んでニマニマしてたくらいだ。

そんなわけで朝ごはんにまたウドンを食べつつ。俺は、笑顔のネルネ及びアイディに向かってポツリと言う。

「何もしてないぞ」

「うふー？　そうですかー」

「勿論《もちろん》、理解《わか》ってるわよ？」

本当に何もしてないぞ。その証拠に、ぐっすり寝た身体はばっちりすっきり回復している。まるで『神の掛布団』を使ったかのような回復っぷり。お肌ツヤツヤ、気分爽快。今日も元気に二度寝しよう！

「ケーマ、今夜も２人きりで寝ましょうね？」

「……」

これ、留学中毎日とか言わないよな？　アイディの屋敷にいったら別の部屋用意してもらえないだろうか……いくら俺でも理性の限界ってもんがあるぞ。

「……いや、ニク使いたいかなぁ。とりあえず今のうちに二度寝して寝貯《ねだ》めしとくか？」

「いいわよ。ニクは奴隷だからノーカンで、２人きりね」

先日ネルネが言っていた奴隷ノーカン論を使い始めた。くそうこの子ったら学習速度高いなぁ！

「ロクコのマスター。今日は大武闘大会の決勝を見に行くんじゃなかったかしら？」

「おっと。そりゃ二度寝してる余裕は無かったな」

アイディの一言でそういえばと魔国に来た理由を思い出す。しっかりしろ俺、本来の目的が『神のパジャマ』であることを忘れるんじゃない。

「そういえばアイディとアイディのマスターは大武闘大会に出たのよね？」

「ええ。生憎《あいにく》、今日決勝に出る50番コアに負けてしまったのだけれど。２人がかりでも勝てなかったわ。一撃《タッチはし》は入れたのよ」

決勝で戦うのは50番コアと、42番コア。どちらも優勝候補で、順当に勝ち進んだらしい。マスターが居るコアはペアでの参加が可能であるものの、大武闘大会に出るのは化け物且つ武闘派揃《ぞろ》い。さすがのアイディもその中では埋没する存在であったようだ。

「その、マスターは大丈夫だったの？」

「あら。私のマスターなら昨日も会ったし、ここにいるじゃない」

そう言って、アイディは背後に立つ執事を指さした。

「ん？　紹介してなかったかしら」

こっそり馬車の御者を務めていた、黒に近い赤髪の少年。時間が経《た》った暗い血の色をした髪のその男は特に笑みを浮かべるでもなく、無表情であった。よく見たら見覚えのあるような気がする。

「なぜ執事……？」

「私の奴隷だからよ。そこの子犬と同じようなものね」

確かにニクと同じような首輪が付いている。元々人間牧場で育てていた奴隷がマスターになったらしい。教育済みで何でもいう事を聞く奴隷なんだとか。……相当教育されてるんだろうな。じゃなきゃ絶対命令権を駆使させて呼吸を不要にしたりさせられないだろう、恨まれてたりしたら絶対命令権で奴隷に下剋上《げこくじょう》されるのが関の山だ。

「マスター、今日はロクコ達を大武闘大会《ダンスパーティー》の特等席に招待するわよ。準備なさい」

「……かしこまりました、お嬢様」

スッと頭を下げる執事。……前に顔を合わせたのは3回目のダンジョンバトルでアイディとも戦った時。その時はもっと不遜な態度をとっていたような気がする。

「ところでアイディのマスター、お前のことは何て呼べばいいんだ？」

「……さて、適当な村で産まれて適当に番号で呼ばれて育ったからな、名前は無い。しいて言えば人間牧場5の52番、というのが名前だ」

なにその通し番号。これが魔国か。

「呼びにくいな。ダンジョンコアと被《かぶ》るだろそれ」

「俺達人間牧場の奴隷には、クソありがたいことにダンジョンコア様達と名前が被る可能性がある栄誉が与えられているんだそうだ」

口が悪いな、この執事。こっちが本性か？　本当に調教されてるのかねぇコレ。

「まぁ異世界人のお客様には呼びにくいことは間違いないだろう……そうですね。執事だし、セバスとでも呼んでくれ」

「あれ、俺が異世界人だって言ったっけ？」

「お嬢様が言っておられた。それに、前は異世界の衣服を着ていただろうが」

そういやこいつと最初に顔を合わせた時はジャージ着てたんだった。一瞬こいつも地球人でシンパシーでも感じたのかと思ったが、そんなことはないか。

それで、セバスは執事の通称らしい。

「丁度いいわ。マスター、あなたの名前はセバスにしましょう」

「かしこまりました、お嬢様」

今までは名前が無くてもさして不便は無かったらしい。そして今後セバスと呼ぶかどうかといえば、たぶんアイディは呼ばない気がする。俺の事もロクコのマスターとしか呼ばないし。まぁ、俺としては5の52番とかアイディのマスターとか回りくどい呼び方しなくて済むから助かるんだけど。

「……ところでセバス、微妙に敬語が混じるのはなんなんだ？」

「教育、いや、調教ってやつだ。今後ともよろしくお願いします、ケーマ殿」

なんというか、俺が召喚されたのが魔国じゃなくてよかったよ。うん。

＊　＊　＊

闘技場に近づくにつれ、空気が熱を帯びていく。実際闘技場には人も多く集まっており、その熱気で気温も上がっていそうだった。そのまま馬車で闘技場まで行くのかと思ったが道が詰まっているらしく、「歩いたほうが早いわ」とアイディに連れられ途中から歩きになった。その時だ。

「あれ!? ケーマさん!? ケーマさんじゃないですか!」

「ん?」

名前を呼ばれてふと振り向くと、そこには見覚えのある勇者、ワタルがいた。熊の帽子をかぶっているのは変装のつもりだろうか。

「ロクコさん達《たち》も一緒だなんて、どうしたんですか? え、ここ魔国ですよね」

「失礼、人違いでは?」

「いやいやいや」

分かるでしょ、と熊の帽子をコソコソと持ち上げて見せるワタル。いや分かるよ。当然、ロクコやニク、ネルネまで一緒な俺だ。誤魔化せるわけもない。しかしよくもまぁこんだけ人がごちゃごちゃしてる中で俺達を見つけられたもんだ……ああ、【超幸運】かな。

「冗談だ。ようワタル、こんなところで何やってるんだ?」

「何って、大武闘大会に出場しにきてたんですよ、ハク様の要請で。予選にあたる下位大会を突破して帝国の面目は保った感じですね。さすがに本戦では勝てませんでしたが」

「あー……」

先に魔国に行った一団、と、その中に居たわけだな。

「ちなみに名前はあんまり出さないでください。一応ほら、僕、ここの戦争にも出たことあるもんで……この帽子被ってれば人族って括《くく》りであんまり見分けが付かないらしいんで大丈夫なんですが」

「ああうん」

そう言って寂しそうな目をするワタル。そういや魔国と帝国は戦争もしてるわけで、複雑な感情があるのだろう。


「ロクコ達はワタルと知り合いなのね。へぇ？」

と、嬉しそうな、いや、好戦的な笑みを浮かべてアイディが話に割り込んできた。

「おや、あなたは……確か大武闘大会出場選手の」

「アイディよ。勇者と剣を交えるのを楽しみにしていたのだけれど、先に負けちゃって」

アイディは礼儀正しくスカートの横をつまみカーテシーで挨拶した。

尚《なお》、勝てなかったとか言いつつもワタルは何試合か勝ち進んだらしい。負けた相手はアイディ達と同じく50番コア。しかもアイディ達の次で負けているとか。

「50番様に勝てていれば、戦えたのだけれどね」

「いやはや、50番さんは強かったです……あ、ケーマさん。50番さんってのは本名ですよ？　しかも貴族なんです。こっちだと魔族っていうんでしたっけ。魔族には番号が名前の人がすごく多いそうですよ。変わってますよねぇ魔国って」

「ん？　実用的なお国柄ってことだろ。帝国民からしたら変に聞こえるかもしれないが、そういうものってだけだろ？　興味深くはあるがそれだけだ」

「おお、さすがケーマさん、懐が広い！」

真実を知ってるだけだぞ。というかセバスの「5の52番」みたく人間牧場が名前を番号制にしているのは、魔族のコア達が本名をそのまま名乗るためのカモフラージュでもあるのかもしれないな。

「私、ワタルと決闘《ダンス》したいのだけれど、いかがかしら？」

「すいません、今日はオフなので。戦ってたら決勝が見れなくなってしまいそうですし」

「私も決勝は気になるし、仕方ないわね。また今度」

「ええ、機会があれば」

アイディから握手を求め、ワタルはその手を握り返した。

「あ、ケーマさんこれ食べます？　そこで買った魔国のオヤツなんですが」

ワタルが手に持っていたカップを差し出してくる。それにはオレンジ色のペースト状の物体が入っていた。なんだこの鮮やかなオレンジ色。若干粒々で、しかもねっとりしている。受け取ったら生ぬるくて温かいのが分かった。なんぞこれ。

「……え、なに？　オヤツ？　美味《おい》しいのこれ？」

「甘くて美味しいですよ。あ、ネルネさんもどうぞ」

見た目からはさっぱり味が想像できない。匂いは……なんだこの、甘い感じ？　よく分からない……

「おー、それは摩《す》り下ろしたニンジンと小麦粉を混ぜて甘く炒《いた》めたオヤツですねー？」

「博識ですねネルネさん！」

「貰《もら》ったレシピに書いてありましたのでー」

……あ、言われてみればこのオレンジ色、ニンジンの色か。言われてみれば香りもキャロットケーキと言った感じだ。……ふむ。材料を知ってると知らないでこれほど印象が変わるんだなぁ。恐るべし異世界のオヤツ。

「へー、もっちゃりしてるわね」

「これはハルワね。確か、イシダカレシピの1つだったと聞いたことがあるわ」

と、ロククコとアイディもワタルから魔国オヤツ、ハルワを受け取って食べていた。……え？　これ勇者由来なの？　マジか。地球にあったオヤツだったのか。

「ニンジン……むむ、これはイチカへのお土産にしておきましょう」

ニクは受け取ったハルワを食べずに【収納】にしまった。……ちゃんと野菜も食べた方がいいぞ。全然身長が伸びないって悩んでたけど、栄養素足りてないからなんじゃないの？

「で、試合に負けたワタルはなんでこんなところにいるんだ？」

「試合に負けたので観光をですね。ケーマさんこそなんで魔国に？」

「俺達は留学だな。やっぱりハクさんの要請って感じだ」

「留学ですか。新婚旅行かと思いましたよ」

と、ロクコをちらっと見るワタル。ロクコもにこっと笑顔で返す。おい。新婚旅行とか怖いこと言うなよ、今この魔都にはハクさんもいるんだぞ。

「あ、留学だからお供がイチカさんじゃなくてネルネさんなんですね」

「まぁな。魔国は魔道具が発展してるらしいから」

「となると、ネルネさんへのお土産にと思って買ったこの魔道具作成の教本は無駄になってしまいましたか……」

「ありがたく頂いておきますよー？」

ワタルが取り出した教本に、ネルネが両手を差し出してニッコリと言う。ワタルは特にためらう事もなく本をネルネに渡した。

「わーいー、ありがとうワタルさんー」

「どういたしまして。ところでどうですネルネさん、この後僕と一緒にデートでも。決勝戦の観戦も出場者の関係者席でできますよ」

おいワタル。

「……ネルネは今俺達の従者ってことになってるんだ。どうしても一緒にいたいなら、1時間につき金貨5枚くらい払ってもらおうか？」

「おや手厳しい」

仕事の邪魔をするのは悪いですね、とワタルはあっさり諦める。

「ちなみに俺達も特等席で見ることになってるんだ」

「おや、特等席ですか？　それは羨まし……いや、そうでもないかもしれませんね？」

ん？　とワタルのその微妙な口ぶりに少し首をかしげたが、とりあえずワタルもそろそろ闘技場に決勝戦を見に行くとのことで一緒に向かうことにした……が、闘技場に入ってすぐ、ワタルとは別れることになった。どうやらアイディの用意してくれた特等席は、出場者の関係者席とはまた違う場所らしい。


そして俺は、ワタルの漏らしていた言葉をすぐ理解することになった。

＊　＊　＊

闘技場は超満員で、立ち見を含めて熱気に満ちていた。流石《さすが》は大武闘大会のオオトリ、決勝戦である。しかし一方で氷点下なのではと身体《からだ》が寒気を覚える場所があった。……俺達が今いる特等席である。特等席自体はフィールドに一番近くて実際いつ流れ弾が飛んでくるか分からないほどのボックスシート、かぶりつき席で間違いなく特等席であるのだが……問題はそこにいた面子《メンツ》である。

「……チッ」

「……ふんッ」

そう。ハクさんと大魔王《6番コア》だ。一触即発である意味ここ一帯で一番熱く、そして周囲には極寒の真冬のような空気が漂っていた。誰だこの2人を同じ箱に入れたヤツは。同じことを以前『父』ことお父様がやってたけどアレはお父様だから許されたんだぞ？

「ハク姉様。楽しみですね！」

「爺様《じじ》、勝つのはどちらかしら」

空気を読まない緩衝材といわんばかりにロクコとアイディが2人の間に入っている。そして、なんと俺もロクコの隣に座っているのだ。お解《わか》りいただけるだろうか。ハクさんと大魔王の間に座っているロクコとアイディの間に座っているのが俺なのだ。そう。何の因果かボックス席のど真ん中に俺なのだ。何これ俺の胃に穴をあける装置？

使用人枠のニクやネルネ、そしてセバスは後ろで控えている形になっている。俺もそっちが良かった。なのに「ケーマさんはそこね」「小僧、同席を許す」とハクさんと大魔王に名指しで席を指定されてしまったのだ。断れるかこんなん！

「ロクコ。私としては、私に勝った50番様に勝って欲しい所存《ところ》よ」

「じゃあ私は相手側を応援しちゃおうかしら？」

「あら、ロクコったら。うふふ」

　この冷凍庫もさながらのボックスシートにおいて、まるで春のそよ風の中に居るかのような2人。もはや最強なのでは？　と錯覚してしまう。

「な、なぁアイディさんや。なんでこのお二方が一緒の空間に居るの？」

「ハク様は国賓よ？　同格である爺様との同席は当然でなくて？」

「そうよケーマ、常識で考えなさい。国のトップに国のトップが対応する、いたって自然なことじゃないの」

　常識で考えたら、犬猿の仲のこの2人を一緒にするのは戦争勃発待ったなしだと思うんですけどねぇ？　ああもう。左右からの殺意で嫌な汗が止まりそうにない。ふと昨日の決闘ではどっちが勝ったのか気になったが、当然聞ける空気ではないよな。


　そうこうしているうちに決勝戦が始まった。

　決勝戦で戦う選手。まずは50番コア、全身鎧《よろい》の黒騎士だ。対するは、42番コアとそのマスター、2人組だ。もっとも人という表現には語弊があるかもしれない。なにせマスターが三つ首のケルベロスで、42番コアはそれに跨《また》がる大鎌を構えた死神姿である。

　どちらも文句なしの優勝候補であり、順当に決勝戦に進出した結果だ。

試合は壮絶であった。50番コアが剣を振れば大地が裂け尖《とが》った岩が42番コアを襲い、42番コアのマスターが三つ首で吠《ほ》えれば炎と水、そして電気の渦が闘技場を埋めつくすように暴れまわる。攻撃が当たったかと思えば残像で、ついでにいつの間にか50番コアが2人に分身したり、42番コアが鎌を掲げては氷刃の雨を降らせ……

まっ平らだったフィールドは闘いの傷跡であっという間に滅茶苦茶《めちゃくちゃ》に荒れて障害物にまみれる。すると今度は遮蔽物を利用した戦いに移行したりと、もう何が何だかわけわからないハイレベルな闘いだった。……もっとも、俺は左右からのプレッシャーが気になって観戦どころじゃなかったが。

最終的に、勝利したのは50番コアであった。2人に分身した50番コアが、42番コアとそのマスターの喉元にそれぞれ剣を突きつけての勝利であった。

「終わってみれば、始終50番様のペースだったわね」

「どっちも凄《すご》くて私にはよく分からなかったけど、そうなの？」

「42番様に魅せ場を作らせてあげる余裕があったわ」

アイディの解説……よく分からないが、とにかく50番コアが圧勝だったらしい。

と、ここで大魔王がすっと立ち上がり、ボックス席から顔を出す。

「場を整える。退《ど》け」

大魔王がそう言うと、一旦42番コア&マスターと50番コアは入場口まで退く。

「【グランドスパイク】、【グランドハンマー】」

手に出した漆黒の大剣を軽く振りかぶり、振り下ろす。大魔王がやったことはただそれだけ。しかしそのひと振りで、荒れ果てたフィールド全体が一度ハリネズミの背中のように土のトゲだらけになり、直後に不可視の巨大なハンマーに押しつぶされて強制的に均《なら》された。

闘技場のフィールド全体に及ぶ範囲攻撃。詠唱が無かったことからも分かるが、魔法攻撃ではなく剣技スキルらしい。結果として、一瞬で綺麗《きれい》にローラーをかけたような土のフィールドが残った。

「これが大魔王の……整備し放題じゃないの」

ロクコのどこかズレつつもある意味正しい感想。

「お見事――流石は爺様です」

師匠の業《わざ》を見て学ぶ弟子のようなアイディ。

「相変わらず細かい調整が得意なようね、見た目に似合わず繊細で小さい男だこと」

「不器用で壊しすぎてしまう貴様には到底真似《まね》できぬ技であろうな……まぁ良い」

嫌味を飛ばすハクさんと応戦する大魔王。

そして大魔王はひょいと俺の襟首をつかみ、猫のように持ち上げた。へ？　あの？

「ではこれより特別試合《エキシビションマッチ》を行う。50番。相手はこいつだ」

「は!? え、あの、ちょ、聞いてないんですけど!?……へぶっ!」

ぽいっとフィールドに投げ捨てられる俺。

受け身も取れずに地面に転がる俺を見て、観客達《たち》がざわめく。無理もない。いきなり出てきて、一体お前は誰なんだと言いたくなる気持ちは良く分かる。左右から殺意ビンビン伝わってくる極寒地獄よりはマシな気がするけれども。

さっきまで居たボックスシートを見ると、毅然《きぜん》と俺を見下ろす大魔王に、何が面白いのか少し笑顔のハクさん、そして「がんばれケーマー!」と応援してくるロクコとその隣で楽しそうなアイディ。えぇ……味方が居ない。


がしゃり、と全身鎧の金属的な足音が聞こえて振り向くと、そこには黒騎士、50番コアが居た。

「貴様が我輩の相手であるか? 確かにあの場所に居たのは気になっていたのであるが……全く強そうに見えんのである」

兜《かぶと》の中で少しくぐもったような声。兜の中は真っ暗で何も見えない。人化して鎧を着こんでいるというわけではなく、この姿が50番コアの素の姿なのであろう。

「あ、どーも……優勝おめでとうございます。俺も何も聞いてなくて……え、どういう事なんでしょう?」

「ふむ……あいや、待つのである。王からお言葉がいただけるようであるぞ」

50番コアに促されて改めてボックスシートの大魔王の方を見る。

「50番よ。此奴《こやつ》は帝国のドラゴンバスター、ケーマ・ゴレーヌ男爵である。男爵は此度《こたび》の優勝賞品である『神のパジャマ』が欲しいらしい。どうだ、受けるな？」

「ほう。ドラゴンを……王命とあらば吝《やぶさ》かではないのである。しかし王よ、見たところ彼はただのニンゲン。さほど強そうに見えないのであるが？」

と、50番コアが俺について全くもって正しい評価を下す。よく考えたら100個単位で作られているダンジョンコア、99番まではファーストロットであり6番コアの大魔王やハクさんと同期なのである。俺が倒したことになってるイグニの父親であるイッテツ、つまり112番コアよりも1ロット早い先輩であり、弱いわけがない。

「そうじゃの。では殺さぬよう攻撃を禁ずる。また、一撃を入れられたら負けとせよ。試合時間は10分とする」

「はっ！」

えっ、攻撃してこないの？　しかもこっちは一撃入れたら勝ちなの？　それなら勝ちの目があるかもしれない。とんでもないチャンスだ。

「えっと、一撃入れられたら『神のパジャマ』くれるんですか？」

「王命である、無論ぞ。本気でかかって来い」

「あ、じゃあその、よろしくお願いします」

と、俺は握手を求めて右手を差し出す。

「うむ――」

律儀に手を伸ばしてくる50番コア。その手と握手を――かかった。

「――【ファイアボール】」

「おっと」

握手と同時の不意打ちの火の玉――だったのだが、50番コアはひょいと手を放してあっさりと攻撃を回避した。

「くっそ！」

「ふははは！　良き、良き闘志である！　勝つ気満々であるなぁ！」

1発目、不意打ちを回避されてしまった。かかって来いと言われて、よろしくお願いしますと言った。それはつまり、既に勝負は開始しているということ！　という屁理屈《へりくつ》をこねていたのだが、あっさりと読まれてしまった。伊達《だて》に魔国の戦闘狂の中でチャンピオンになったわけではないという事か！

「ならこうだ。……門を開け。魔を使う石の魔物を召喚し、使役する――【サモンガーゴイル】【サモンガーゴイル】【サモンガーゴイル】……行け！」

「お、お、お、お！　雑魚とはいえ単身でこうも数を揃《そろ》えてくるであるか！　おお！」

この会場にはワタルもいるが、20体ほどの数なら前に見せたことがある。限界20体として、数で攻める。――歓声が湧く。ガーゴイルの大量召喚は余程見栄えが良かったのか、それとも20体からの魔法攻撃を余裕で回避する50番コアの身のこなしを見てか。

「フハハハハハ！　良いのである、中々であるぞ！」

全身鎧とは思えない軽いステップ。まるで本当にダンスを踊っているかのような軽やかさは、素の姿が全身鎧であるからこそなのだろう。

「――【ファイアーボール】！――【アイスボルト】！」

俺はカーブする火の玉、直線的に飛ぶ氷の矢を乱打する。が、50番コアは余裕で回避し、受け流し、一撃を入れさせてくれない。

散発的な攻撃はダメだ。こうなったら面で制圧しなければ。と、20体のガーゴイルにはそのまま牽制《けんせい》させ、俺は魔法を練り上げる。理想は先ほど大魔王が見せた、フィールド全体を満遍なく押しつぶす不可視の槌《つち》。あれほどの範囲攻撃であれば回避することはできない。

「火の玉よ壁を造れ！　ファイヤーボール・ウォール！」

俺は【ファイヤーボール】を空中に並べ、列を作る。その列をさらに並べて、火の玉の壁を作る。完全に無詠唱で良いのだが、叫んだのはカムフラージュ。大魔王の【グランドハンマー】に比べればハエ叩《たた》きみたいな代物だが、ガーゴイルに囲まれ行動を制限されている今なら！

「発想は良いが、甘いのであるな」

しかし50番コアは気が付けば俺の後ろに立っていた。火の玉の壁はガーゴイルだけを巻き込み爆発四散。

「……あれ。貴方《あなた》さっきまであの包囲の中にいませんでしたっけ？」

「少し走ったのである。あの程度の雑魚、魔法罠《わな》付きの柱が20本並んでいるのとさして変わらん。障害物にもならんのであるよ」

「さいですか」

アイディが言っていた、相手に見せ場を作る余裕。なるほど、こういうことか。

「何、誇るが良いのである。おヌシはこの我を走らざるを得ない状況まで追い込んだのである
ぞ？　ドラゴンを下しただけのことはあるといえよう」

「それはどうも……お褒め頂いて光栄です」

と、俺は改めて握手を求める。

「……ふむ、流石《さすが》にそこまで余裕を見せてやる義理もない——のではあるが、良いのである。奥の手を見せたまえ」

がしり、と俺の手を丁寧に掴《つか》む50番コア。ちっ、痛いくらいに握ってきたら『攻撃』の禁止事項に触れたと言えたものを。……では改めて。

「火の玉よ包み込め——ファイヤーボール・ドーム」

俺と50番コアを囲むように、半球状に火の玉を展開する。手を握っている。これを振り払うのは禁止されている『攻撃』にあたる。そして火の玉の壁に通り抜けられる隙は無い。

「ほぉ。確かにこれは厳しい状況であるな」

「さて、こいつから50番様はどう逃げるかね？――クラッシュ！」

俺はファイヤーボール・ドームを内側に潰し、50番を巻き込んで自爆した。

……が、倒れたのは俺だけであった。

「ふははは！　残念であったな、そっちは分身である！」

握手する時点で入れ替わっていたらしい。そりゃそうか、最初にあんなことしてノコノコと握手に応じてくれるわけがなかった。……がくっ。

＊　＊　＊

というわけで、特別試合《エキシビションマッチ》は50番コアの勝利に終わった。チャンピオン相手に俺は中々健闘したということで、それなりに盛り上がったらしい。自爆攻撃も成功しなかったものの覚悟が決まってて良いという評価だった。

「見事であった。男爵もな」

「はっ、お褒めに与《あずか》り光栄である！」

「……はい、アリガトウゴザイマス」

改めてフィールドで大魔王からお言葉を頂戴する。

ちくしょう、あれだけ有利な条件で負けるとは……

「では、取り決め通り、こやつは我が頂くのである」

「うむ」

……は？　と呆気《あっけ》にとられている俺を尻目に頷《うなず》く大魔王。

「ちょ、ちょっと待ってください、そんな取り決めがあったんですか!?」

「ん？　おヌシ、魔国の流儀を知らんのであるか？　決闘し、負けた方は奴隷であるぞ」

「いやでもほら、俺、帝国の使者ですけど？」

「それがどうした？　それに相手に要求をして決闘し、負けても何もなしという訳にはいくまい」

ふん、と鼻で笑う大魔王。いやその、ええ。確かにあれですけど。決闘で負けたら奴隷にされるとは聞いていた気もするけど。

ちらりとボックスシートのハクさんを見ると、ニッコリ笑っていた。うぉい!?　ハメたのか、ハメられたのか俺!?　助けてロクコ！　ハクさんになんか言ってやって！……ロクコが慌ててハクさんに抗議する。そう、その調子！　ハクさんはやれやれと仕方なさそうに立ち上がった。

「ゴレーヌ男爵は我が国でも優秀な人材です。持っていかれるのは困りますが――留学期間限定の契約奴隷としていただければ、問題ありませんよ」

「それでよいのである！　はっはっは！」

「……マジすか、ハクさん……」

いや、まぁ、期間が定まってるだけまだマシだと思うんですけどね。ええ。


と、ぼそぼそと声が聞こえてきた。ハクさんの声だ。……これは【エアボイス】？　遠くの場所に声を届ける下級風魔法だ。『聞こえてる？』と聞かれていたので、俺は頷いた。

ハクさんはにこっと笑う。

『ロクコちゃんと添い寝したそうね？』

ひえっ。……いやその。不可抗力です。留学途上のことならちゃんと距離は取ってましたし。同じ部屋では寝ましたけど一切手を出してませんしっ！

『まぁいいでしょう。……ケーマさん。奴隷となって50番の近くにいれば、その分だけ入手機会が増えますよ？　「神のパジャマ」の』

あ。言われてみれば。……そう考えると、完全に悪い提案でもない、のか？

これからどうすべきかと思案している間に、俺の首にかちゃりと首輪が着けられた。

◆閑話　レイの命名センス

レイは悩んでいた。

マスターであるケーマに任された召喚する『妖精』のカスタムについてだ。自分の部下のＤ　Ｐ《ダンジョンポイント》召喚を任されて、レイが気合を入れてＤＰカタログのカスタム項目とにらめっこしていると、そこに『分化』という項目を見つけた。

『分化』。それは１匹の妖精が、ぽんっと分かれる能力だ。まるでスライムみたいに。その分だけ知能も下がるが、分け過ぎなければ簡単な命令くらいは守れるだろう。いざとなれば合体して１体の妖精になればいい。……預かったＤＰを全額突っ込めば、そこらのニンゲンより優秀になるにちがいない。

「ん？　これって逆に、４万５０００Ｐを１匹にまとめるなら付与する能力も節約できるんじゃ……！　これぞマスターのお好み、エコ！　スクロール代も１匹分で済む！」

とりあえずマスターから必須と言われた『魔法の才能』を付けておこう……あとは『分化』。『分化』が前提ならある程度の大きさも欲しい……あ、やば。５万ＤＰになってしまった。削れる項目は……うーん、どれも捨てられなそうだ。

伸縮率とかいう謎の項目もあるが、分からない所は手を付けない方が良いだろう。下手に手を付けて役立たずになっても困る。なにせ『攻撃力０』という呪いのような特性をもった自分《レイ》という実例が居るのだから。

「……まぁ5000P程度なら私の貯蓄でカバーすればいいでしょう」

5000P分、欲しかったスクロールを我慢すればいいだけの話だ。レイは受け取った4万5000Pに貯蓄の5000Pを加え、5万Pで『妖精』を召喚した。


「っと、出ましたね」

そこにはレイに向かって頭を下げる妖精――人間の子供くらいのサイズはある、大きな妖精が居た。紫紺の髪に、玉虫色の不思議な目。なんとなく魔法が得意そうだな、とレイは思う。妖精はにこりとレイに笑いかけた。

「あなたが私の主人ですか？」

「いいえ、私はあなたの上司で、レイと言います。マスターに任されてあなたを召喚しました。早速ですが、『分化』を見せてもらえますか」

「上司……はい、レイ様。分かりました」

妖精は軽くお辞儀をすると、レイの前でぱっと2つに分かれた。

「「これで良いですか？」」

「……色が違いますね？」

片方は青色の髪に、片方は赤色の髪になる妖精。大きさは、先程より小さくなっている。

「「要素を分けたので」」

「なるほど。もっと分けられますか？　あと喋《しゃべ》るのは1匹でいいですよ」

「はい」

そうして、ぽんぽんと分かれていく妖精。その数、2の4の8の……16。ここまでくると、羽が生えた光の玉の妖精と、羽の無いただの小人の妖精とかいうのにもなっている。

「このくらいが限度です。これ以上分けると戻れなくなるかもしれません」

代表の1匹がそう言う。

「なるほど分かりました。では戻ってください」

レイの言葉で今度はくっ付いていく妖精。すぐに元の1匹に戻った。

「とりあえず、あなたにはダンジョンの手伝いをしてもらいます。担当がもう1人居るので仲良くするように。……さしあたり、あなたの呼び名を付けましょう。正式な命名はマスターがなされるでしょうから、仮です」

さて、なんと名を付けたものか。と、レイは思案する。


「……どのような名前にしましょうか。うーん……」

まず思いついたのは「エコ」。なにせ節約のために『分化』を覚えさせたのだから。

そうだ、「アルファ」なんてどうだろう。レイはダンジョンモンスター幹部のリーダーであり、レイが率いるチームは当然一番隊《アルファチーム》ということになる。……いや、マスターに許可を取ったわけではないけど。実質。あ、でもそのまま使うと次以降困るので、ここは自身の名前から一音「レ」をつけて「レ・アルファ」……

あ、ダンジョンを陰から支えるということで「影《ファントム》」なんてのもいいかもしれない。あと、大きさから言って「妖精の女王《クイーン・オブ・フェアリー》」というのもありか。ん？　でもキヌエよりは小さいか。

可愛《かわい》らしいし、「クリス」というのはどうだろう。意味は知らないが、ニンゲンでたまにそういう名前があるらしい。……ニンゲンより優れてるわけだし、「ティア」なんてのを付けてみるか。「クリスティア」……うーん、しっくりこない。

家族を意味する「ファルミ」に、仲間を意味する「ミナーゼ」を被《かぶ》せて「ファルミナーゼ」……んんん、かっこよすぎか？

トロルくらいは倒せる実力は付けて欲しいし、「トロル殺し《キラー》」というのも……いや、ダンジョン運営にあたって力自体はそれほど必要でもない。最悪ゴブリンより上の立場であればいいから、「立派なゴブ《ホブ》」……いや妖精だった。あれ、ゴブリンも妖精の一種だったっけ？

妖精らしく夜とか月とかにちなんだものはどうだろう。たしか三日月型の剣に「メッザルーナ」というのがあった。……可愛くないかな。じゃあ音楽。ポンポン分かれるし、5重奏を意味する「クインテット」なんてのもいいかも……いやむしろ「細胞分裂《セル・ディビジョン》」という感じか。オフトン教教会の本棚で見た。

だめだ、可愛くない方向になってきた。

可愛い物、可愛い物……赤ちゃん？　そういえば村に「ネテロ」ってのがいましたね。

んー、まぁいいかニンゲンだし。はっ、そうだ逆に悪魔の名前なんてどうだろう、可愛さが引き立つかもしれない。「パルゼッセ」「ドリアーノ」……「ドレアーノ」だったっけか？　微妙。うろ覚え。

あ、「ポルカ」なんてのもいいかも。特に意味はないけど。


……まぁこれだけあればどれかしら良いと思うでしょう。本人に決めてもらえばいいか。どうせ仮の名だし。レイは改めて妖精に向き合った。

「これから言う名前で、好きなのを選びなさい」

「はい」

レイは自分が考えた名前を1つずつ丁寧に告げていく。

「……『エコ』『レ・アルファ』『ファントム』『クイーン・オブ・フェアリー』『クリスティア』『ファルミナーゼ』『トロルキラー』『ホブ・ゴブ』『メッザルーナ』『クインテット』『セル・ディビジョン』『ネテロ』『パルゼッセ』『ドリアーノ』『ドレアーノ』『ポルカ』……さ、どうします？　仮の名前なのでどれでもいいですよ」

「では全部で」

「え？」

「全部で」

　思わず聞き返したレイだが、聞き間違いではなかったようだ。

「……そうなるとあなたの仮の名前は『エコ・レ・アルファ・ファントム・クイーン・オブ・フェアリー・クリスティア・ファルミナーゼ・トロルキラー・ホブ・ゴブ・メッザルーナ・クインテット・セル・ディビジョン・ネテロ・パルゼッセ・ドリアーノ・ドレアーノ・ポルカ』ということになりますが」

「はい」

「……長くないですか？」

　レイが流石《さすが》にちょっと、と目を細めて見ると、新入り妖精は首を横に振る。

「折角レイ様に考えて頂いた名前、使わなきゃもったいないです。どれも良い名前です」

「エコ・レ・アルファ・（中略）・ポルカ……！　くっ、良いこと言いますね」

「はい。私はエコ・レ・（中略）・ポルカです、レイ様！」

「エコ・（中略）・ポルカ……！」

「はい！　私はエコ・（中略）・ポルカです！」

「エコ（中略）カ！」

「はい！　エ（中略）カですよ！　レイ様！」

2人はハイタッチした。気持ちが一体となり、最高の気分だった。

「よーし、マスターに『分化』をお披露目する練習をしましょう、エ（後略）！」

「はい！　（全略）はレイ様の部下ですから！　お任せあれ！」

こうして名前を呼び合って『分化』を練習している間に朝になってしまった。

結局ケーマからは「長い」と怒られてしまったので、最終的には最初と最後、それからレイからの1文字ずつを残して「エレカ」となりましたとさ。

　というわけで大武闘大会の閉会式も終えて、50番コアの奴隷ということになってしまった。奴隷の種類で言えば期間限定の契約奴隷。命の保証は……まぁ、無くはない。

「では暫《しばら》く宜《よろ》しくである。……仲間に挨拶してくるが良いのである」

「あ、ハイ」

　そんな優しさに甘えて、俺はまだボックスシートに居るロクコ達《たち》の下へ。

「というわけで、ロクコ。しばらく別行動だ」

「……なんかすごく落ち着いてるわねケーマ？」

　ロクコが俺に少し呆《あき》れた顔で言う。

「内心は不安で一杯だぞ？　慌ててもどうしようもないから諦めてるだけで」

「そうなの？……むぅ、でもケーマと一緒に魔国で遊べると思ってたのに……」

　ロクコは口をつんっと突き出して、不満げだ。ネルネがロクコの後ろからひょいと顔を見せる。

「マスター、私達はどうしますかー？」

「あー……まぁ、当初の目的通り勉強かな。あとはネルネとニクはロクコの指示に従ってくれ。アイディ、悪いけどロクコの相手は任せる」

ネルネは「わかりましたー」と引っ込んでいった。

「ふふ、ロクコの事は任せて？　きっちり御持《おも》て成《な》ししてあげるわ」

ニヤリ、とアイディが笑う。別に何か企《たくら》んでいるわけではないのだろうが、素で何かやらかしそうで怖くもある。自己主張力の低いニクや、勉強に夢中になりそうなネルネだとストッパーとして機能しない気がする……どこかに丁度いい奴《やつ》でもいないかな——


「ケーマさん！」

——と、ワタルが観客席から降りてきた。そういや居たなコイツ。出場者の関係者席だったので、ボックスシートの次くらいにフィールドに近いところにいたようだ。

「おうワタル。どうした」

「どうしたじゃないですよ！　まさかケーマさんが負けるだなんて……明日は槍《やり》でも降るんでしょうか……」

いくら魔国でもそうそう槍が降るなんて……無いとも言い切れないな。

「ワタルは一体俺を何だと思ってるんだ？　俺にだって負ける時くらいあるに決まってるだろ。ましてや相手は武闘大会のチャンピオンだぞ」

「む、まぁ、確かに僕も負けた相手ですからね……しかしあの魔法はお見事でした。ファイアーウォールとはまた違う壁でしたね？」

「ああ……当てられなかったけどな」

「それはまぁ……相手が悪かったとしか。普通なら当たりますよ。僕でも聖剣エアを使わなければ避け切れないでしょうし」

と、腰に下げた聖剣をポンと叩《たた》くワタル。

「しかし、ケーマさんがロクコさん達から離れて……大丈夫なんですか？　ここ、魔国ですけども」

実際、アイディの庇護《ひご》下にあるとはいえ不安である。なにせ肉布団とか言って腹搔《か》っ捌《さば》いてその中で寝るのを是とする連中。その只中《ただなか》にロクコを任せることになってしまうのだから。……と、ここで気付く。ワタルがロクコ達の護衛に付けば色々と良いのでは？

「ここはひとつ信用できる常識人であるワタルにロクコ達の護衛についてほしい所だな」

「嬉《うれ》しいことを言ってくれるじゃないですか。……ですがその、僕の滞在許可《ビザ》的にこの大会が終わったら帰らないといけないんですよ。ハク様の許可があれば別なんですが、帰ったら仕事も残ってますし」

ワタルは俺への借金を返すために精力的に働いている帝国の勇者だ。ハクさんもそうそう簡単には許可は出してくれないだろう。ちらりとハクさんを見る。

「いくらロクコちゃんの護衛にとしても、そこの魔王と取り決めを交わした以上、勇者を魔国に置きたくないですね」

「そうさの、帝国の勇者を魔国に置くのは問題がある。なにせ白いのの犬だからな。認めるわけにもいかん」

ついでに大魔王が口をはさんできた。……これは、ワタルを魔国に残らせるにはなんとか体裁を整えなければいけないという事か。ん？　逆に言えば、体裁さえ整えたらワタルを護衛に付けても良いってことか？

「……じゃあワタルも奴隷になるか？　ロクコとネルネの」

「えっ」

ふとした思い付きを口にしてみた。

「俺が奴隷になってロクコから離れている間、代わりにワタルが奴隷になってロクコと、ついでにネルネとニクを守ってくれると助かるなぁ。勇者としては滞在できなくても、奴隷としてならいいんじゃないか？　物扱いなんだし」

「……それ、ケーマさんが奴隷になったから腹いせに僕にも、とかいう意図じゃないですよね？」

違うって、ホントホント。

「で、どうですか大魔王様。勇者じゃなくて奴隷なら」

「……ま、奴隷なら良かろう。奴隷に落ちる帝国の勇者というのも、笑える」

よし、奴隷なら問題ないと大魔王のお許しが出たぞ。

「ですがケーマさん。理由もなく勇者を奴隷に落とすことはできませんよ？　ましてや、私の目の前です。然《しか》るべき理を唱えてください」

と、今度はハクさん。

「よく考えたらワタルの借金は即座に奴隷落ちしてしかるべき額ですし？　えーっと、あと金貨何百枚だっけ。なぁワタル？」

「まぁ、僕じゃなかったらとっくに借金奴隷ですね。普通の人なら金貨１００枚も生涯で稼げるか怪しいですし」

「とはいえ、単に借金奴隷というのもなんなので契約奴隷で。仕事はロクコ達の護衛。報酬は今ワタルが俺に対し抱えている借金全額ってことでどうでしょう」

「……金額的には破格と言えなくもないですね」

普通ならひと月に金貨１００枚。それがハクさんがワタルを働かせる報酬だ。残金がいくらか忘れたが、その何倍かを一気に払うことになる。実際は俺の懐は一切痛まないが。

「それはもう、勇者様を一時的に奴隷に落とすわけですから。相応の金額でしょう？」

「一応聞いておきましょう。そこまでの金を払う理由は？」

「それは無論、ハクさんですよ」

私ですか？　とハクさんがとぼけた様子で自分を指さす。

「ハクさんは、俺にロクコの安全を守るようにとお言葉をくださいましたね。つまり、帝国貴族である俺には、全力でロクコの安全を確保するために奔走する義務と責任がある。……自分が離れなければいけない以上、最高級の護衛を付けるのは当然ですとも」

ここまで言うと、ハクさんはニッコリと笑う。

「確かに、ケーマさんの言葉は理があります。そもそもワタルは冒険者として私の依頼を受け、その働きに私は高額報酬を払っていたわけですからね。ワタルがケーマさんの依頼を受けるというのであれば、冒険者ギルドグランドマスターのハク・ラヴェリオとして受理しましょう。……一時的に奴隷にするのであれば、ロクコちゃんに手を出す心配もなさそうですし」

ハクさんは口では渋々仕方なくと言った形だが、上機嫌に笑いながら許可をくれた。しかも冒険者ギルドグランドマスターとしての依頼と言う形で、である。これなら、ギルドの依頼に従ってワタルが奴隷になった——帝国の勇者が帝国の組織の許可の下、一時的に身分を変えることとなるだけ——なので、外聞が多少はマシになる。

というか、ハクさんが笑顔すぎる。余程俺とロクコを一緒に居させたくなかったと見える、自分の目が届かない魔国だものね。

「ロクコちゃんもそれでいいかしら？」

「むぅ、仕方ないわね……ケーマが私の事を想《おも》って用意してくれた護衛だもの。ケーマと離れるのは嫌だけど……仕方ないわねホント」

ハクさんに促され、ロクコも渋々とだが認めることとなった。

「私からもケーマに護衛を付けたいのだけれど……ダメかしら？」

とロクコが俺を見て言う。そんなに俺は頼りないだろうか、という言葉は口にしない。なぜなら俺の頼りなさは俺が一番よく分かっているからだ。奴隷になることは覚悟したが、正直不安で仕方ない。

「あら素敵。想い合う者達の戦力交換《プレゼント》ということね。爺様《じじ》、ロクコの願い、叶《かな》えてあげられないかしら」

「奴隷に護衛か……ま、そちが自前で用意するのであれば止めはせぬ」

と、ロクコの提案はアイディの助力もあって通ることとなった。

「ありがとうございます、6番様。アイディも」

「ふふ、もっと感謝してくれて良いのよ？　それで何方《どちら》を付けるのかしら」

ロクコはニクとネルネのうち、ちらりとニクを見る。ニクの尻尾が決意に揺れた。

「ニク。ケーマを守ってあげるのよ？」

「わかりました、ロクコ様」

尻尾をブンブン振って、ニクは喜んでいた。……知らない場所に1人で送られるより遥《はる》かに心強い。助かる。ありがとうロクコ。ニク。帰ったらメロンパンバーガー祭りを開催することを心に決めた。

「ちゃんと帰ってきてくれなきゃ嫌よ、ケーマ」

「ああ」

ニクが俺のもとまで下りてくると同時にガシャンと全身鎧《よろい》の足音がする。

「ではそろそろ良いであるか？　なにやら我輩の連れていく奴隷が増えたようであるが」

「ええまあ。こいつもよろしくお願いしますよ、50番様」

「しばらくお世話になります」

50番コアはガチャッと音を立ててしゃがみ込み、ニクと目を合わせた。

「ふむ。小さいがいい目をしている。悪くない……良かろう！　貴様も我輩が鍛えてやるのである！　はぁーっはっはっは！」

50番コアは問題なくニクを受け入れてくれるようだ。さすが初期生産《ファーストロット》コアの魔族様、懐が広くていらっしゃる。


……ところで、貴様も、鍛えるって言った？　もしかして50番様、俺の事鍛える気なの？　魔国の奴隷っていったい何をさせられるんだろうか……？

「では早速連れて行くのである。【収納】に入るがよい」

「えっ」

と、俺の目の前で50番コアは【収納】を開き、その黒い穴の中に俺とニクを突っ込んだ。

ああ、奴隷は道具だから【収納】に入れて運ぶ。なるほど合理的だなぁ。

＊　＊　＊

かくして、俺とニクの奴隷生活が始まった。

いや、ニクは元々奴隷であるので別に始まってはいないか？　とかどうでもいいことを考えつつ、【収納】からずるんと抜き出される。体感的には入れられてすぐ引っ張り出された感じであるが、風景が変わっていた。

「ここは我輩の領地、そして我が屋敷である」

俺達《たち》は50番コアの領地にある屋敷まで連れてこられたようだ。……日の高さから考えて、数時間経《た》ってる？　あるいは日を跨《また》いでる？　でもこれは便利だな。生物も普通に【収納】に入れられるとは知らなかった。


「では早速おヌシらの性能を見せてもらうのである」

で、俺達はまず50番コアとの立合いをすることになった。まず戦おうか、というのがいかにも魔国らしい。……奴隷としての格を決めるための重要な事だそうだが。

「俺はもう闘技場で戦ったし、別に戦う必要ないんじゃ……ぐえっ」

きゅ、と首輪が軽く締まって息が詰まる。

「ご主人様、奴隷は口答えしてはいけません」

「お、おう。すみません50番様」

俺が謝罪の言葉を口にすると、こくりと50番コアは頷《うなず》いた。

「うむ。そちらの小さい方は立場を弁《わきま》えているのであるな。特別に質問に答えてやるのであるが、闘技場の戦いでは魔法性能を確認しただけである故、他の性能も見ておきたいのである」

なるほど、あの闘いでは防御性能とか物理攻撃性能といった魔法以外の項目は見れていないだろう。……しかし。

「俺やニクは50番様の一撃で軽く死ねると思うのですが？」

「無論、死なないよう手加減しよう。慣れているのである」

「さいですか……」

……とりあえず死にはしないらしい。怪我《けが》もしないと良いなぁ。

「まずは素手で相手しよう。おヌシらは自前の獲物を使ってよいのである」

と、言われるや否や、ニクは腰の短剣2本を構えた。やる気だ。

俺は……うーん、俺の腰に下げてる魔剣シエスタはあまり戦闘向けではないんだよな。シエスタの眠りを振りまく効果は、相手が普通の人間や生物系ならともかく、推定リビングアーマー型コアの50番コアには効果が無いだろう。それに俺は後衛型の魔法使いだし。

というわけで俺はニクの後ろに立つだけにした。

「ふむ。腰の魔剣は飾りであるか？」

「ええまあ。魔法使いなもんで」

俺はいつでも魔法を打てるよう準備する。杖《つえ》でもあれば格好がついただろうか？

「ではかかってくるが良いのである」

50番コアのその言葉を切っ掛けに、ニクが勢いよく飛び出した。

「ほう！　ほう！　思い切りが良い、我輩を前に臆せぬか！」

「戦えと言われたら戦うものでは？」

「帝国産の奴隷のわりに、良品であるな！　まるで魔国産のサラブレッドである！」

ニクの連撃を全身鎧の手と腕で捌《さば》きつつ、50番コアは嬉《うれ》しそうに言う。素手と言いつつよく考えたら籠手《こて》を使っているようなものだが、まぁいい。奴隷が細かいことに口出ししたとかでまた首輪を締められても面白くない。リビングアーマー型コアならこの状態が素なのだろうし、魔国的にはこれも素手なのだろう。

「氷の礫《つぶて》よ、敵を貫け――【アイスボルト】」

俺は俺の仕事をすることにした。とりあえず魔法を叩《たた》きこむ。ニクには当たらない射線での攻撃だ。俺はニクの尻尾を見つつ、次の動きを予測する。予測して、援護射撃を重ねる。

「ぬははは！　そこそこやるではないか。なら1段階上げるのである！」

と、俺達の攻撃にゴキゲンになった50番コアが動きを速める。

「ぐ、くっ」

ギィン、キィンッと金属がぶつかる音。先ほどまではニクが攻めていたのを50番コアが防いでいたのだが、今度は50番コアの拳をニクが剣で受ける形だ。……これはこちらも魔法を増やさないと。

「門を開け。魔を使う石の魔物を召喚し、使役する――【サモンガーゴイル】」

というわけで、今度は【サモンガーゴイル】で囲むことにした。先程――俺達の体感的に――見せた魔法なので、見せたところで問題は無い。ガーゴイルで囲み、火の玉で50番コアを攻撃させる。流石《さすが》にこうなってくるとニクに当てないように気を付けるのは難しいが、そこは発想の転換。

「氷の礫《つぶて》よ、敵を貫け――【アイスボルト】」

「――ッ、ほう、そうか、相殺させるか！」

そう。俺がニクに当たりそうな攻撃を先に撃ち落としてしまえば良いのだ。これでまた50番コアに隙ができ、ニクはそこを突くように攻撃を加えられる。攻め、防御のバランスが取れ、拮抗《きっこう》する。……決め手に欠けるな。

「もう1段上げるのである！」

更に50番コアの速さが上がる。

「あぐっ!?」

と、ここでついにニクが捕らえられた。喉をつかまれ持ち上げられる。ニクは50番コアの手を離させようと腕を切りつける。ゴーレムブレードが当たるたびにギィン、ギィンと金属が擦れる嫌な音がするも、がっちり摑《つか》んだ全身鎧はビクともしないし傷もつかない。少なくとも、鉄の剣ではまともに傷がつけられなそうだ。

「良し、おヌシはここまでで良い。休んでいるのである」

と、ぽいっとそのまま投げ飛ばされるニク。数m投げ出され、ずささささ、と闘技場の土に横たわった。

「さぁて、次はおヌシの番である！　力を見せてみよ！」

「お手柔らかに――うわっと」

「ほぉ。ちゃんと避けるであるか。それなりに鍛えているようであるな？」

と、俺は身体《からだ》の動くままに50番の攻撃を避け――ようとして、普通に捕まった。なのに50番コア的に避けた判定になったのは、首を摑もうとして捕まえたのが腕だったからであろう。負けたか。俺も放り投げられるのを覚悟したが、50番コアは手を放し、バシバシと俺の背中を叩いた。ちょ、痛い。金属鎧痛い。

「良き哉《かな》良き哉《かな》！　ケーマといったな、おヌシのことはちゃんと名前で呼んでやるのである！」

「それはどうも……というか、俺は後衛なので肉弾戦は苦手なんですが」

「苦手でこれであれば、鍛えればますます上が見込めるであるな。励むが良いのである！……とはいえ、奴隷の仕事もしてもらうのであるがな？」

と、50番コアはカチャカチャと全身鎧を小刻みに震わせて笑った。

エルフのメイドさん（奴隷）に案内された先は、アイディの屋敷で案内されたのと同じような簡素な客室だった。これ、もしかして奴隷への待遇としてはかなり良いのではないだろうか？

「50番様があなた様を特級、獣人の方は上級奴隷として扱うようにと判断されましたので」

「特級？」

「はい。50番様の攻撃を見て、更に避けたでしょう」

「ああ……最後の」

アレは無論ゴーレムアシスト（オリハルコン入り）による自動回避。いわばズルだ。もっとも、それでも避け切れずに捕まったけれど。

「……わたしは上級ですか」

「50番様に臆せず切りかかった時点で中級以上、速度を上げても付いてこられたので、上級となりました。年齢を加味した加点もあるでしょう」

ちなみにこのエルフさんは中級でこの屋敷の家事担当らしい。あと、もし他の等級とされていた場合はどういう扱いだったのか気になったので聞いてみたところ——

「中級であれば集団部屋、下級であれば豚小屋行きだったでしょう」

下級の豚小屋は、豚と一緒に寝ろという意味ではなく、家畜として扱うという意味だぞうな。よかった、人間になれて。ズルしたのは黙っておこう。


で、その日の晩御飯だが……肉が出た。ブ厚いステーキ、あとウドン。

「む？　食わんのであるか？　食わんと強くなれないのであるぞ？」

人化したであろう50番コアは、兜《かぶと》を外してモリモリと食べていた。ハクさんの部下、騎士団長のサリーさんもこんな感じだったな、と思いつつ、目の前の肉を見る。まさか下級奴隷と書く家畜の肉じゃないよな、これ。

ちなみにニクは構わずもぎゅもぎゅとステーキにあり付いている。

「その、50番様。こちらは何の肉で？」

「心配せずとも、ニンゲンの肉ではないぞ。野良オークの肉よ」

と、俺の心を見抜いて答える50番コア。

「人間牧場で潰した家畜は、死体までＤ Ｐ《ダンジョンポイント》にするから食卓には上がらんよ」

「ああ、さいですか」

でもオークはオークで二足歩行だし食肉と考えるには少し抵抗が……それほどないな。

とりあえずナイフで切って、齧《かじ》りつく。ほう、結構美味《うま》い。

「オーク肉の狩り方を教えてやるのである。首を一撃で切り落とし、その血を振り撒《ま》いて仲間を呼ぶのだ。そうすればたくさんの肉が取れる。血を撒いても仲間が来なくなれば狩りは終了であるよ。一度に結構な量が取れるので、肉が腐らぬ場所に吊《つ》るしてとっておくのが美味いオーク肉にするコツでな」

なるほど、物騒だが血抜きや熟成が自然とされているわけか。


尚《なお》、本来は魔族である50番コアが奴隷と一緒に食事なんてあり得ない事なのだが、俺は大魔王から貸与されている扱いであり、且つ特級奴隷ということで客人に準じるらしい。ニクは上級奴隷でそのおまけとの事。

「ケーマには、技能奴隷の仕事を手伝ってもらうのである。無論、訓練も行うが」

ついでに、そんな具合に連絡事項もあった。

「仕事を手伝うのは分かりましたが、具体的に何を？」

「逆に聞こう。おヌシは何ができるのだ？」

言われてみると、俺って何ができるのだろうか。村長としてはお飾りだし、武力はこの地じゃ有り余ってるだろうし、オフトン教なんていらんだろうし。魔法……？

「……ケーマよ。確かおヌシは魔国へ留学しに来た、と89番から聞いたのだが？　何を学びに来たのだ？」

「あー……文化を、ですかね？」

『神のパジャマ』を求めて来ただけなので、俺自身は特に学ぶ気があったわけではなかったなそういえば。

「分かった、分かった。本来特級奴隷には好きな仕事をやらせるようにしているのだ、己の得意な仕事をやらせるのが一番効率が良いのでな。……であれば、適当に色々やらせてやるのである。自分に何ができるか確認するのも、強くなるためには重要であるからな」

ふむ。……それならこれは俺に向いていなかったと言ってサボってもバレないか？

「全く成果が出なかったら下級奴隷にするのである」

「全力で取り組ませていただきます50番様」

まるで俺の心を読んだかのように釘《くぎ》を刺してくる50番コア。なんて適切で的確な注意なんだ、これが2桁コアの力……！

「うむ、よろしいのである」

丁度ステーキウドンを食べ終わった50番コアは、ナプキンで口を拭いて兜をかぶり直すと、満足げに立ち上がり――

「そうそうケーマよ。王より、おヌシは異世界人の勇者であるとも聞いたのである。異世界の知恵、期待しているのである。自重せず披露して構わないのであるよ」

――去り際に、そんな言葉を残していった。

……おい6番コア様？　勝手に人の秘密喋《しゃべ》らないでくださいますか？　と心の中で悪態をついたのは言うまでもない。

というわけで一晩寝て、翌日である。

起床時間にニクに起こされる。普段は緊急事態（トイレに行きたいけど動けない場合を含む）でもなければ起こさないようにと言っているので少し心苦しそうだが、魔国で奴隷になっているこの事態が既に緊急事態だから諦めてくれ。起床時間に間に合わずに大変なことになったら困るし。

それから部屋に運ばれてきた朝ごはん（ウドン）を食べてからエルフのメイドさんに案内され、訓練場に向かう。50番コアに揉《も》まれた闘技場とはまた別の場所である。大武闘大会で優勝するほどの実力者である50番コアは当然古参魔族であり、帝国で通じるように言えば歴史ある名門の大貴族という立場。個人の邸宅に闘技場や訓練場だって複数あって当然なのだ。まるで金持ちの家にプールやテニスコートがあるような感覚で。

そこでは幾人もの男女が身体を動かしていた。無論いかがわしい意味ではなくトレーニングや模擬戦である。羽の生えてる男、豹《ひょう》獣人の女、エルフ、バッタ人間、腕が6本ある人、周りより明らかに大柄な人、等々。全く統一性のない、これこそまさに人種の坩堝《るつぼ》と言うべき場所だった。そして誰もが血気盛んそうな顔つきであった。

「ん？　新入りか？」

その中の一人の男がシュルシュルとこちらへやってきた。足が蛇のラミア男だ。両手に持つ短剣を腰に差して両手を広げ、ニカッと歯を見せて笑う。

「ようこそ兄弟！　俺は上級奴隷のオストル。ここは天国だぞ」

「お、おう？　よろしく？　俺はケーマだ」

そういえば首輪をつけている。というかこの訓練場に居るのは全員奴隷なのか。

「オストル様、彼は特級奴隷です」

「おっと。それを先に言ってくれよ。失礼しましたケーマ殿」

どうやら奴隷同士でも身分差があるらしい。オストルとかいうラミア男は恭しくお辞儀し――俺は、後ろに回り込んで振るわれた尻尾をしゃがんで避けた。無論、布の服ゴーレムのアシストによる自動回避だ。

「……ほう！　さすが特級奴隷！　今のを避けられるのか！」

「とんだご挨拶だな。これが魔国流の挨拶か？」

「ん？　何言ってんだそんな当たり前な……あっ」

俺の言葉にラミア男は何か気付いて、「ヤバッ」と気まずそうに表情を変えた。それから取り繕うように、最初とは少し違った焦りを含む笑顔を向けてくる。

「すまん！　もしかして元帝国人か？　それともダイード？　そっかそっか、人族だもんな！　外国の人だったかぁ！　ならこの挨拶に馴染《なじ》みなんてないよな！」

あ、ガチで魔国流の挨拶なのね。コレ……

「あー、その、そうか。実は魔国には来たばっかりで、こういう挨拶したのは初めてだからちょっと戸惑った」

「お、おう。悪かったな。許してくれ」

エルフのメイドさんにも確認したところ、魔国では強いと思った相手に正面から声をかけたのちに不意打ちを仕掛けて反応を見ることは当然の挨拶らしい。……特級奴隷は50番コアに「これは」と思わせた奴隷であり、当然自分《オストル》より強いだろうと不意打ちを仕掛けたんだそうな。恐るべし魔国文化。

「でもケーマ殿、それでもちゃんと避けられるんだから流石《さすが》特級って感じだよな！」

「後ろに目がついてるかのような反応でしたぜ旦那ぁ。実はアラクネハーフとか？」

「動きの起こりが分からなかった。ふふ、とんでもない男が来たもんだ」

そしてオストルのおかげで俺は一発でここの連中に受け入れられることとなった。なんかその、すまん。後ろに目がついててズルしてるんだ俺……とは言いだせない空気だ。


と、ここでニクがずいっと俺の前に割って入る。

「おっと、こっちのちっこい犬コロは？」

「上級奴隷、ニク・クロイヌです。おみしりおきを」

ぺこり、と頭を下げるニク。と、これはこれはご丁寧にと頭を下げるオストル。そして次の瞬間、二人の身体《からだ》がブレた。

「ッ！」

「へぇ。中々いいスジしてるじゃないの」

ガキン、と固いものがぶつかる音。ニクの挨拶《ふいうち》をオストルが鱗《うろこ》に覆われた蛇足で受け止めていた。

「よしッ！　よろしくお願いします。ご主人様、行ってきます」

「はい。よろしく稽古つけてやる。来な、犬コロ！」

と、ニクは生き生きと奴隷連中に混ざって行った。あ、ちなみに今のオストルの反応が魔国的には正しい「不意打ちを防いだ側の反応」らしい。……子供の適応力ってすごい。


エルフのメイドさんに「では、昼頃迎えに来ますので」と置いて行かれた俺達《たち》は、真面目に鍛えることにした。真面目に鍛えないとヤバいことになりそうだとゴーレムアシストを最小限にして筋トレしたところ、俺は普通にへばった。ぐふう。

「ケーマ殿、持久力が全然ですな。短期戦で速攻型かねぇ？」

「旦那ぁもう1回！　まだいける！　おまけにもう1回！　あと1回だけ！」

「よく見たらひょろい腕だねぇ……私が使ってる重り《バングル》を貸してやろうか？」

と、最初は俺を過大評価していた連中も等身大の俺を見て手を貸してくれた。むしろ途中で俺が魔法使いだと聞いて納得していた。魔国の魔法使いはさておき、外国の魔法使いであの一撃を避けられる程なら50番様の目にも留まるだろうと。鍛えれば絶対に伸びるだろうと。むしろこの身体能力にもかかわらず上級じゃなくて特級というのが逆にヤバいんじゃないかと。……あ、そのバングル何キロあるんですかね。すっごい重そうなんですけど。6腕分借りても俺には腕2本しかないし……え、3個ずつ付けろって？

他にも、俺の戦闘能力についてやいのやいのと盛り上がったりもした。

「そっかそっか。あの回避能力があれば避けて魔法を叩《たた》きこめるわけか」

「避けながら高速詠唱？　うへぇ、舌噛《か》みそう」

「いや、そこは遅延詠唱じゃないのか？　先読みは必要だがその方が確実だ」

と、俺はそれを聞いてるだけだったが……戦術のタネを本人に直接聞くのと、本人が直接答えを言ってしまうのはどちらもマナー違反らしい。意外に親切なラミア男、オストルが教えてくれた。理由については「稽古じゃないから」らしい。……他の奴《やつ》が補足してくれたところ、「敵が素直に自分の手口を言うものか」ということで、教えたり教えられたりは「格上と格下の間柄」と公言するようなものなんだそうな。同門の弟子達が切磋《せっさ》琢磨《たくま》の為《ため》に教え合うというケースは、マウントをとる戦いでもあるらしい。

……魔国の気質はこうして育まれるんだなぁ、と。

ん？　でもそれって俺のこと特級奴隷だけど同格と見たって事？　まぁ身体スペック的

に俺は自分の方が格下だと思うから良いんだけど。

　ちなみにここの連中は腕立て伏せをすれば上に乗ってスクワットをしに来るのが普通だし、腹筋をすれば足を持ち上げてダンベル代わりに上げ下げしてくるのも普通らしい……こんなのゴーレムアシストなしでできるものか。いやこいつ等《ら》はやってるしできてるんだけど……え、ニクもやってる？　こ、子供の適応力……す、すごいね？


　かくして、翌日の筋肉痛が約束されし俺は、昼飯が食べやすいウドンであることに感謝を捧《ささ》げつつ、ゴーレムアシストにより無理矢理身体を動かして午後を迎えた。もはやぶっ倒れて眠りたいんだけど、奴隷という立場がそれを許さない。しばらくの間、【気絶耐性】をオンにしておいたほうが良いだろうか……気を抜くと寝落ちしそうだし。


「……午後は、技能奴隷の仕事を手伝うんだっけ？」

　ぐったりしつつもエルフのメイドさんに予定を確認する。

「はい。本日は人間牧場に行かせてみるように、とのことでした。食糧を運ぶ馬車に同乗させてもらう予定です」

　人間牧場。ＤＰ《ダンジョンポイント》の為に人間を飼育している、と言う場所である。魔国には人間牧場がいくつもあるらしい。アイディのマスターもそのひとつの出身だ。……でもそこで俺に何ができると？　というか、人間牧場って言葉の響きからしてまず嫌な予感しかしない。日本でいう豚小屋みたいなところに素っ裸の人間が繋《つな》がれて飼われてるといったイメージだ。俺の護衛でもあるニクが一緒に行くことになってるんだけど、子供の教育に悪かったりしないだろうかと心配である。

が、その心配も杞憂《きゆう》であったようだ。

エルフのメイドさんと共に小麦粉やら野菜やらを積んだ馬車に乗って向かった人間牧場は、丘の上から見る分には普通の村のようであった。しいて言えば宿舎が集合住宅の形式で固まっていたのと、木剣を打ち合ったり、魔法を打ち合ったりと鍛錬している広場があるくらいか。……ちょっと訂正。普通の村というか、兵の駐屯地っぽかった。子供も多いけど。

「案外、普通に暮らしてるんだな。てっきり人が厩舎《きゆうしや》に繋がれてたりするものかと」

「ああ、それはあっちの方にありますよ。今日は用がありませんが」

あるんかい。少し魔国の事を見直して損したような……いや、見直すも何もそういう文化なんだから別に俺が何か言うこともないんだけど。

「種付けを希望するなら、下級なんて使わずに中級以上から選んでくださいね」

「えっ」

「あら？　オストル様から聞いていませんでしたか？」

首をかしげるエルフのメイドさん。聞くに、上級以上の奴隷にとっては子供を作る事も仕事に含まれるらしい。……なるほどぉ、オストルが「ここは天国だぜ兄弟」って言ってたのはそういう事なのか。そうか。

「気に入った子が居ればお好きにどうぞ。ここの子達は魔力血統《マナ》が集まっているので、魔法使いのケーマ様とは相性がよろしいかと思われます。美醜も選考対象になっているため、魔国人から見ても悪くない見目だと思いますよ。小さい子が好みであれば、ドワーフ等も居ますし」

「……いや、俺には心に決めたヤツが居るので」

俺がそう言うと、エルフのメイドさんはちらりとニクを見て「そうですか」と否定も肯定もせずに村に入っていく。馬車を出迎えてくれた見張りの男女はメイドさんの言う通り中々の美形であったが、それはさておき俺とニクもメイドさんを追いかけ村に入った。


村の中での俺の仕事は魔法を奴隷達に教えることだった。より具体的に言えば、スクロールを用いた習得ではなく、訓練による魔法スキルの習得。そのために何度も詠唱込みの魔法スキルを撃つという仕事だ。

奴隷達は、俺の詠唱を完全に耳コピして魔法スキルが撃てるようになるまでじっくり俺の詠唱に耳を傾ける。……このため、非常に面倒くさいが、当然無詠唱ではいけない。そして、詠唱を変えてもいけない。なにせネルネの研究で火の玉を出現させる個数を変えたりしただけでも詠唱の音全体ががらりと変わってしまう事が分かっている。とても面倒くさい。

「氷の礫《つぶて》よ、敵を貫け――【アイスボルト】」

バシュン、と何の変哲もないアイスボルトが的に向かって飛んでいく。

「氷の礫《つぶて》よ、敵を貫け――【アイスボルト】」

バシュン、と何の変哲もないアイスボルトが的に向かって飛んでいく。

「氷の礫《つぶて》よ、敵を貫け――【アイスボルト】」

バシュン、と何の変哲もないアイスボルトが的に向かって飛んでいく。……と、このような具合にずーっと同じことを繰り返すのだ。的は黒鋼製なのでアイスボルトを普通に正面からぶつけるだけでは特に壊れる事もない。おかげでこれまで撃ったアイスボルトが砕けて、氷がその下に山盛りになっている。……ああ、午前中の疲れもあって非常に眠い。

呪文を改変しない場合は自動的に口が動くので間違える心配はないものの、喉が疲れて渇く……

俺は口を手で押さえて生活魔法の【ウォーター】を発動。水が口の中に生まれたので、そのままごくりと飲みこんだ。……口に向かって直接出せばコップも要らないというのを午前中の訓練で休憩中に教えてもらったのだが、地味に便利。

ちなみにニクはあまりにも暇なので別の場所で剣が得意な奴隷と打ち合いをしている。午前中あれだけ訓練したというのに、この元気はどこから来るのだろう？　ふぁぁあ。

「ケーマ様、眠そう」

「そろそろマナ切れ？　もう１００発は撃ってるし」

と、牧場の奴隷が俺の欠伸《あくび》を見て聞いてきた。褐色ハーフエルフの女の子と、赤い髪の人間の男の子だ。

「いや、あまりにも退屈——いやそうだな、マナ切れでそろそろ眠くて」

「ケーマ様。50番様から限界まで打ち続けるようにとご命令を頂いています。マナ切れして気絶するまでお願いします」

俺がサボろうとしたのを察知したのか、どこからともなくエルフのメイドさんが現れてそんなことを言ってきた。くそう。こんな魔法いくら撃ち続けても今更マナ切れになんてならないってぇのに。

「……引き続きお願いしますね」

「はぇーいよー……氷の礫《つぶて》よ、敵を貫け——【アイスボルト】」

バシュン、と何の変哲もない呪文通りのアイスボルトが的に向かって飛んでいく。撃つと決めたら自動的なのが普通の詠唱魔法の良い所だよな。

「……ところでそろそろ氷の礫が邪魔じゃないか？」

「ありがたく氷室《ひむろ》に使わせていただきますね」

「そいつは無駄がないね。……氷の礫《つぶて》よ、敵を貫け――【アイスボルト】」
というか立ってるのも的に向かって手をかざしてるのも布の服ゴーレムに支えてもらってるわけだけど……それでもやっぱり疲れてくるなぁ。

そんなわけで俺は日暮れ近く、帰る直前までアイスボルトを打ち続けたのであった。一切休憩させてもらえず、その場で水を飲みつつ惰性で撃ち続けていたが、エルフのメイドさんが「もう良いですよ」と言った瞬間、「うぉおおーーー！」「こいつやり切りやがった！」「すっげーーーーー！」と周囲から歓声を受けたので、まぁ仕事としては大成功だったのではなかろうか。尚《なお》、途中から的の下に斜めに板を置いて、氷を横に転がして回収する仕組みが出来上がっていたので何発撃ったかはよく覚えていない。だがきっとしばらくは氷室の氷に困ることも無いだろう。

ともあれ、俺は午前中に疲労困憊《ひろうこんぱい》した身体に鞭打《むちう》って再び馬車で揺られて50番コアの屋敷に帰宅。晩飯のステーキうどんを何とか腹に収めて、部屋に戻った瞬間【気絶耐性】を解除。一瞬にして眠りに落ちた。オヤスミナサイ、スヤァ。

牧場奴隷 Side

特級奴隷がこの牧場にやってくる。そういう話を聞いて、牧場奴隷の面々は興味津々だった。なにせ牧場主にして領主である50番様が「これは」と目を付けた特級奴隷である。強い子供の『種』としての期待も高まるというものだ。

なので、ケーマが村に入ってきたとき、その貧弱な見た目から若干の失望した空気があったのは仕方のない事である。魔国の男は魔法使いでも鍛えられた肉がしっかりついているもので、そうでないのは未成熟な子供くらいだ。むしろ一緒に来た犬耳幼女の方が足運びがしっかりしており強そうに見えるほどだった。

「全然筋肉無いね」

「まぁ、魔法特化っていうなら……魔力は、あるのかしら？　よく分からないわ」

「少なくとも特級奴隷ってことは、それなりにあるんじゃないかなぁ……」

この3人の中級奴隷もケーマに期待していただけあり、第一印象でガッカリしていた。

「……まぁ様子見かなー」

「貧弱な子はいらないからね。……むしろあの犬耳娘のお母さんになりたいかも」

「特級相手じゃ誘われたら断れないけど、隠れるくらいはできるからね」

そして、ケーマは広場で【アイスボルト】の魔法を教える事となった。とはいっても、他の人が覚えるまで延々と魔法を打ち続けるだけ。だけ、とは言っても魔力《マナ》を垂れ流しにするような所業のため、ある程度優れた魔法使いでも1時間続けばいい方だが……倒れるまで魔法を使わせることで、ついでにケーマの魔力量の計測もできる。まさにオークとミノタウロスのまとめ狩り（魔国における『一石二鳥』の意）だ。

魔国の男と比べて貧弱すぎる見た目から、大して魔力も無いんじゃないかと思われたケーマであったが、ケーマは【アイスボルト】を1時間を越えて打ち続けている。しかも一度のミスもなく的に命中させ続けてもいた。たまに口を拭うくらいだ。

「……まだ撃てるの？　やるじゃん」

「しかも姿勢が乱れてない」

「的、全部ど真ん中だよ。命中率完璧」

コーン、コーン、と黒鋼製の的に氷の礫が当たって音が鳴る。最初から結構短い間隔で魔法を使用しており、すぐに失速すると思われていたペースも一向に落ちない。

「……子供欲しいかも」

「強い子が出来そう」

「魔法特化なら押し倒したらいけるんじゃないかしら」

一体、どれだけ魔法に対して取り組んできたのだろうか？　この牧場では魔力特化が多く集められているだけあり、皆が魔法について興味が深い。一度、じっくりと話を聞きたいものだ。そして魔力を鍛えるコツを教えてもらうことも吝《やぶさ》かではないと感じていた。

日が暮れ始めた。最初はケーマが倒れてから回収して氷室に持っていく予定だった氷の礫は、今や下に坂を作って撃った端から回収している。

「……ね、ねえ!?　あの特級奴隷様、もう4時間は撃ち続けてるわよ!?」

「休憩なしで!?　まって、詠唱も乱れる様子が無いんだけど!?」

「一体どれだけの魔力の器を持ってるのかしら……！」

魔法の詠唱は魔力を用いて口を動かす。魔力が不足してくると詠唱が乱れ、つっかえたりして発動しなくなったりしてしまうため、魔法を長く打ち続けるにはその詠唱分の魔力を節約し、自力で詠唱するのが魔国の技術だ。これで倍は消費量が違う。

しかしケーマの詠唱は一切乱れない。これは、莫大《ばくだい》な魔力を使って詠唱し続けているか、あるいは究極に詠唱技術が上手《うま》いかのどちらかだ。どちらにしても、そもそも詠唱技術によって実消費魔力が半分だとしても驚愕《きようがく》の魔力量である。

この牧場においてもはやケーマへの評価上昇は留《とど》まることを知らない。いかにケーマの身体《からだ》が貧弱でも魔力でお釣りがくるどころか豪邸が買える。恐るべし特級奴隷。素晴らしき特級奴隷。50番様が目を付けられるのも当然と言うものだった。

そうして、ついにケーマは撃ち切った。帰る時間ギリギリまで、倒れることなく魔法を打ち続けたのである。半日かけて測定不能。思わず歓声が上がったのも無理はない。

「……子供欲しい！」

「絶対強い子が出来る！」

「魔法特化なら押し倒して襲えるはず！」

次にケーマが来たら絶対に攻めて攻めて攻めまくろう、と心に決めた3人。尚、力を示したケーマに対して目を付けた女性《ライバル》が非常に多いのは言うまでもない。

ケーマ Side

翌日。ニクに起こされた俺はやはり全身筋肉痛で動くことが出来なかった。舌すらも昨日アイスボルトの詠唱に酷使しすぎたせいで。ニクがつんつんと俺をつつく。ひぎぃ。痛い痛い……

「ご主人様、回復魔法を使われては？」

はっ！　そうだ、俺には魔法があったんだ！　と、俺は【ヒーリング】を無詠唱発動。筋肉痛の緩和に成功した。

「……ニクは大丈夫なのか？　その、筋肉痛とか。なんなら回復魔法かけるけど」

「大丈夫ですよ？」

若い上に普段から身体動かしてるから余裕のようだ。さすがニク。

今日も運ばれてきた朝ごはん（ウドン）を食べ、エルフのメイドさんに付き従って訓練場へ。昨日と同じ場所だった。「明日からは自分で起きて訓練場まで行ってください」とのことだが、遅刻は厳禁だそうで、じっくり寝坊してしまう事はできないらしい。残念。

「よう兄弟！　昨日は早速牧場行ったんだって？　どうだったよ特級様」

と、妙にニヤニヤした顔のオストルが俺に絡んできた。

「どうって、何の話だ？」

「牧場ってこたぁ決まってんだろ？　ホレ、どうだった？　モテモテだったか？　バンバン撃ちまくったんじゃねぇの？」

「ん？　あー……」

なんとなく、いや、露骨に下世話な空気を感じ取る。……ちょっとからかってやるか。

「もう始終撃ちまくりだったよ」

「ほう！　撃ちまくりだったか！」

「牧場についてからすぐ引っ張り出されて、そのまま帰るまで広場で」

「マジか！　いきなり大胆だな！」

「帰る直前までちっとも休ませて貰《もら》えなくてな……もうヘロヘロだよ」

「そ、そんなにか！　すげぇな特級奴隷って……」

ごくり、とつばを飲み込むオストル。と、ここでネタ晴らし。

「しばらくアイスボルトは撃ちたくないよ」

「そうかアイスボルト……え、アイスボルト？」

「ああ。マナ切れするまでって言われて、ずーっと魔法を撃ちまくりだったんだ……あのエルフのメイドさんが止めさせてくれなくて」

俺が肩をすくめてそう言うと、オストルはポカーンとした顔で俺を見る。一方で、俺達《たち》の話を聞いて「クハハハハ！」と豪快な笑い声が聞こえても来た。6つの腕を持つアラクノイドの女性、アキネラだ。（尚、アラクノイドは手足が合計8本あるだけで、アラクネの親戚ではない。アラクノイドの腕は阿修羅《あしゅら》に近い）

「なんだい、特級奴隷様のくせに真面目だねぇ？　まさか未経験か？　なんならアタイが相手してやろうか」

一切慎みが無いなぁ。と俺は首を横に振る。

「いらんいらん、心に決めた女がいるからな。それに、奴隷生活も期間限定だし」

「おやフラれちまったよ。……って、期間限定なのかい？」

あ。そのあたりの事情は話してないのか。

「一応帝国の使者でな。大武闘大会で大魔王様に言われて50番様と戦った結果、留学期間1ヶ月を奴隷として過ごすことになったんだ」

「ははぁ、なら尚更《なおさら》種を蒔《ま》いてかないといけないんじゃないか？」

「そうだぞケーマ。折角より取り見取りなんだ、勿体《もったい》ない」

どうにも魔国の連中は「産めよ増やせよ地に満ちよ」を是としているらしい。戦いで損耗するから数の補充が大事なんだそうな。強い人が増えればＤ　Ｐ《ダンジョンポイント》収入的にも美味《おい》しいだろうし。

　まぁそんなわけで訓練前の雑談を終えて、今日も午前中いっぱい訓練を行った。

「犬っころは飲み込みが早いから鍛えがいがあるな！　ってか、どこかで魔王流を教わったことがあるな？」

「はい。以前、アイディ様に教わったことがあります」

「アイディ？——えっ、666番様!?　そりゃすごいな！」

　俺が地道に筋トレを続けている隣で、ニクは上級奴隷達と混ざって戦闘技術を磨いた。魔王流、やはり名前からして魔国では結構門下が多いらしい。師範代クラスは魔族でもなきゃ殆《ほとん》どいないみたいだけど。


　この調子で筋トレを続けたら、俺も強くなれてしまうのではなかろうか。と思いつつ、今日も午後のお仕事タイムになった。

「今日も牧場で魔法使い続ける感じで？」

「本日はまた別の所で働いてもらいます」

　というわけで、今度は50番コアの領地にある城下町的な所で魔道具作りをやることになった。なんでも昨日、人間牧場で魔法を打ち続けていたのが何故《なぜ》か評価されたらしく、そんなに魔力があるなら魔道具作りのところで使い道もあるだろうといったところだ。

魔道具工房に向かうと、コボルトや蟻虫人《あり》といった職人達が、ルーペを付けて魔道具の魔法陣をガリガリと削っていた。コボルトと獣成分の多い犬獣人の区別は難しいところだが、ここにいるのはコボルトらしい。

「ん？　なんだそいつは？」

「特級奴隷のケーマ様です。試しに使ってやってください」

「ふむ。……これは分かるか？」

と、コボルトの職人から1枚の銅板を渡される。魔法陣が刻まれていた。……ふむ、まぁ読む分には問題ない。……水、生成……エネルギー源がここ、と、ふむふむ。

「これは水生成の魔法陣みたいだな」

「ふむ、多少は勉強してるんだな。そっちのチビ犬は？」

「ご主人様の奴隷のニク・クロイヌです。わたしはさっぱり分かりません」

「……？　特級奴隷は奴隷を持てるんだったか？」

きっぱり言い切るニク。50番コアのことをさしおき俺の事をご主人様呼ばわりなので若干混乱しているようだ。まぁ事情があるんで……

「……で、何ができるんだ？」

「戦うことができます」

「なら魔道具で作ったゴーレムと試験戦闘してくれ」

魔道具で作ったゴーレム、そういうのもあるのか。魔法で作られたゴーレムとは違うのだろう。というわけで早速ニクは工房併設の試験場という名の闘技場へ向かった。

　そして俺は早速詰んでいた。魔法陣のここに水の文字を彫って描いてくれ、とか言われたけど出来ないいんだゴメン。

「……ごめん、読めるけど書けないいんだ」

「使えないいな!?　しっかり読めてるのに書けないのか？　手先が不器用なのか？」

　翻訳機能の力で読むことはできるんだが、その弊害でこっちの文字の形が分からないのである。物理的には変わらない物を見ているはずなのに不思議なもんだ。

「……はぁー、じゃあ倉庫の整理でもしててくれ。資料が乱れててな、若いのが雑に戻したりするんだ」

「へーい」

　というわけで、俺は倉庫の資料整理をする事になった。……いやー、正直にできないことを白状してよかった。整理整理。全力で整理しちゃるわ。

魔道具職人のコボルト　Ｓｉｄｅ

　特級奴隷の変わった奴《やつ》がウチの魔道具工房にやってきた。そして……倉庫整理をさせることになった。

「しっかし、読めるのに描けないとは……まぁ、そういう奴もいるよな」

読むのは1つ参考になるものがあれば何度でも読む練習をできるが、書くには書くための道具がなければ練習できないし、魔道具の金属板に書き込みを行うのは練習でも金がかかる。なので別に読めても描けない、というのはあってもおかしくないのだ。

もっとも、そういう奴は描くための機会があったら逃さず描こうとするもんなのだが、あいつはアッサリと断りおった。

で、倉庫整理を任せることにした。魔法陣をあの速さで読めるならしっかり並べる分には問題ないだろうと。特級奴隷様なので特に補助も付けることなく倉庫に置いといたんだが――

「スヤァ……」

「……あぁん？　なんでお前倉庫で寝てるんだ。おい、起きろ。おい」

――サボって寝こけてやがった。なんて太ェ野郎だ。

俺がぺちぺちと頬を叩《たた》いて起こすと、「ふがっ」と鼻を鳴らして起きる、特級奴隷。

「うぅん？　なんだよ、ちゃんと整理はしただろうが……」

「は？」

言われて見回すと、倉庫整理の結果……順番がバラバラになっていた。属性ごとは固まっているんだが、その内容が言葉順ではなかったのだ。

「おいぃ!?　余計悪くなってんだが!?」

「んん？　そんなはずは――あっ」

大事なことを忘れていた、と言わんばかりに目を逸《そ》らす特級奴隷。

「すまん。属性の中身、俺んとこの言葉順で並べてたわ……」

「おいぃぃい!?　お前どこ出身だよ!?　ってか普通に標準語喋《しゃべ》ってるじゃねぇか、その言葉順に並べろってだけだぞ!?　お前字は読めるって言ったよなぁ!?」

「……すまん。実はなんかよく分からんが俺にもどうしようもできない魔法というか、呪いというか……」

よく分からない言い訳を並べる特級奴隷。なんて使えないやつだ。元の並びに戻すのもできないらしい。俺はブチ切れた。

「出てけ！　ここにはお前の仕事はねぇ!!」

「お、おう。スマンかった」

ぺこぺこ頭を下げて出ていく特級奴隷。……はぁ、とんだ災難だ。俺は倉庫整理をし直すべく資料に手を付ける――

「――ん？　これは解読不能な魔法陣として分けてた奴じゃねぇか。くそ、アイツ適当に並べやがっ……」

と、闇属性の棚に入っている魔法陣を見る。……あん？　いやまてこれ……

「……んん？　まて、こっちのは……破損があって読めなかったはずが……ここが闇属性で埋まるなら……ふむぅ？　お、おお？」

成立する。これなら確かに。……まさか、読めたのか？　この破損した魔法陣が？　いや偶々《たまたま》かも知れない。と他の場所を調べてみる。

「こっちの解読不能だったヤツは火属性と水属性の複合の所にあったが……こっちが水になるのか。ああ、そうなると……ほぉ……」

読み込めば読み込むほど間違ってないように見える。……こっちのもか？　おお、こっちのも!?

と、新たに解読できるようになった魔法陣を夢中になって読み進めていたら、気が付けばあの特級奴隷を追い出してからもう日が沈んでまた昇っていた。お、おお、うむ……こいつは……次来た時に問い詰めなきゃならんな……

ケーマ　Side

昨日の晩御飯はあっさりした菜っ葉付きウドンだった。連日ステーキウドンで三日連続したらどうしたもんかと思ってたところだった。良かった。

で、午前中は例によって筋トレの、午後からはまた別のお仕事だ。

「今日はどうするんだ？」

「魔物狩りですね」

「魔物狩り」

と、魔国の住人達が思い浮かぶ。モンスター、魔物、人間、その区別が魔国では非常に曖昧だ。


「よぉケーマじゃねぇか！　今日はこっちか」

「あれ、オストル……ああそうか、そりゃ訓練だけってわけにもいかないよな」

「訓練と繁殖だけしてていいのは牧場の連中だけだぜ？　当然だろ」

俺が向かった狩場には、まさにその区別が混ざったようなラミア男、オストルが居た。すっかり気心の知れた奴隷仲間でちょっと安心する。

「ケーマの魔法が見れるって期待してるぞ。犬っころは立派に戦力になるだろうし」

そんなウキウキ顔のオストルに、ちょっと聞いてみることにした。

「なぁオストル。もしかしたら失礼かもしれないことを聞くんだが、魔物狩りで狩る魔物と魔国に居るモンスターな奴らとその他人間との区別ってよく分からないんだが、どうやって区別するんだ？」

「ん？　あー……まぁ、ケーマは帝国出身だっつってたもんな。ぶっちゃけそのあたりの区切りってのはよそから見たらかなり複雑だろうしな」

オストルは、「俺は外国に詳しいから分かってるぞ、うんうん」と腕を組んで頷《うなず》く。

「流暢《りゅうちょう》に話せる奴は人で、そうじゃないのは狩っていいのが間違いないことだ」

「魔国に、声が出せない種族の人とかはいないのか？」

「ああ、話せるかどうかってのは意思疎通の問題だな。声が出なくても会話ってのは成り立つもんだぞ。喉を負傷して声が出せなくなったとかもあるしな。んで、指揮官が命令して従うならゴブリンでも仲間だし、従えないなら俺みたいなラミアでも敵。そう考えれば簡単だろ？」

あ、なるほど。敵か味方で考えればいいのか。大魔王様に従う者は仲間だから味方だけど、逆らう者は敵と。

「ん？　じゃあオークとかも魔国人にいるよな？　魔国ではオーク肉とか食っちゃってるけどいいの？」

「？　そこ気にするとこか？」

あっ、ふーん。魔国の人は共食いとか一切気にしないのね。自分が食える肉ならそれは元仲間だろうが何だろうが食料。ある意味合理的な連中だ。

「とにかく敵は殺して食っていい。仲間は殺すな。これが守れりゃなんも言われねぇのが魔国さ。なぁ皆？」

「おうとも！　大魔王様万歳！　50番様万歳！」

「魔神様に勝利あれ！」

万歳、と言いつつ右手で拳をつくり、親指を立てて突き上げる奴隷達《たち》。俺の知ってる万歳とは大分違うけど、まぁ翻訳機能さんの誤差だろう。よくあることだ。

狩場に向かうと、隊列を組む。俺は後ろに回された。指揮官が命令した時、示した方向になんでもいいから攻撃魔法を撃てという分かりやすい指示をもらう。一応、食肉を狩ることを目標としているため、死体が残らないほど強力な魔法は控えたほうが良いだろう。

指揮官は1級市民とかで、鎧《よろい》を着たサイ獣人の兵士だった。ケモ度80％くらいの歩くサイって感じの人だ。

ニクは最前線だ。他の奴隷達と競うように前線に陣取り、そして確保していた。やる気満々なのはいいけど怪我《けが》しないように気を付けろよ。


「出たぞ、キングブラッディーボアだ！」

盛大な土煙を上げて突っ込んできたのは、呪われたような赤黒い血を垂れ流す巨大な猪《いのしし》であった。

「っしゃあ！　突っ込めぇ！」

「馬鹿魔法が先だ！　おい！」

あ、今指示でた？　そーれ【アイスボルト】に【アイスボルト】、おまけに【アイスボルト】と【アイスボルト】も使ってやろう。そうだ、【アイスボルト】もいいぞ。今ならおまけに【アイスボルト】もつけてやる。

「……【アイスボルト】が得意だとは聞いていたが……案外普通だな。おい特級奴隷、もっと強い魔法は無いのか？」

「ん？　そうだなぁ……」

そういえば50番コアとの闘いで沢山出すのは見せている。それでいいか。俺は口をもごもごさせて口内でひっそり詠唱をしている風を装う。魔国では詠唱をこうして隠すのが常識（対人戦だと詠唱で魔法がバレることが多いので）らしく、適当な詠唱を考える必要もないのがありがたい。

「ガトリングアイスボルト」

そして俺は単にアイスボルトを高速連射する。今までがバシュ、バシュ、だとしたらガガガガガガガガガガ、と一直線に連なってるのがよく分かる。集弾率が高く、同じ場所に連続して当たるという貫通力の高そうな魔法だ。


キングブラッディボアの鼻先に俺のアイスボルトが飛んでいき――鼻の穴の中に吸い込まれ、そのまま次の氷の礫《つぶて》が鼻の穴に突っ込んで、さらに次の氷が――と、キングブラッディボアは横向きに倒れ、突進の勢いをそのままにずざざざと更なる土煙を上げた。氷が詰まった鼻の穴から血を垂らし、泡を吹いて痙攣《けいれん》するキングブラッディボア。俺は魔法を止める。

「うおぉ!?　おまっ、ちょっ」

「なんだよ今の!?」

　前線集団とぶつかる前に倒れて止まったキングブラッディボア。どうやら鼻の穴の中から突っ込んだ氷の礫が頭ん中をかき混ぜ、絶命に至らしめてしまったようだ。鼻の穴もキングサイズだったのが悪い。

「俺らの楽しみが！　一人だけ楽しみやがってずりぃぞ手前ェ！」

「手柄をとられたぁああ！」

「ふざけんな！　魔法だけでぶっ殺すとかナメてんのか！　おい！」

　わぁお非難轟々《ごうごう》。俺は責任の所在を求めてちらりと指揮官のサイ獣人を見る。

「……次はほどほどで頼みます特級奴隷殿」

　どうやら俺は指揮官が敬語になるくらいには活躍したらしい。次からはもう手を抜いて良さそうでなによりだ。許可も出たし。


　その日の晩は早速このキングブラッディボアの肉を茹《ゆ》でた豚しゃぶ風ウドンが出たわけだが、無駄に俺の分は大盛を通り越した超特盛だったのでニクに半分以上分けてあげた。

ロクコ Side

ケーマが奴隷として50番コアに連れていかれてしまい、代わりにワタルが奴隷としてロクコの護衛をしてくれることになった。首輪はハクが持っていたのを借り、ケーマが50番コアの【収納】に仕舞われたその場で契約を済ませた。

そうしてハクは名残惜しそうに、後ろ髪を引かれる思いで、ロクコを魔国に残し、行きに乗ってきた皇族仕様の馬車でラヴェリオ帝国へと帰って行った。

「ではー、これからよろしくお願いしますねー？　ワタルさんー」

「はい！　お任せくださいネルネさん」

熊の帽子を被《かぶ》って雑な変装をしたワタル。意中の人《ネルネ》と一緒に居られて嬉《うれ》しそうだ。はぁ、私もケーマと一緒に居たかったんだけどなぁ……とロクコはため息をついた。

「ロクコ、そう気を落とさないで。決闘《ダンスでもおど》する？」

「アイディ。……その、昨晩結構ケーマ分を補充したからしばらくは持つと思うけど」

昨晩、ロクコはケーマが寝た後こっそり添い寝し、ついでに『神の掛布団』を使ったのだ。これから何日も、と考えすこし自重したのが悔やまれる。こんな事になるならもっとしっかりと味わっておくべきであった。どうせ夢の中なのだから。

「とりあえず、私の領地に行きましょう」

と、スレイプニルの馬車魔道具でロクコ達はアイディの領地に向かって移動することになった。

低速ではそこそこ揺れるが、超高速になってもそんなに揺れないというファイヤーアロー仕様の馬車。その本領を発揮し、ロクコ達を乗せた馬車は普通の馬車なら3日かかる道のりを半日で踏破する。

つまりアイディの領地についたころにはすっかり日も沈み、夜中になっていた。

「今頃ケーマもあの月を見ているかしら」

「まだ50番様の【収納】の中に入れられていると思うわよ」

空に浮かぶ月を見て思いを馳《は》せていたが、アイディがぶち壊した。

「それにしても、アイディさんの領地……柵では囲まれてましたけど、しっかりとした壁は無かったですね。なんかお嬢様っぽく感じたから、てっきりお金持ちの領地かと思ってましたけど」

「あら？　妙な事を言うわね勇者ワタル――いえ、今は奴隷ワタルだったわね」

妙な事？　とワタルが首をかしげる。

「そんなことしたら野良モンスターが襲ってこないじゃない」

「……？　その、防衛のために壁で囲うのでは？」

「ああ、文化の違いというものね」

と、話を切り上げるアイディ。ワタルもまぁいいかと思ったが、ロクコが首を傾《かし》げた。

「ん？　どういうことなの？　気になるわ。襲撃されちゃうのに壁が無いのはなんで？」

「……何と言ったら良いのかしら」

親友《ロクコ》にせがまれ何とか言葉を探すアイディ。

「そう、魔国ではモンスターの襲撃というのは娯楽だし、仕事なのよ」

曰《いわ》く、戦闘民族である魔国民達はモンスターの襲撃に嬉々《きき》として武器を持って立ち向かい、臓物をぶちまけることに喜びを見出《みいだ》している。さらに言えば、襲撃によって建物が破壊されたりすれば大工の仕事にもなるし、畑を荒らされても食料はモンスターの肉で賄える。（なんなら足りなくてもＤＰ《ダンジョンポイント》を使えばいい）

魔国では肉食系の種族が多いから、野菜や穀物はウドン分とあとはほんの少しあれば十分。むしろモンスターを呼び込むための餌くらいとしか考えていない節すらある。しかも野菜や穀物もアンデッドを使った大規模農業をする領地がいくつもあって安く出回っているくらいだ。多少襲撃され奪われても全く問題ないくらいに。

「なるほど、文化が違うわね。襲撃が娯楽で、仕事より前に出てくるあたりとかも」

「帝国では違うのね。戦うのが楽しくない人がいるだなんて」

「僕は結構好きですよ、戦うの」

「ワタルはアイディ達と気が合いそうね」

この魔国に居る奴《やつ》――少なくとも大多数――は、戦うのが大好きだということである。

挨拶代わりに殴りかかる事も日常茶飯事だ。

そんなことを話しているうちにアイディの屋敷に着いた。

翌朝。ロクコは心ここにあらずと言った風で窓の外を眺めていた。

「はぁぁ、ケーマに会いたい……」

「取《と》り敢《あ》えず決闘《うんどう》してみる？　気が晴れるわよ」

「アイディ、私の腰の剣は飾りだって言ってるじゃないの。模擬戦や決闘ならワタル貸すからそっちとやって頂戴」

「あら！　嬉しいわ、じゃあ早速借りるわね。ロクコはどうする？　立ち会《けんぶつ》いする？」

「んー……本でも読んでるわ。アイディ、折角だし何か魔国の歴史とか風習とかそういうの分かる本あったら貸して」

「ならこの屋敷にあった古そうな本を貸してあげる。42番様の書いた本もあるわよ」

魔国では領土争いを行っており、元々ここは屋敷含め42番コアの作った領地だったらしい。魔国の重鎮、ファーストロットのコアが治めていた領地の屋敷だけあって、中々古めかしい本が揃《そろ》っていた。

「中々読み応えがありそうね。……って、第42番コアって確か」

「ええ。今大会準優勝の方ね。この領地は以前ハンデ付きで勝った時にお祝いに貰《もら》ったの。42番様はもっと強い魔物が出る楽しい場所を求めていて、魔都近くのこの領地は邪魔だったそうよ」

ダンジョンの領域を賭けて闘い、領域をやり取りするというのもダンジョンバトルのシステムを応用すれば可能らしい。

「ダンジョン領域のやりとり、そういうのもあるのね」

「賭けるモノに釣り合った本気度でないとまず承認されないけれど、ね」

そのあたりはお父様こと闇神が調整しているのだろう、とロクコは思った。

その後、アイディはワタルとの模擬戦を心行くまで堪能した。（ついでにネルネはワタルから貰っていた魔法陣の本を読みつつ適当な応援をしていたらしい）

アイディから借りた本をキリのいい所まで読んだロクコは、ふと窓の外を見る。そこには今日も白く丸い月が浮かんでいた。

「魔国から見ても月は月なのよね」

「今日あたり、ロクコのマスターも【収納】から出されて奴隷生活を始めたところじゃないかしら」

そんな声に振り向くと、アイディがニッコリと満足げな顔で立っていた。

「なら今日はケーマも同じ月を見てるかもしれないわね」

「ロクコは妙な拘《こだわ》りがあるのね？　月なんて見て何が楽しいの？」

「月が楽しいんじゃなくて、ケーマが同じのを見てるかもってのが大事なのよ。好きな人とは同じ景色を見ていたいじゃない？」

「……ああ、それは少し分かるわ」

あら意外ね、とロクコはアイディの発言に少し驚く。

「何よ、私だってそういう感傷に浸ることもあるわよ？　好きな人には、同じ戦場で、隣に立っていて欲しいもの」

「あー、少し分かったわ。うん」

戦場とかいう血腥《ちなまぐさ》い単語が出はするものの、アイディも女の子なのねとロクコはまた月を見る。


「……ロクコ、そんなに会いたいなら50番様の領地に行ってみる？」

「いいの!?」

アイディの提案に、ロクコは目を見開いた。

「ええ。あの魔女見習いも魔道具の勉強をしたいのでしょう？　丁度いいわ。50番様の工房で学ばせてあげられるよう頼んでみてあげる」

「ありがとうアイディ！」

「いいのよロクコ。魔女見習いの勉強が断られても、ロクコのマスターとは会えるでしょう。あのマスターなら死んでるってこともないでしょうし」

その代わり、またワタルを貸して頂戴ね。とワタル本人が与《あず》り知らぬ所でそんな取引が交わされた。ロクコが快諾したのは言うまでもない。

「あ、でもまだここの本読み足りてないから2、3日してからでいいわ」

「あらそう？」

すぐにでも会いたいと言うかと思ったのに、とアイディは意外そうにロクコを見る。

「多少会えない時間があった方が、愛が育まれるって前に本で読んだのよ。つまりケーマはもう数日もしたら私に会いたくて会いたくて堪《たま》らなくなるという寸法よ」

「あら。恋愛の兵法書ということね」

「そこに満を持して私が現れたら？」

「——なるほど。とても効果的な不意打ちになるわね」

親友《ロクコ》の戦略に心躍らせるアイディ。恋は戦いである。戦いであるなら、戦略を練ることは当然であり、マナーであるといえよう。

「私は会おうと思えばいつでも会いに行ける、これはアドバンテージよ」

「相手より有利な立場を取り戦況を操作する。素晴らしいわロクコ」

ある意味、恋バナで盛り上がる少女達《たち》の姿がそこにあった。


かくして、その後なんやかんやあって結局1週間後にロクコ達は50番コアの領地に向けて馬車で向かう事になった。無論、侍女のネルネと護衛のワタルも一緒だ。アイディのマスター、セバスが御者を務めての5人での移動。

「ケーマさん、元気でしょうか?」

「きっと元気ですよー」

魔国に来てから、ネルネとワタルは一緒にいる時間が増えたように思える。いや実際かなり増えている。ロクコがアイディの屋敷で本を読んでる間も、ネルネはワタルの応援として闘技場に通っていたりしたし。ワタル貸し出しの対価に借りた錬金術関連の書物と勉強道具をわざわざ持ち込んで。

「……ねぇネルネ、最近ワタルと仲いいわよね。一緒に居るし」

「そーですねー、なるべく一緒の時間を過ごすようにしてますねー?」

私の侍女なのになぁ、とロクコは思ったが、同時にこれはこれでケーマと一緒に過ごす時の参考になるかもとも思い、引き続きネルネの好きにさせる事にした。侍女が居なくてもアイディの館ではアイディの使用人が居て特に困る事もなかったというのもある。

「そういえば奴隷ワタル。使用人の部屋は1部屋しか用意してなかったけれど、問題は無かったわよね?」

「……ええまあ、首輪のお蔭《かげ》でなんとか」

しかもネルネとワタルは同じ部屋で寝泊まりしていたらしい。主人ということになっているロクコは一人——寝る直前までアイディとおしゃべりしたりしていたが——であったというのに。衝撃の事実にロクコは本当なら私もケーマと一部屋で寝泊まりするはずだったのにと少し嫉妬した。

「あ、勘違いしないでくださいねロクコさん。僕はネルネさんに一切手を出してません！」

「本当かしら」

「本当ですよー。奴隷の首輪がありますからねー？」

ニコニコ微笑《ほほえ》むネルネ。

「もちろん奴隷の僕は床で寝てますよ。オフトン敷いてますけど」

なにがもちろんなのかワタルの奴隷観について少々聞き込みをしたい所である。

「ねぇロクコ。ワタルも【収納】にオフトンを入れてるの？　帝国人は皆オフトンを持ち運んでいるものなの？」

「オフトン教だからじゃないかしら」

セバスが御者を務める馬車に揺られてそんな雑談をしつつ、明日の朝には50番コアの領地に着く見込みであった。

ケーマ Side

1週間も奴隷生活を行うと、だいぶ慣れてきたなと思わなくもない。そろそろ『神のパジャマ』を手に入れられないか探ってみるべきではないだろうか。と、そう考えていたところで丁度午前中の訓練に50番コアが顔を出してきた。

「うむ。やっているであるな？」

「これはこれは50番様！　ようこそいらっしゃいました！」

オストルを始め、他の奴隷達も一時的に訓練を止め頭を下げる。

「よい、続けよ」

50番コアはそう言って俺の方まで歩いてくる。

「ケーマ、今日の午後は我輩の相手をしてもらうのである。故に、午前中の訓練を程々にして調整に努めるようにと伝えに来たのである」

「お、丁度いい……あー、承りました」

「うむ。特級奴隷として、どの程度成長したか見せてもらうのである」

それだけを伝えて、50番コアはさっさと帰って行った。


「やったなケーマ！　50番様がお相手してくださるってよ！」

「くぅー、俺達も50番様と戦《や》りたいぜ……さすが特級奴隷だな！」

「あ、でもまだ子供作ってなかったよな？　やるか？　私はいいぞ？」

と、50番コアが帰ったとたんなんか囲まれる俺。ちょっとまて最後。まるで俺がもう帰ってこられないかのようなフラグを立てないでくれ。そして子作りはしない。さすがに50番コアの相手とはいえ、命の危険はないだろうし……と思ったのだが、話を聞くと実際ここで50番コアに指名されて帰ってこなかったやつは結構いるらしい……まぁ、しないけどな。子作り。

「そうと決まったら万全の状態にしておかないとな！　よし、軽く準備運動するか！」

「まてまてまて。それなら俺は今日はもう体力を温存するぞ？　みんな、俺の体力の無さは知ってるだろ」

「おっとそうだった。じゃあ柔軟だけにしとこう。おーい、アキネラ、手伝ってやれ」

「アタイに任せな、50番様の前に出しても恥ずかしくないよう完璧に解《ほぐ》してやるよ！」

と、6本腕のアラクノイド女、アキネラに手足をガシッと摑《つか》まれて強制的に股裂きやらの柔軟をする事になった。……グワー！


……で、まるで子供に振り回されるぬいぐるみの如《ごと》く股関節や肩甲骨周りをほぐされまくった午後。俺は50番コアの館の闘技場で50番コアに立ち向かうことになった。ニクは再びやる気満々である。

「さてケーマよ。おヌシ、中々評価が良いのである」

「はぁどうも。褒美でもくれるんですか？」

「ふむ。……そういえば、おヌシは神の寝具、『神のパジャマ』を求めて魔国へきたのであったな。我輩、寝間着は使わぬ故、持て余しておったのである」

ふうむ、と顎の下に手を当てて少し考える50番コア。

「よかろう。我輩に良い一撃を入れられたら、おヌシに『神のパジャマ』をくれてやるのである」

「えっ、本当ですか！」

「であるからして、本気でかかってくるが良いのである。それが元々我輩が特級奴隷に求めている事であるが故にな」

ここには余計な観戦者《ギャラリー》もいない。そして、50番コアは6番コアが知っている情報を横流しされている。つまり、50番コアは俺がダンジョンマスターであり勇者でもあることを知っているということ。なので、それらを手加減するなという事らしい。

「さぁ、かかってくるが良いのである！」

「うおぉおおお!!」

「いきます……！」


そして俺とニクは惨敗した。

おいおい【超変身】も使ったんだぞこっちは。【エレメンタルバースト】も初見で避けられたし、50番コアの攻撃は素手で手加減され、投げ飛ばされまくった。ニクの首を狙った一撃はすんなり躱《かわ》され、同時に死角からの魔法も受け流された。俺も一度掴まれた瞬間にスライムに変身してやったが平然と手を引かれ不発に終わった。俺の【超変身】はＬｖ5、1日5回までしか変身できない奥の手なのに。ぐぬぬ。

無論、50番コアに一撃を入れることは叶《かな》わず、掌《てのひら》の上で転がされるが如くであった。

「子犬は少し腕を上げたが、ケーマ、おヌシはむしろ弱くなったのであるな。分かりやすく力に振り回される戦い方である。もっと技術を磨け……いや、中途半端に技術を磨いた結果がこれなのであるか？　ふぅむ、教育方針を改めるか。弱点を消せば強くなるのではないかと思っていたのに、むしろ弱く……これは我輩の鍛え方では強くなれないのではないか？……別の者に任せるか？」

はぁ、と50番コアがため息を吐くように兜《かぶと》を小さく鳴らした。くそう、50番コアめ。実は心を読んでるんじゃないかと疑いたくなる挙動で俺の攻撃を避けてくるのが悪い。絶対決まったと思った所でぐりんとあり得ない動きをしやがって。

「ふむ。ケーマよ、大まけにまけて正解である。その通り、我輩、心が読めるのである」

「……はい？」

え、マジで？　いやいや、まて。何でそれを今、教えた？

「確信は持っていなかったようであるが、ひと月のうち四半も過ぎてしまったゆえな。やれやれである。……我輩の事、帝国では知られていないのであるか？　『心眼の騎士』、と呼ばれているのであるが……ああ、ここ10年は前線に出てなかったのである。旬の短いニンゲンが我輩の事を忘れてもしかたないであるか」

初耳だ。しかし、本当に心が読めるのであれば、色々と説明がつく行動が多い。と、ここでニクがボロボロの身体《からだ》でよろけつつも立ち上がった。

「……なるほど。50番様の動きのいくつかが、それで説明つきます、ね」

「ほう、正解である。戦いの中における成長では子犬の方が優秀であるな」

ニクと50番コアの間でどういうやり取りがあったのかは読めないが、恐らく戦闘中のまるで見えないはずの死角からの攻撃を避けた動きとかだろう。

「さて、今回はここまでとしよう。これまでの功績の褒美であるが故、対価は取らずにおいてやるのである」

ああ、そうか。魔国での何かを賭けた決闘は対価を出さねばならない、そういうものだった。これまでの功績ってのが何かはよく分からないが、まぁ1週間分の報酬が挑戦料だったということか。

「子犬。おヌシについては丁度いい講師が来る手はずになっているから、今後はそちらで修行を重ねるが良いのである。魔王流『無心』を習得してみせよ」

ぐ、とニクが悔しそうに頷《うなず》く。施しを受けるのが悔しいのではなく、これは単純に勝てなかったから故の悔しさだろう。ニクは本当に強くなることに貪欲だし、オストル達に教えを乞うのも厭《いと》わないからな。魔国の連中なら技を盗むなりして自力で強くならないと気が済まないところだが、ニクにはそれが無い。

「……時にケーマ？　おヌシも心を読めるのか？」

「えっ、読めませんけど？」

「…………そうであるか。まぁ良いのである」

かくして、今日の午後のお仕事、50番コアの接待（？）が終わった——

――のだが、今日の仕事はこれだけではなかった。

「ってケーマ！　随分ボロボロじゃないの――あっ、服だけか。どうしたのよコレ」

「えっ、ロクコ？　どうしてここに」

次の仕事だ、と回復魔法をかけられて傷をしっかり治したうえで、俺が向かった応接室。

そこにロクコが居た。ロクコだけでなく、アイディにセバス、ワタルにネルネもいる。

「なんでロクコ達（たち）がこんなとこに居るんだ？」

「なんでって。ケーマが心配だから見に来たのよ」

ふふん、と胸を張るロクコ。

「そうか。ありがとうな。……ところで、なんか仕事としてここに呼ばれたんだけど俺」

「間違ってないわ、ケーマ男爵」

と、アイディがワタルの手前俺の事を男爵と呼び肯定する。

「ケーマ男爵の仕事は、私達《たち》の接待よ？」

「接待か。……と言われても、何すればいいのか」

「50番様との話し合いは済んでるわ。私は50番様のところで子犬がどれくらい鍛えられたか見せてもらう予定ね。ケーマ男爵にはロクコを持て成してもらうわ」

セバスはアイディに、ワタルとネルネはロクコにそれぞれ付くらしい。

「つまり実質ダブルデートってやつですよケーマさん！」

何故《なぜ》かワタルがノリノリである。ワタルも魔国で奴隷ということになってるわけだし、俺同様に魔国の雰囲気に慣れてきたのかもしれない。

「といっても、俺もこの辺り別に詳しいわけじゃないぞ？　ここで1週間過ごしたって言っても奴隷だから別段自由時間があるわけでもないし」

「なら散策しましょ。ワタルもいるし、大丈夫よ」

確かに。ワタルという頼れる護衛がいる今ならいい機会だし魔国の町を散策と言うのも悪くない。

「……ご主人様。やはり、わたしは頼れませんか？」

「え？　いや、ニクはニクで頼りにしてるよ？」

ただまぁ、ここは魔国なもんだから。実際、50番コアの上級奴隷達とニクでどっこいどっこいな強さであり、頭抜けた強さでは無い。いや、幼女という事を考えれば驚異的な事なのだが、見た目の威圧感が一切ないというのも魔国ではマイナスポイントだ。

「わかりました。もっともっと、強くなってみせます。……アイディ様」

「ええ。見込みがあって努力している子は好きよ？　たっぷり鍛えてあげるわ、子犬」

「はい、よろしくお願いします」

何がニクをやる気にさせたのかは分からないが、まぁ、やる気があるようで何よりだ。

「では行きましょうか子犬。ロクコも、楽しんでらっしゃい」

「ありがとうアイディ。行ってくるわね！」

というわけで、アイディ達にニクを預け、俺とロクコはワタルとネルネを連れて魔国の町、50番コアの城下町へと繰り出すことになった。

とはいうものの、どこに行ったらいいものか。そういう知識は俺達4人の誰もが持ち合わせていなかった。

「とりあえず大通りから適当に歩いてみてはいかがですかー？　何か屋台とかお店とかあればそこを見る感じでー」

「採用よネルネ！」

というわけで、俺達は適当にぶらぶらと歩きまわることにした。一応ダンジョンメニューのマップ機能で町の地図が分かるので、ワタル以外は迷っても戻ってこれるだろう。


魔国でも、町の大まかな感じとしては帝都とさほど変わりはない。俺にとってはどちらも『異世界だなぁ』という印象であるが、魔国らしいことに外壁がほぼないので、どことなく埃《ほこり》っぽい感じがする、ような気がする程度だ。特に気にしてなかったが「街の外壁が無いのはね、モンスターをおびき寄せて狩るのが娯楽兼仕事だからなんだって」とロクコがドヤ顔で教えてくれた。襲撃が娯楽とはさすが魔国。

「ケーマ、あっちに市があるわよ！　行ってみましょう！」

「おう」

　ロクコに手を引かれ、俺は市場へ向かう。市と言えば食料品である。が、ここでは極端な値付けがされていることに気付いた。素材のままの野菜や穀物は投げ売りみたいな安値で、加工品が急に値段がついている感じだ。そして、野菜も売ってるが、それと一緒に武器防具や魔法のスクロールなんかが平然と売られている。売れるのか？　と思って見ていたら丁度目の前で買われていった。売れるんだねぇ。

「基本的に武器って消耗品ですから、需要はあるんでしょうね」

「そーですねー？」

　と、ネルネはちらりと魔法のスクロールを見る。ワタルはその視線に気づき、そっとガマグチの財布を取り出していた。時空魔法【オサイフ】に主にお金を入れてるが、こうして物理的な財布も持ち歩いているらしい。

「ワタル、良いように振り回されてるな……？」

「大丈夫ですよ。ケーマさんへの借金が消えたのでこれからは自由に使えるお金が増えますからね」

　……俺が言うのもなんだが、貢ぐのも程々にしとけよ。

「しかし、野菜とか小麦粉が本当に安いな。どうなってるんだ？」

「アンデッドで大規模に畑を作って大量に育ててるから安くなるんだってアイディが言ってたわよ」

　ロクコの回答に、ゾンビが鍬《くわ》を持って畑を耕すイメージを思い浮かべる……むしろ肥料になりそうだな。腐肉肥料……うーん、スケルトンくらいにしておいてもらいたい。

それと、この回答で合点が行ったこともある。要するにアンデッドが農業従事者として魔国の食を支えているからこそ、魔国の連中は純粋に戦士として己を鍛えたりすることに集中できるのだ。またひとつ魔国の謎が解けたと言えよう。


「あれ、ケーマさんじゃないですか？　なんでこんなところに」

「ん？　誰だ？」

と、そんな風に散策していたら名前を呼ばれた。話しかけられた方に振り向くと、そこには2人組の冒険者（こっちだとハンターって言うんだっけ？）が居た。誰だよ、いやマジで。……あれ？　前にもこんなことあったっけ？

「ウゾーです！　ケーマさんに命を救っていただいた！」

「ムゾーです！　村に行く約束が未《いま》だに守れず申し訳ありません！」

「……おお。そういやそんな名前の知り合いがいたな。え、そんな約束してたか？」

ウゾームゾー兄弟。思い出した。ウチの宿『踊る人形亭』の初めてのお客様にして俺がダンジョンで命を助けたCランク冒険者コンビだ。お試し部屋で想定外のハマりかたをしてＤＰ《ダンジョンポイント》をたくさんくれたっけ。それで、助けるときに使ったゴーレムブレードの代わりの魔剣を探してくると言って、見つけてくれたのが俺の愛剣、魔剣シエスタなんだよな。眠りを振りまく魔剣、重宝しまくりである。今日も俺の腰に下げている。睡眠耐性のない相手には最高の無力化手段だからな。

「なんでこんなところに、ってのはこっちのセリフだよ。お前ら帝国の冒険者だろうが」

「いやー、あの時受けた依頼でポカしちまいまして」

「死にかけたところを助けてもらい、それから帰れずなんやかんやズルズルと……」

今は魔族の坊ちゃんのところでお世話になっていて、助けてもらったときの借金を返すために魔国で活動中らしい。そして、大武闘大会の予選でもある闘技大会の予選に出場して敗退。お世話になっているハンターの先輩が闘技大会の本戦に出たのを観《み》たのち、仕事と観光をしつつ帰る途中でこの町に寄ったらしい。

「あんたらも大変ねぇ」

ロクコがしみじみとそんな感想を言う。まぁ俺も今奴隷だし、どっこいどっこいじゃないかなと思うんだけど。


「ケーマさん、お知り合いですか？　紹介してくださいよ」

と、ワタルが割り込んできた。

「ええっ、勇者ワタル様がなんでこんなところに!?」

「闘技大会本戦で優勝した、あの勇者ワタル様!?」

馬鹿お前ら声がデカい。と俺が思った直後にはもう周囲に『勇者ワタルがここに居る』という情報が広まっていった。熊の帽子を被《かぶ》っただけの雑な変装は帝国人には効かなかったし、『勇者ワタル』だと思って見た場合は当然すぐにバレてしまう。

「帝国ヒト族の勇者ワタル!?　笑顔の殺戮者《デス・ピエロ》の！」

「何、にやけ面の悪夢《ナイトメア・スマイル》だって!?　決闘を申し込む！」

「まてぇい！　狂剣士《ファニーマン》ワタルに挑むのはこの俺だ！」

　ぶわっさと人が集まってきた。ただでさえ市場で人が多かったのに一気に人口密度が増す。まぁ、その大半は人外というか魔国人というか、全体の70％くらいモンスターな感じがするけど。そして、ワタルを中心に俺とロクコとネルネ、それとウゾームゾーが囲まれてしまった。半径2ｍ程。そしてどいつもこいつも凶器を片手に好戦的な笑みを浮かべていた。

「やれやれ……すみません皆さん。魔国では恨まれてるとは思ってましたが、想像以上でしたね。護衛としては失格です。厄介事を呼び込んでしまいました」

「……すすすす、すんませんワタル様！」

「お、俺ら考えなしでしたぁ！」

　憂鬱に遠い目をして剣の柄《つか》に手を伸ばすワタルに、ドゲザする勢いで謝るウゾームゾー兄弟。これからとても楽しいパーティーが始まるぞとばかりに興奮している周囲の魔国人達からの殺気。うん、これは止めないと面倒なことになりそうだ。

　俺はジリジリとワタルを囲む中に、先ほどネルネがちらりと欲しがっていた魔法のスクロールを売っていた店の店主がいる事に気づいた。

「おっ、丁度いいや。おいワタル、ネルネにいいとこ見せたくないか？　ここは俺に任せてくれ」

「えっ、ケーマさん。何かこの危機を無血で乗り切る妙案がおありで？」

危機？　何言ってんだワタルは。……と思ったが、帝国の常識を持った人間なら仕方ないか。俺はナイフを片手に持った店主に気さくに話しかけた。

「おい、そこの」

「ん？　俺か？」

「ワタルは今俺達の護衛中なわけだが、お前の店にあった魔法のスクロールを賭けるなら、ワタルへの挑戦を受けつけてやる」

「よし！　いいだろう！」

そう言うや否や、店主は一旦店頭に走って戻り、魔法のスクロールを持ってきた。

「というわけだから、ワタル。適当に相手してやってくれ。他の連中も挑戦したいならそれなりの参加費を持ってこい、いいな！　場所はあっちの広場！」

俺がそう声をかけると、「おおよ！」「やったぜ！」「決闘！　決闘！」と嬉《うれ》しそうに俺達の周りを囲んでた連中は散っていった。

「えっ？　えっ？　なんですか一体？」

きょとんとするワタル。まぁ魔国の事を知らないならこれも仕方ない反応だろう。俺だってそう思う。ワタルからしたら怨《うら》み骨髄の襲撃かと思ったらあっさり解放されたんだろうもの。

「あれほど殺気立った連中に囲まれてたのに……いったい何が？」

「単に手合わせしたい連中が集まってきてただけだろ？　ほら、店の迷惑になるからさっさと行くぞ」

「え、ええええ？」

俺は混乱しているワタルを引っ張り、広場がある方に向かった。


魔国には突発的な決闘等に備えて、そこそこの広場が所々にあったりする。オストル達《たち》に教えてもらった魔国の常識のひとつだ。そこにワタルを中心とした人垣ができていた。

「うぉおお！　くらえ笑顔の殺戮者《デス・ピエロ》！」

「せいっ」

「「「おおおーー!!」」」

と、人垣の向こうでワタルが一人一人剣も使わずに相手を転がしているのが見える。そのたびに歓声が上がり「どけっ次は俺の番だ！」と挑戦者が嬉々《きき》として交代する。その顔はやはり殺気に満ちた、満面の笑みだ。倒された相手は満足げに「ちくしょー次は負けねぇからな！」と大人しく退いていく。こちらは殺気が落ちてただの満面の笑みだった。

「はーいー、挑戦者はこちらで申請をー。……このスクロールとてもいいですねー！」

ネルネはちゃっかり受付を行い、挑戦者からばっちり参加費をせしめている。

俺とロクコ、ついでにウゾームゾーはのんびりと参加費にもらったサトウキビを齧《かじ》りつつそれを眺めていた。甘くて美味《うま》い。

「あ、あれぇ？　あの、ケーマさん？　これどういうことですかケーマさん!?」

また一人、挑戦者をすっ転ばしつつワタルは「説明してくださいよ！」と叫ぶ。

「ねぇケーマ。私にもよくわからないんだけどどういう事？」

かわいく小首をかしげるロクコ。ワタルからの質問はスルーしたが、ロクコが聞きたいって言うなら説明することにしよう。なにせ今日の俺の仕事はロクコの接待だもんで。

「まず魔国人は考え方が根本的に違うんだよ」

一般的な魔国人にとって、決闘は愛情表現である。帝国人には一切理解できないであろう思考回路だが、魔国人は『好きな相手とは殺し合いをしたがる』のである。……具体的には、

・仲が良い、好き
↓
・相手の腕前が気になる

↓
・戦う（楽しい！）
↓
・もっと仲良くなる、もっと好きになる
↓
・本気の本気、相手の全力が知りたくなる
↓
・殺し合いをする（超楽しい！）

という経緯になるらしい。そして実際に死んだら死んだで「あいつの死力を尽くした強さを知ってるのは私だけ……！」というヤンデレみたいな言動が爽やかに受け入れられるのが魔国。……さすがに事前の同意や許可がないと犯罪扱いにはなるらしい。殺し合いまでいく仲だと「折角だしお互い万全でやりあおう！」と自然と同意を得る。そして殺し合いの当日に体調不良になった時は仕切り直すのも良くある話らしい。

「つまり、ワタルはモテモテというわけね？」

「その通りだロクコ。ワタルはモテモテなんだ」

「ええ!?　あの、僕が好かれる理由が無いんですが!?　この国にとって敵ですよ！」

「魔国人の好感度は8割『強さ』で決まる。以上」

勇者ワタルは強いため、魔国で大人気なのも当然。そういうことだった。

おまけで言うと、笑顔の殺戮者《デス・ピエロ》とかにやけ面の悪夢《ナイトメア・スマイル》とか狂剣士《ファニーマン》というのはワタルの二つ名だ。さっき挑戦してた人に話を聞いたところ、どれも戦場でも笑顔で敵を殺すってことでつけられた通り名だそうな。こういう愛称が付くのも、魔国で人気の証《あかし》である。しかも数が多いあたり注目度が高く、ちょっとしたアイドル級であることが窺《うかが》える。

「愛称!? 愛称なんですか!? どう聞いてもネームドエネミーって感じですが!?」

「魔国では愛称だしそう呼ぶのはお前のファンだ。みんなお前が大好きだってよ。なぁ」

俺が挑戦待ちの連中に声をかけると「おうよ!」「そうだぞさっさと戦《や》らせろ!」「友達がワタルに殺《や》られたんだ、俺も友達のことぶっ殺したかったのに!」とワタルに対してのラブコールが返ってきた。

「……どう聞いても物騒な意味にしか聞こえないんですけど!?」

「ワタルの直筆サインが欲しい人ぉー。勝ったらワタルのサインが貰《もら》えるぞー」

聞き方を変えてみる。「あっ欲しい!」「勝ったらもらえんのか!」「俄然《がぜん》燃えてきたぜぇ!」と連中がますます殺気立った。が、返答内容でこちらはワタルにも好意を持っていることが伝わったらしい。

「非常に信じがたいですが……本当なんですね。あ、あはは」

ワタルは引きつった笑みを浮かべていた。

「そっか。アイディと同じなわけね」

　確かにロクコはアイディに凄《すご》く好かれている。戦えないって言ってるのに頻繁に決闘に誘われてるみたいだし。

「ケーマさん、俺ら魔国そこそこ長くいるけど、初耳だぞ……なぁウゾー」

「ああムゾー。殺されるかと思ったのになぁ」

　危機ではないということは分かったようだが、訳が分からないといった顔の2人。

「お前らは……弱そう、決闘する価値無しと思われてるんじゃないか？　人族は弱く見られがちだし」

　俺がそう言うと、ウゾームゾーは苦い顔をして固まった。思い当たる節があるらしい。


　うーん、しっかしやっぱりワタルって強いよなぁ。と、50番コアの下《もと》で修行して思う。ちゃんと訓練を重ね、しっかり技を磨き、がっちり白兵戦に特化した勇者だ。弱いはずがない。今までもワタルのことを弱いなどとは思っていなかったが、こう、あれだ。俺も強さをみる目が養われたんだ、的な？　うんうん。

　と、俺が一人そんなことを考えていると、ウゾーが俺の腰を指さした。ん？

「なぁケーマさん。実はさっきから気になってたんだが、その腰の剣って」

「ん？　どうしたウゾー……はっ！　まさか、その剣は！」

ムゾーも俺の腰、もとい腰に下げているシエスタを見る。俺は見せびらかすようにすこしシエスタを持ち上げてみせた。

「おう。お前らから貰った魔剣、シエスタだぞ」

「昼寝剣シエスタ！　まさか、まだ持っていてくれたなんて……！　なぁ、ムゾー」

「ウゾー、俺は今この時ほど嬉しかったことを知らない……！」

大げさな奴《やつ》らだな。と、２人はそれぞれゴーレムブレードを取り出した。片方はナイフタイプのやつ。確かシエスタをもらったお礼にお釣りとして上げたヤツだ。

「俺達も、ケーマさんからいただいた魔剣を、今も大事に使っている」

「ああ。この魔剣は俺とウゾーの宝だ。最近ガタがきて動かなくなっちまったが……」

「ん？　ちょっと見せてみろ」

と、俺は２人の魔剣を受け取る。

……あー、こりゃゴーレムの寿命だな。剣として使う以上、どうしても打ち合うことが多くなる。打ち合えば――剣の形をしているとはいえゴーレムだ、当然ＨＰ的なものが減る。ゴーレムは生物ではないので自然回復しない。つまり、いずれ死んで動かなくなる。で、この２本の魔剣はすっかりゴーレムが死んでいた。ある程度は対策したつもりだが、だいぶ使い込んでいるようだし当然といえば当然か。ここまで使い込まれていると、作り手としては嬉しくなってしまうな。

「……【活性】」

俺は、ゴーレムブレードにこっそり【クリエイトゴーレム】をかけて復活させる。ついでにガタが来てた箇所も修復。そしてその事実を誤魔化すために「土を元気にする生活魔法」である【活性】を使った。ゴレーヌ村の鍛冶師カンタラが使ってた技だ。

「ほれ、直ったぞ。運が良かったな」

魔力《マナ》を流して、動作するのを確かめてゴーレムブレードを2人に返す。

「……は？　え、え？　ちょ、ちょっとまってくれケーマさん！」

「何をしたんだ!?　い、今のって生活魔法の【活性】か？」

当然ながらウゾーとムゾーは驚いていた。まぁ、壊れたはずの魔剣がちょっと撫《な》でただけで直ったらそりゃ驚くだろう。

「ああ、ウチの村の鍛冶屋に教えてもらったんだが、剣は金属だろ？　金属ってのは元々土の中にあるもんで、むしろ土から作るもんだ。だから、剣に【活性】をかけると元気になる——ことがあるんだよ。ギリギリ生きてたみたいでよかったな」

ちなみにこれ、実際にゴーレムの体力をちょびっとだけだが回復させる効果があることを確認している。つまりは魔剣ゴーレムブレードの寿命を延ばす効果があるってことだな。さすがに死んでたら効果は無い。

「……商売あがったりになるそうだから、他の人に言うなよ。秘密だぞ」

「あ、ああ……分かった。これから毎日【活性】をかけてやることにする」

「え、えっと。修理代、いくら払えば？」

「いらんいらん。シエスタが大活躍だからな、オマケだ」

いやほんと、シエスタは凄い剣だからな。オフトン教では聖剣認定してる程に。

「ところで2人とも、長々と話し込んじまったが、予定とかは良いのか？」

「え？　あっ！　そ、そうだった！　おいムゾー！」

「げっ、忘れてた。シロナガに怒られちまう！　行くぞウゾー！」

俺が指摘するや否や「すいません、またいずれ！」と2人は頭を下げつつ去って行った。

「……わざわざ剣を直してあげるなんて、親切ねぇ」

ロクコが俺にぽすっと寄りかかりつつ言う。

「まぁシエスタもらった恩もあるからな」

お、ワタルがまた一人倒した。ホント強いなぁ。

「ところでケーマ、『神のパジャマ』の方はどうにかなりそうなの？」

「……あー……」

俺は天を仰ぐ。それだけでロクコは思ってる以上にうまく行っていないことが分かったようだ。

「一応、模擬戦して良い一撃を入れられたらくれる、っていう話があったんだが、失敗したな」

こちらの状況をロクコに話す。毎日訓練させられていることも含めて。

「さすが50番ね、一筋縄ではいかないか」

「しかも心が読めるらしい」

「らしいわね」

え、ロクコ知ってたの？　と目を見開いて驚く。

「アイディの領地が元々42番が治めてた領地だったらしくて、そこに50番との決闘についてのメモがあったのよ。魔王流『無心』が有効だって書いてあったわ」

「へぇ。……確か50番様、そんなのをニクに覚えろって言ってたな」

今ニクはアイディとセバスからその魔王流『無心』を習っているのだろう。どういう技かというと……読心対策なんだから、考えずに戦う技術なんだろうな。具体的にどうやるかは分からんけど。


そろそろ日が傾いてきたので、ワタルへの挑戦を打ち切って終了とする。

「はーい、今日はここまでだ。解散！」

俺がパンパンと手を叩《たた》くと、挑戦者達《たち》は「おっともうこんな時間か」と顔を上げた。

「くそぉー！　強すぎだろワタル！　またな！　あー楽しかった」

「次は本気出させてやる！　首を守って待ってろよ！　俺以外に倒されんなよ！」

「いやーワタル強かったなぁ、さすが狂剣士《ファニーマン》……って剣使わせてねぇぞ!?」

そしてスッキリ爽やかに帰って行った。ワタルもどこか憑《つ》き物《もの》の取れたような、見慣れたいつもの笑顔で彼らを見送った。

「……あはは、凄い国ですね。なんか僕、魔国のこと誤解してたみたいです。まるで国全体がゴレーヌ村みたいに常識が通じないんですね」

「なんだかその言い方だとうちの村が非常識みたいな感じに聞こえるんだけど？」

「そう言ってるつもりですが？」

ウチの村はごく普通の村のはずなのに……おかしい。

「ワタルさんー、すごいですねー！　魔法のスクロールもいっぱいですよー、ありがとうございますー！」

「いえいえ、ネルネさんに喜んでもらえてなによりです」

ネルネに笑顔で喜ばれデレるワタル。騙《だま》されるなワタル、ワタルが稼いだその戦利品全部ネルネが貰う流れになってるぞ。と、わざわざ口に出して言わないことにする。ワタル自身そのつもりだろうしいちいち言う事でもない。

「とりあえず帰ろうか」

「そうね。今日はこのくらいにしておいてあげるわ」

ふふん、と笑うロクコ。結局市場でワタルが挑戦者を転がすところをずっと見てただけだったけど楽しかったのだろうか？

ちなみに晩御飯は肉うどんが支給されたが、今日はロクコと買い食い？　していたためイチカへのお土産として【収納】に入れておくことにした。

＊　＊　＊

50番コアとの模擬戦で教育方針を変えると言っていたが、翌日から俺は午前中の訓練で郊外に連れ出されることになった。エルフのメイドさんに連れられ、しかもなぜかニクの代わりにロクコ達が一緒である。ニクはニクでアイディと訓練をするそうな……

エルフのメイドさん曰《いわ》く、この町の外にある岩場は、強いモンスターが出る可能性の少ない方で、あまり人気がなくて秘密特訓するには穴場のスポットらしい。

「では私はー、適当にー、お茶の準備でもしておきますねー？　いきましょー」

「あ、はい。僕も周囲の見回りですね」

エルフのメイドさんが別の仕事があるのでと戻ったのを見届けた直後、ロクコの侍女と護衛であるネルネとワタルは適当に離れて行った。いいのかそれで。

「ネルネには、ワタル連れて離れといてって言っておいたからいいのよ。一応ここは50番コアの領域外だから、何しても大丈夫らしいわよ？」

50番コアに、俺を強くするように頼まれたらしく、ロクコが張り切っていた。元々俺のパートナーであるロクコに俺の強化を任せるという方針になったようだ。ロクコも俺と一緒に居たい利益が合致したので快く引き受けたとのこと。

「というわけでケーマ。ケーマの持ち味をガンガン生かす感じで行きましょう」

「俺の持ち味？」

「ケーマの持ち味は、小手先の技術と、異世界の思考、そしてハッタリよ。50番コアのとこで地道に身体《からだ》を鍛えてどうにかなる話じゃないわ、体力つけて悪いことも無いけど」

褒められてるのか貶《けな》されてるのかよく分からない。

「で、どうするってんだ？」

「んー……あっ、良いこと思いついた。DP《ダンジョンポイント》ガチャ回して、出たモノで決めましょ」

なんという運任せ……いや、ロクコの幸運を考えるに案外アリなのかもしれない。ワタルも近くにいるし【超幸運】の影響を受けるやもしれない。今後を占ってもらうという意味もかねて、一回回してみてもらうことにした。

「というわけで、1000Pガチャよ！　魔法のスクロールか何か出なさい！」

ロクコがガチャを回すと、キュインと魔法陣が広がった。——そして、スクロールがぽとりと地面に落ちた。まさかの宣言通り。ドヤ顔のロクコ。

「どうよこれ」

「……本当にスクロール出すとかすごいな、さすがロクコだ」

「出る気がしたのよ。で、ケーマ。これ何のスクロールかしら？」

「んーっと、どれどれ……？」

カタログから出す場合は名前が分かるが、ガチャの場合は分からない。だがスクロールであれば、魔力を流さなければ使用にはならないので、中の魔法陣を見れば多少は推測できるし、既に覚えてる魔法かどうかとかも分かる（市場で流通してるスクロールは、誰かが「あ、これ覚えてる奴だ」と特定したものが売られている）。スクロールを開き書かれている魔法陣の文字を翻訳機能さん任せで読むと……新しい魔法だな。『生成』『穴』そして『大地』か……ふむふむ。

「特に害はなさそうな魔法だし、使ってみるか」

改めて魔法陣に魔力を流し、その効果を身に受ける——習得と同時に、呪文の名前と効果が分かった。これは落とし穴を作る魔法、【ピットフォール】だ。……落とし穴生成とか、ダンジョンマスターにはお似合いのようで、ダンジョン機能があるから本来なら別に要らない魔法だな？

ついでに「落とし穴と言えばこれが良さそうね」と、ロクコは【ストーンパイル】という魔法のスクロールを取り出した。昨日ネルネがワタルを使って巻き上げたスクロールのひとつだ。ダブってたらしい。

「これがあれば落とし穴を作った後に石の杭《くい》でトゲトゲにもできるんじゃないかしら」

「結構えぐい事を言うなぁ。まぁいいけど」

というわけで【ピットフォール】に次いで【ストーンパイル】を覚えた。

「じゃ、早速使ってみてよ。私が当てた【ピットフォール】を！」

「はいはい、じゃあまずは詠唱ありで。……大地よ、穴を作れ――【ピットフォール】」

俺は地面に手をついて、スキルを発動。……すぐ目の前に、くぽっと深さ1mほどの穴が空いた。

「へー、結構いきなり穴ができるのね」

「そうだな。上から掘り下げるんじゃなくて空間が開くって感じだ」

スキルの流れ的には、魔力で作った極細の杭を打ち込み、それを中心に円柱状の空間を作る感じの魔法らしい。……これ、地属性じゃなくて時空属性なのか？

「それで、これも【クリエイトゴーレム】みたく魔改造できるのよね？」

「だろうな。例えばこんな感じかな？　岩よ、穴を作れ――【ピットフォール】」

俺は適当な岩を対象に、横向きに【ピットフォール】を発動。くぱっと穴が空いた。ついでに言うと、穴は貫通していた。

「へぇ、これがあればトンネルがすぐできるわね！」

「それは無理だ。解除したら元に戻る」

俺が魔法を解除すると、穴はしゅるんっと閉じ、元に戻った。……空間が歪曲《わいきょく》してる感じ？　これ、戻した時に穴の中に何か入ってたらどうなるかな。というわけで、早速試してみる。【ピットフォール】で作った穴の中に石ころを放り込み、解除――っと、ぼとりと石が吐き出された。

「……石を射出とか、閉じ込めたりもできなそうね」

「どうかな？　その判断はまだ早い」

俺は【ピットフォール】を発動。その穴の底で更に【ピットフォール】を発動。穴が2段階にできた形になる。そこに石を投げこんで、上の穴の分だけを解除。石を完全に閉じ込めた状態が出来上がる。

「と、こうやって上だけ蓋にすれば閉じ込めることはできるわけだ」

「……ほほう。これは確かに閉じ込められるわね」

「だろ」

「で、この状態で下の穴を解除したら中の石はどうなるの？」

……やってみた。が、土の中なのでどうなったのかよく分からない。少なくとも中にあった石が地面の上に出てきたりはしていない。

「こりゃ埋まったかな……？」

「ゴーレム使ってみたら？　多少どうなってるか分かるでしょ」

「それもそうだな」

今度は石の代わりにクレイゴーレムを作成し、それを使う。結果は――うん、完全に土の中に埋まってることが分かった。若干土が盛り上がった気もする。穴が深すぎたからかよく分からない。次は上の段を落とし穴の蓋になるくらいの薄さでつくって試す。……すると、蓋部分をぼこっと押しのけてゴーレムが生えた。

「なるほど。生き埋めが簡単にできそうだ」

……あと、内側からの破壊、みたいな感じで使えるかもしれないな、これは？

「これ、上のを閉じた時点だと、完全に地面と見分けがつかないわね」

「普通に落とし穴として使えるな。最初からその形で発動できないかな？」

穴を作る杭を、完全に地面に埋まるように打ち込む。そして発動――……発動した手ごたえはあるが、表面は何も変化がない。そこをゴーレムに歩かせると――蓋になっていた部分が崩れ、中にできていた空洞に落ちた。

「おお！　成功だな！」

「落とし穴を好きなだけ作れるわね！」

「魔法を解除したら消える落とし穴だけどな。いや、むしろその方が安全か？　俺の魔力《マナ》量なら消費をあまり気にせず使える」

魔力を打ち込むときの具合は、【クリエイトゴーレム】で魔力を流す感じに似ていた。

次は、土とか岩とか以外に穴を空けられるか試してみよう。

「ケーマ、こんなこともあろうかと、鎧《よろい》を借りておいたわ！」

「お、良くやったロクコ」

ロクコは金属鎧と革鎧をそれぞれ【収納】から取り出した。打ち込みのターゲットにも丁度良さそうである。で、実験の結果……金属鎧も革鎧も、普通に穴を空けることができた。……これは結構やばいかもしれんな？　防具を無視できるんだから。

「じゃあ、次は生き物ね！」

と、ロクコは【収納】からゴブリンを取り出した。……なんでそんなの入れてんの。さすがゴブリンフェチ……あと地味に自分が50番コアに【収納】されたのを思い出すからちょっと複雑な気分になる……

俺はゴブリン相手に【ピットフォール】を試してみる。——魔力の杭が、ガチンっと拒まれる。ゴブリン自身が魔力を持っているからか、すごく刺さりにくい。だが刺さらないわけでもなかった。強引に突き刺し、魔力の杭でゴブリンの腹を貫いた。背中まで突き抜ける。痛みは特にないようで、ゴブリンはぼーっと立ちっぱなしだ。……でも、ゴブリンでこれだけ掛かるようだと、実戦じゃ到底使えそうにないな。

で、そのまま発動すると、ゴブリンの腹に大穴が空いた。

「……おおう」

「うわー、なにこれ。どうなってるの？」

腹に穴が空いているにもかかわらず、ゴブリンは平然とした顔のままだ。……断面から血や内臓が零《こぼ》れ落ちるという事もない。どうも魔力の壁が貼られているようだ。消えた部分は亜空間に行く形で繋《つな》がったままなのだろうか。

「ねぇケーマ。この貫通した穴に棒突っ込んだまま解除したらどうなるの？」

「なんて恐ろしい発想するんだこの子」

さすがに無辜《むこ》のゴブリン相手にその実験は恐ろし過ぎる。ロクコにゴブリンをしまってもらい、俺は改めて岩にトンネルを作ってそこに【クリエイトゴーレム】で作った石の棒をつっこんだ。そして解除。……凄《すご》い力で押し出される。が、完全に棒が押し出された時点で勢いは消えた。

「普通に押し出されたか」

この勢いだとパイルバンカーには使えないな。万力とかには使えるかもしれない。

「偏ってる方に押し出されるっぽいわね。じゃあ端と端つなげてたらどうなるの?」

俺はロクコの案のままに、岩にトンネルを作って、そこに石棒を突っ込んで、【クリエイトゴーレム】で棒を曲げて石輪を作った。巨大なリングピアスみたいな感じだ。

そして解除。

ばきべきばきっ!

石輪は、千切れて壊れた。……何かに使えるかなこれ? うーん?

「オリハルコンでも壊れるのかしら」

「ロクコ張り切り過ぎじゃない? さっきから発想がなかなかえぐいぞ?」

一応もうひとつ【ストーンパイル】の検証もあるってのにもう疲れてきた。いや、魔力はまだまだ万全だけどさ。

「ケーマ、ストーンパイルの詠唱かえてオリハルコンパイルとかできないかしら」

「……『石の杭よ、産まれ出《い》でよ』ってのが元の詠唱だからな。えーっと。オリハルコンの粒よ、産まれ出でよ――【ストーンパイル】」

次の瞬間俺は気を失った。嫌な予感がして粒にしたけど、それでも魔力枯渇してしまったようだ。これ杭って言ってたら死んでたかもしれない。

……ちなみに砂粒程度だが、ちょびっとだけオリハルコンが生成されたらしい。マップで確認しなかったら絶対見つからなかったそうだけど。

＊　＊　＊

どさっと落とされた感覚で目を覚ます。目を開けると視界に飛び込んできたのはエルフのメイドさんの顔だった。

「あ、目が覚めましたかケーマ様」

そこは50番コアの館の部屋の中、オフトンの上だった。どうやら魔力枯渇した俺を部屋まで運んでくれたらしい。魔力は……全回復してるな。体力も問題なさそうだ。

「館まではワタル様が運んでくれましたが……これなら午後からの仕事もできそうですね」

「え、いや午前中に倒れたから様子を見て午後はお休みとか」

「問題ないですよね？」

「……ハイ」

というわけで、休むことは認められず仕事をすることになった。あーあ。

そんなわけで午後の仕事は魔道具工房でお手伝いだ。

「って、ネルネ？」

「マスター、お身体《からだ》は大丈夫ですかー？　大丈夫そうですねー」

「ああうん」

マナポーションを樽《たる》でぶっ掛けてくれたのかと思いきや、『神の毛布』を使っての回復をしてくれたようだ。問題はそれをハクさんの手先でもあるワタルに見られたことだけども。

で、この魔道具工房のお手伝いについては以前役立たずだ帰れって言われたはずなのだが……何でまた呼ばれたのだろう？

「私が呼ばせてもらいましたー」

「ネルネが？」

「魔道具でゴーレムを作るというのがあったのでー、まぁー、マスターなら良いアイディア出してくれるんじゃないかなぁー？　とー？……どの技術なら対価に出しても良いのかーって相談もありますがー」

うん？　そうか。教えてもらうのにこちらの技術を教えて対価にする必要があるのか

……あんまりこっちの魔道具作成技術は出したくないけどそれなら仕方ない。

「ふーむ、ならゴーレムを作るって言ってたよな。ダイフレームでも作ったらいいんじゃないか？　見た目ゴーレムじゃないけど、あれ地味に便利だし」

「ダイフレーム……あー、あの乗り込むゴーレムですかー。丁度いいですねー」

俺とネルネが公開する技術の決定をしたところで、魔道具職人のコボルトがやってきた。

「お、来たか特級奴隷の！　聞きたい事があったんだ！」

「ああこの間はすまんかったな。で、今日はうちのに魔道具でのゴーレム作りを教えてくれるんだって？」

「そうだ、そうだ。だからお前さんの知識を使わせてほしいんだ」

職人コボルトの尻尾がぶんぶん振られている。先日と違ってなぜか上機嫌だ。

「分かった。そんじゃダイフレームってのを教えてやる」

「ダイフレーム？」

きょとん、と目をぱちくりさせる職人コボルト。

そして数時間後。俺の【クリエイトゴーレム】を使わない枠《フレーム》だけの乗り込み型ゴーレムが完成した。試作品ということもあり、コボルト用の小さめなサイズではあるが……うむ、

素晴らしい技術力だ。銅板にカリカリ魔法陣を書き込み作り上げられた魔道具のダイフレーム。提案しておいてなんだが本当に作れるもんなんだなぁ。

「うわぉおお！　ここ、これは、こいつは中々いいな！」

そして早速作り上げたダイフレームに乗り込んでガシャンガションと腕を動かす職人コボルト。尻尾がばったばったと凄く嬉《うれ》しそうだ。

「うふふー、こちらも勉強になりましたよー。モノを動かす魔法陣ー、色々と応用が効きそうですねー？」

「まさかゴーレムに自分が乗り込んで操作するたぁ驚いたな。複雑な制御が要らない分、簡単な処理で作れるのか……まるで身体が大きくなった気分だな！」

ぶんぶんぶん、と千切れんばかりに尻尾を振る職人コボルト。コボルトは小柄な者が多いので、大きい身体に憧れでもあるのだろうか。

「魔国的に言えば、物資を馬車に積み込む時とかにも使えるだろ。引っ越しなんかでも便利じゃないか？」

「しかもダイフレーム自身がバラせばあんまり場所もとらない……素晴らしい！　ダイフレーム、素晴らしいっ！　帝国にもこんな魔道具があるのか！」

「ないぞ」

「え？」

「帝国にはこんな魔道具ない。ナリキンって人が作ったが、帝国には一切広まってない。

こいつを知っているのはナリキン以外では俺達《たち》くらいなもんだ」

「まじか……！」

俺考案のアイテムとして帝国に逆輸入されたら色々ややこしいしナリキンの名を使っておく。魔国で教わってきたと言えば村に戻ってからネルネがダイフレームを作っても良いが、俺の名前は出せないからな。……嘘《うそ》は吐《つ》いてないから問題ないだろう。

「それじゃ、明日以降もネルネに色々教えてやってくれな」

「おうよ！　わっはっは！」

今日はもう仕事上がりの時間だったので、楽しそうにダイフレームを駆るコボルトは放置して俺は帰った。


晩飯はニクと一緒に部屋で肉うどんを食べた。……もっとこう、肉以外の具は無いのだろうか？　かき揚げてんぷらとか……肉のバリエーションは豊富っぽいんだがなぁ。ロクコ達はもっと他に色々食べてるんだろうか？

＊　＊　＊

次の日。今日も俺とニクの午前中の予定はそれぞれで特訓だった。ネルネとワタルは昨日と同様俺達から離れていった。

「昨日ケーマが気絶しちゃったし、今日は【ストーンパイル】の続きね」

「そうだな。というかロクコはよくそんな砂粒みたいなオリハルコン見つけられたな？」

と、ロクコが手に小瓶を持っている。その中には目を凝らさないと見えないほど小さい、砂1粒分のオリハルコンが入っていた。

「ふふん、オリハルコンは重要アイテムとして意識してるから、マップを見れば反応するのよ」

なにそれ鉱脈とか探せそう。

「じゃ、【ストーンパイル】だけど、最初は鉄にしてみましょ？」

「はいよ。鉄の杭《くい》よ、産まれ出でよ――【ストーンパイル】」

じゃきん！　と、何の問題もなく予想通りに鉄柱のような杭が生えた。石以外だけど、魔力《マナ》消費は感じない。余裕だな。

「ケーマ、ミスリルはどうかしら」

「ミスリルの杭よ、産まれ出でよ――【ストーンパイル】」

うぉっと、結構ごそっと魔力減った感じがする。だが、ミスリルの杭がじゃきっと生えてきた。……これは、ヒヒイロカネとかアダマンタイトだとつまようじレベルにしないとヤバそうな感じだろう。

「ねぇ、これって地面から生えてるけど、魔力でミスリルを作ってるってことよね？」

「そういうことになるんじゃないか？」

「じゃあ、地面じゃなくて生き物から生やすとどうなるのかしら」

と、今日もまたゴブリンを【収納】から取り出すロクコ。昨日の奴《やつ》か。……一応先に鎧《よろい》とかでテストしておくか。

テストの結果、鉄鎧からは生やせるが、革鎧からはダメ。そしてゴブリンも当然ダメだった。どうも、土とか金属とか、地属性的なモノを起点にしてるみたいだ。

「まって。まだ『同じ属性の素材が必要』という条件も考えられるわ。木の板から木の杭とかは生やせない？」

「やってみよう。……木の杭よ、産まれ出でよ――【ストーンパイル】……だめだな」

一応地面から木の杭が出せるかも試すが、これも失敗。土台と杭、両方が地属性のようなものでないと出せそうにないな。

「宝石は？」

「どれどれ……ルビーの針よ、産まれ出でよ――【ストーンパイル】……あ、いけた」

消費が怖かったので針にしてみたが、案外少ない消費で成功してしまった。それでも消費はミスリル以上に多そうだったが、基準は何なのか分からん。

「針……手のひらに鉄板仕込んどいたら、そこから針生やせそうね」

「暗器か」

「むしろ敵が金属鎧着てたらそこから内側に針とか杭とか生やせるかしら」

そして実際鉄鎧から内側に針とかは出せた。……革鎧も、金属パーツの部分から針を出したりも。うわぁ怖い。

「何その技、怖い」

「……凶悪魔法だった！　この【ストーンパイル】も……！」

「いやいや、ケーマの改変にかかったら大概は凶悪な魔法になるんじゃないかしら？」

それは……一理あるなぁ。


手の中のコインから【ストーンパイル】で針を作る練習をしていると、ロクコが最初に生やした鉄の杭をぺちぺち触りつつ何か考えていた。

「ん？　どうしたロクコ」

「……ね、これ【クリエイトゴーレム】でゴーレムにできる？」

「え？　そりゃまぁできるんじゃないか？　【クリエイトゴーレム】っと」

俺の魔力で作った鉄の杭を、俺の魔力でゴーレム化する。……うん、何の問題もなくゴーレム化できるな。……あれ。これ、材料費節約してどこでもゴーレム作れちゃうんじゃ……？　ミスリルとかルビーとかでも……？

ええぇ。【ストーンパイル】、なにこのチート魔法。素材作り放題じゃん。地属性っぽいもの限定だけども。例えば……【ストーンパイル】で手のひらの鉄片から杭を出して、【クリエイトゴーレム】でゴーレムブレードを作ったりもできる。……魔力の限り、無限に剣を創れちゃうな！

　というか、これ普通に市場で売ってたスクロールだってことを考えると、もしかしたら帝国や魔国で石材が多いのって、【ストーンパイル】で作ってるからだったり？　魔力がある限り無限に使える安価な素材。そりゃ使うわな。

「いっそ最初からゴーレムで生やしたりはできる？　2つ同時に使う感じで」

「できそうかな？　えーっと……鉄の人形よ、産まれ出《い》で従者となりて我に従え――【ストーンパイル】【クリエイトゴーレム】――ッ!?」

　2種類の魔法スキルを同時に発動。

　だが、これはロクコの言ったようなゴーレムを生やす結果にはならなかった。魔法が混ざり、訳の分からないことになる。

「ちょ、ま、うおっ」

　行き場を無くした魔力が球の状態で俺の手の上に浮かんでいる……あ、これ、覚えがある。魔力暴走だ。【エレメンタルバースト】と同じ感じだ。俺はぽいっと、近くの岩に向かって投げ捨てる――

　――ぼきゅん!!　めぎょん!!

　俺の魔力がぶつかった岩は、所々鉄になりつつ、形が歪《ゆが》み、巨大な手がボールを摑《つか》むような形で地面から生えているオブジェになった。

「あちゃぁ、暴走したわね。これはこれで使えそうではあるけど……」

「【エレメンタルバースト】の方がよっぽど使いやすいぞ」

「うーん。じゃあいっそ【エレメンタルバースト】を改良したほうが良いのかしら？」

「あれって気軽に人に向かって打っていい魔法じゃないと思うんだけどなぁ……」

ロクコがぽむっと手を打った。

「なら、気軽に人に向かって打てる魔法に改良しましょ」

おっと。その発想は無かったぞ？


というわけで、ロクコ監修のもと俺は【エレメンタルバースト】を改良。既に撃ちなれていることもあり、数分で形になった。

「【エレメンタルショット】！」

ぴちゅん！　と、岩にビー玉くらいの大きさの穴が開く。これは【エレメンタルバースト】の攻撃範囲を絞ったものだ。攻撃範囲をイメージで強引に抑え込み、その分無駄な魔力消費を増やして魔力をそっちに回すことで威力の調整をしている。……威力を抑えて消費魔力量は据え置きかむしろちょっと増えた。どちらにせよ微々たるものだけど。

「はたしてこれは改良と言っていいのだろうか……」

「でもこれなら当たり所が悪くなければ死なないわね」

こんな穴が身体《からだ》に開いたら出血で死にそうなもんだが、幸い回復魔法がある世界だ。大した問題にはならない。当たり所が悪かったら死ぬけど、まぁそれは仕方ない。こちらはなるべく努力はした。

「【エレメンタルフラッシュ】の方が使い勝手が良いかしら。はやく習得して」

「いや、理論は分かるけど理論的に考えて難しいって。殲滅《せんめつ》技にしかなってないから今の所」

【エレメンタルフラッシュ】は自身を中心に周囲に一瞬だけ【エレメンタルバースト】を照射する範囲攻撃だ。これもロクコ考案。爆心地が自分だと当然自分もまきこんでしまうので、俺を囲んで【エレメンタルバースト】を何個も薄く発動すればいい――というロクコの理論なのだが……【エレメンタルバースト】が魔力を暴走させてるだけあってそんなに制御が効かない。薄く発動、というのが難しく、現状はロクコの理論を再現できない未実装状態なのだ。

現状では全方向に向けて【エレメンタルバースト】を乱発してるのと何ら変わりない、周囲殲滅用の魔法にしかなってないのだ。ヤバイ。

とりあえずサイコロのような立方体が作れるのを目指しつつ、1面からの習得だ。1面できればあとはそれを前後左右と上の5面展開すればいい。下は地面だから除く。……いや、むしろ1面だけで【エレメンタルフラッシュ】と言っていいんじゃないかな。不意打ちで叩《たた》き込めれば50番コアに一撃、というので良い感じだと思う。

「今日はこのくらいにしときましょ。そろそろ寝ないと、お昼ごはんまでに回復しきらないわよ」

と、ロクコが俺の腕に抱き付いてくる。柔らかい。……何？　旅行先でハメを外してるの？　コレ帰ったら殺されるんじゃないかな？

「え、その。本当にやるの？」

「やるわよ？　ケーマ、今日も一緒に寝ましょうね？」

「言い方が悪いなぁ？」

俺は【ストーンパイル】からの【クリエイトゴーレム】で平らな岩を作る。その岩の上に、ロクコはオフトンを敷いた。……一緒に寝るとは言ってるが、やましいことは一切しない。【ストーンパイル】の応用で、オリハルコン粒を出して気絶するためだ。

これは魔力の量、というか回復力を増やすための特訓である。魔力を使い切って回復させると回復力が強くなる。帝国でも知られてる常識だが、魔国にあった資料ではより詳しいことが書かれていたらしく、ロクコが実践しようと言い出したのだ。

「こんなモンスターも出てきそうな屋外、どころか町の外で寝るとか無防備にもほどがあるだろうに」

「『神の毛布』使うんだから関係ないわよ」

『神の毛布』……これに包《くる》まっていれば、モンスターに襲われても安心だしそもそも襲われない。そういう絶対防御の機能がある。恐るべしお父様。

「さ、おいでケーマ」

「……」

　と、オフトンの上で座ったロクコが『神の毛布』をポンチョのように羽織り、両腕をこちらに向けて広げて迎えてくる。……『神の毛布』所有者であるロクコと一緒に使用するため、こうなるわけだ。俺が借りてる間にロクコがモンスターに襲われたらどうしようもないので、『神の毛布』を一緒に使うことは自然な成り行きなのである。

　やましいことは一切ない。ないのだが……

「大丈夫よ。ここはダンジョン領域でもないし、私とケーマしかいないんだから」

「ワタルとネルネが居るだろ、あっちの方に」

「目覚ましかけておけば大丈夫よ」

　そうして俺はロクコの誘いを断れず、毛布を着たロクコにギュッと抱きしめられた。

『神の毛布』を使う際に齎《もたら》される安心感と相まって、大変心地よい……たとえ灼熱《しゃくねつ》のマグマの中であろうと、ひとたび包まれれば適切な温度に保ってくれる『神の毛布』が快適過ぎる。しかもロクコ付き。俺は『神の目覚まし』をワタル達《たち》が戻ってくる少し前にセットし、さっさと気絶することにした。さっさと寝てしまおう。えい【ストーンパイル（オリハルコン粒）】、ぐふ。

＊　＊　＊

そうこうしているうちに、俺が50番コアの奴隷になってから2週間が経《た》った。

人間牧場で絡まれたり、魔道具工房でダイフレームが量産されたり、ついでにかき揚げウドンを作ったり改めて上級奴隷と訓練したりと、中々充実した日々。色々働くもんだから夜も良く眠れる、実に健康的な生活を送っていた。


で、50番コアとの3度目の模擬戦——なのだが。


「ケーマよ。我輩の『心眼』への対策が全くできておらぬようだが？」

今週は辞退させてもらうことにする。なにせ心を読む『心眼』、その対策と言われてもそうそう使えるものではない。

「そうであるか。残念である。子犬の方は多少進展があったみたいであるが……」

しかもこうして聞かれてネタがバレたら意味がないだろうに。

「む、それも一理ある。確かに、我輩も戦い以外で教えられては興ざめであるな」

俺が一言も口を開かないうちに話が進んでいくのは非常に楽だが、つまりこちらの思考が筒抜けだということ。やはり50番コアの近くでは対策を練るどころではない。

「……我輩が近くに居なければいいのであるか？」

いっそ、1週間くらい自由時間くれれば何か考えときますけど？ ついでに『心眼』についてもっと詳しいスペックを教えていただければ尚《なお》良し。と考えて伝えると、50番コアは顎に手を当てて考える。

「ふむぅ。……よかろう。とはいえ、我輩の知る範囲での能力になるが」

えっ、いいの？

「我輩は我輩を超えたいのである。他言無用であるぞ？　おヌシの相棒程度には言っても良いがな。ただし――対価を払うのである。今週の働きは、来週の自由時間への対価とするのでな」

ふぅむ。……50番コアへの対価……うーん、思いつかん。50番コアが欲しがりそうなものでこちらが出せるもの……そういえば、『父』から貰《もら》ったオリハルコンの剣を思い出す。

元々これは『神のパジャマ』の対価にできるかもと思って持ってきてたヤツなのだが……これはちょっと出したくないなぁ。情報への対価としては大きすぎだ。

「!?　おヌシ、今なんと!?」

あ、めっちゃ食いついてきた。……いい加減口を開かないのもなんなので、そろそろ声を出すことにする。

「闇神――お父様から貰った総オリハルコン製の剣があるんですよ」

「なんと……！　それは羨ましい……そ、その剣を見せてくれるのであれば、情報の対価として認めるのであるよ？」

「見せるだけでいいなら」

と、俺はオリハルコンの剣を【収納】から取り出した。相変わらず大きさの割に重さがほとんど感じられない一品だ。

「おお、これが父上の作られた剣……！」

「手に持ってみても良いですよ」

「かたじけないのである！」

俺が剣を差し出すと、ウッキウキと文字が見えそうなくらいに喜び勇んで剣を持ち上げる50番コア。両手で握りしめ、ゆっくり振り、しみじみと味わっている。

「……なんなら、その剣と『神のパジャマ』を交換してもいいですよ？」

「本当であるか!?」

想像以上の凄《すご》い食いつきだ。

「ぐ、いやっ……しかしっ……だがっ……うぐぬぬぬ……」

「やはり武器は優れた武人が持つことで真価を発揮するもの。50番コア様がお持ちになられるのであれば、お父様が作られたその剣も喜ぶでしょうねぇ」

「……で、あるか？」

軽く唆《そそのか》すだけですごい心揺れてるのが分かる。……あと一押しでいけるのでは？

実際、オリハルコンの剣も50番コアの手にあった方が活用されて嬉《うれ》しいんじゃないかなと思っているのは本当の事だ。一部欠けてるけど。

「……おヌシ。今、なんと思った？」

「あ、いや、その」

しまった。心を読まれた。柄《つか》の一部を削ったのに気付かれてしまう——と、俺が思ったときにはもう遅かった。50番コアがハッと柄を見た。

「ちっ、父上から戴《いただ》いた剣を削ったのか!?　おヌシ、何を考えている!?」

「いや、もともと素材にしていいという話で貰ったので……」

あまりに衝撃的すぎたのか兜《かぶと》の顎がガシャンと落ちた。拾ってはめ込み直す50番コア。

「ち、父上の剣を……守護《まも》らねば……！」

あ、なんかマズったかな。

50番コアははめ直した顎を撫《な》でてから、俺を正眼に見て宣言した。

「ケーマよ、『神のパジャマ』に対し、この剣を賭けるのである！　これ以上貴様に父上の剣を傷つけさせるわけにはいかぬ！——ついでに、削ったオリハルコンも耳を揃《そろ》えて差し出してもらおうか！」


……厄介なことになってしまったな。

「この決闘以外ではもう『神のパジャマ』を貴様には渡さないのである、さあ受けよ！」

とりあえず、このままでは勝てない決闘を敢行されてしまう。

「えーっと……使った分のオリハルコンについては、今手元に無いのですが？」

「後日送り届ければ良いのである！　さぁ今すぐ決闘を受けよ。これは命令であるぞ！」

うぐ、現状奴隷身分の俺としては命令を持ち出されると理不尽でも従わざるを得ない。

ここは悪あがきをしてみよう。

「承知しました……50番様は、お父様から頂いた剣を我が物とするために強引に取り上げようというわけですね。お父様が、俺に下さった剣を、お父様の許可もなく、一方的に。……50番様は真面目で、筋が通らぬことが嫌いで、お父様にも胸を張って誇れる性格をしていると思っていたのに……とても残念です」

　俺が『父』を強調してそう言うと50番コアはたじろいだ。半月以上付き合ってきて分かったが、間違いなく、50番コアは真面目で実直なので。

「そ、そんなことは言っていないのである！　だから我輩、決闘で賭けよと言っているのであるよ？」

「『現状勝ち目がないので時間をください』と言い、承認も得たはずですが？」

「む、無論のこと決闘は1週間後である！　それまでに我輩に勝てる準備を整えておくが良いのである！」

「勝つ、というのは……50番様に一撃を入れる、という事で間違いないですか？　これまでもそうでしたし。そうでないと勝てる見込みがありません」

「……三度《みたび》。我輩に三度《みたび》攻撃を入れたらにしよう。1週間も時間を与えるのだ、それくらいはしてみせよ」

げっ、これは厳しい……50番コアめ、勝ちにきやがったな。

「では仲間を増やしても構いませんよね？　丁度、勇者ワタルも来てるので」

「構わぬのである。好きにかかってくるが良い、我輩は逃げも隠れもせぬ」

おお、これで勝つ確率がぐーんと上がった。

「離れていた方が良いのであるよな。では1週間、我輩は自分のダンジョンの奥で待っているのである。1週間後、存分にかかってくるが良い」

……たった今、逃げも隠れもしないって言った所では？　俺は訝《いぶか》しんだ。

「我輩のダンジョンの場所も教えるし、ダンジョンは誰でも入ってこれる場所である。逃げも隠れもしていないのであるよ？　我輩への質問はメイドにするが良い」

どうやら魔国では自分のダンジョンの奥で堂々と待ち構えるのであれば逃げにも隠れにもならないようだ。……これは魔国というか、ダンジョンコアの常識だろうか。

「さてケーマよ。そろそろ良いであるか？　決闘を了承するのである」

奴隷の首輪がくっと軽く締まる。これ以上を引き出すのは難しいか。

「……はい。では、あらゆる手を尽くさせてもらいます」

「うむ。では1週間後、あいまみえようぞ」

こうして、俺と50番コアの戦いが始まった。

＊　＊　＊

とりあえず俺はエルフのメイドさんから50番コアの『心眼』についての情報を受け取る。これはオリハルコンの剣を見せた対価なので遠慮なく頂こう。俺は50番コアの情報を書いた冊子を貰い、アイディ達がニクを特訓しているところにロククコと一緒にやってきた。ロクコが一緒ということは、ワタルとネルネも一緒だ。

「というわけでロクコ。50番の『心眼』を破るぞ」

「おー。……で、勝算はあるの？」

現状では圧倒的に不利だろう。戦いとは、準備の段階で9割が決まるものである。その準備がまだ全くと言っていい程できていない。

「まずワタルにも手伝ってもらう」

「えっ僕もですか？」

「一騎打ちの決闘じゃないからな」

そう。今回はそもそもからして元々俺とニクのコンビで始めた時点で1対1の決闘ではない。しかも仲間を増やしていいとの言質も得ている。1対多の戦いなのだ。

「ケーマさん、それならロクコさんとだけ分かりあってないで、僕にも分かるように教えてもらってもいいですか？　僕はケーマさんと夫婦じゃないのでロクコさんほどケーマさんの言ってることが分からないんですよ」

ワタルの言葉に「夫婦……」と頬を染めるロクコ。

「夫婦じゃない。……簡単に説明すると『神のパジャマ』を手に入れるために50番と交渉を行った結果、３発入れたらいいよって話になったんだ。魔国的だな」

「なるほど、分かりました」

ワタルも納得したところで、ニクの方を見る。


既にだいぶ戦いを続けているのか、ニクに余裕がなく、肩で息をしていた。

「息が切れてるわね」

「人間、ですから……」

「呼吸は隙になるから、試合中くらいは止めときなさいと言ったでしょう？」

「……普通は無理ですが……」

「普通などというつまらない物、捨ててしまえば？」

いやいや、ダンジョンコアじゃあるまいしそこ捨てたら不味《まず》いだろ。というか捨てられないだろ人として。それとも勇者クラスの強さは呼吸という生理現象すら捨てる覚悟がなければ到達できない領域なのだろうか。なら俺は人で良いわ。

「呼吸はそんな長く止められないと思います……」

「つまり、それが出来れば出来ない奴《やつ》より強いという事ね」

「なるほど……道理ですね」

ニクのナイフがアイディの足を刈るように襲い掛かるが、アイディはこれを踏んで押さえつける。

「足元への攻撃は良い着眼点だけど、欠点もあるわ」

「くっ……」

「ほら――っと、避けたわね。良いわ、とても良い。武器に執着しないのは気に食わないけれど、利点ね」

ニクのナイフを踏みつつ突きを放つアイディだったが、ニクはナイフを手放しこれを回避。判断力も良い。と、ここで俺は声をかけた。

「アイディ、ニクの仕上がりはどうだ？」

「少しだけなら『無心』が使えるようになったわ。セバス、躾《しつけ》を替わりなさい。私はロクコとお茶するわ」

「かしこまりました、お嬢様……ほら、さっさと回復しろ」

アイディに替わりセバスがニクの前に立つ。ニクは一度深く息を吐き、疲れているはずの身体《からだ》をぐっと力を入れて起こした。回復魔法をかけてやるべきだろうかと思ったが、逆にキツイ状況に身体を慣らすための訓練だと手を出すわけにもいかない。

「……スパルタですねぇ。クロちゃんよく付いていけますね……僕なら心折れそうですよ。実際僕、ミーシャさんとかの特訓では2、3回折れましたし」

「子犬が望んだのよ。ご主人様のために魔王流を覚えたいんですって。舐《な》めた理由だからとことん追い込んであげることにしたわ。安心して、ロクコのオモチャを壊したりはしないから」

ふふっと嬉しそうに笑うアイディ。先ほどまで模擬戦をしていたとは思えないほどに、汗ひとつかいていない。そもそも呼吸もしないのが魔王流の師範代であるが。

「魔王流って……人間離れしてますね」

「魔族のための流派だもの。そもそもニンゲンが習得できる技術《モノ》じゃないわ」

「え？　でもアイディさんは人間ですよね？」

「私は魔族よ？　領地を治めてるでしょう？」

ワタルと話を弾ませるアイディ。やはり強さ＝好感度の魔国でワタルはモテモテだなぁ、と思いつつ、俺は冊子を広げる。

「というわけでロクコ。これが50番から貰《もら》った情報だ」

「私の方でも少しは調べてたけど……どれどれ？」

そこには、箇条書きでいくつか情報が書かれていた。

・一度に読めるのは1人まで。複数を読めないことも無いが、誰の声か分からなくなる
・心のない相手にはそもそも効果がない（ゴーレムなど）
・読む時間は無制限。少なくとも1年以上読み続けられる
・全身鎧《よろい》等で直接姿が見えない相手でも読める。また、害意察知もできる
・数百m離れていても心を読むことができる
・無意識は読めない

「……はぁ、50番さんとは僕も戦いましたが、心が読める能力を持ってたんですね。今思えば確かにと思えます」

「あら。50番様の『心眼』は有名よ？　それが無くても私とセバスでは勝てなかったのだけれども」

ワタルとアイディも話に入ってきた。この2人は大武闘大会で50番コアと戦った経験がある。

「とりあえずこのメモからは……50番コアの『心眼』は対象を自分で選べるってことが読み取れるな。あんまり大した情報じゃないが」

遮蔽物に隠れていても読めて、一度に読めるのは1人まで。例えば部屋の中に人がいる場合でも、部屋の外にいる人間の心も読めるということだろう。つまり、自分で決めた1人の心だけを読む、ということになる。

「へぇー、このメモからそうやって情報を探れるんですねー」

ネルネが「流石《さすが》ですー」とメモをのぞき込む。

「別に隠してる事じゃないだろうけどな」

ただ、下手にこっちから聞くことで作戦がバレるのは困るから、聞かないで分かることは推測していこう。

「ということは、どういう対策が有効なのかしら。ね、ケーマ？」

「複数人で囲むのが有効なのは明らかだな。一度に1人、って書いてあるし」

わざわざ弱点らしく書いてあるくらいだから、こんなのはとっくに50番コアも予測してるだろうけど。

「じゃあアイディも誘ったらいいんじゃないかしら。50番との戦いに」

「……あら、魔国の者を誘うなら、対価が必要よ？」

ロクコの提案に、うふふ、と笑うアイディ。

「ワタルと一戦でどうだ」

「えっ」

「良いわ。もう何度かやってるけれど、それで手を打ちましょう」

「えっ、えっ」

　ワタルは今ロクコの奴隷なんだから拒否権はないぞ。というわけでアイディ達《たち》にも手伝ってもらうことができそうだ。

「……ふむ。ケーマ、私、ひとついいアイディアを思いついたわ」

「む？」

「ケーマのいつもの得意の戦術——囲んで殴ればいいじゃない」

　そう言って、ロクコはいやらしくにんまり笑った。

「傭兵《ようへい》を雇うのよ。ケーマ、この国には、いえ、この町だけでも強い人は一杯いるわ。1人ずつしか読めないなら、たくさんの人で殴れば一発は当たるんじゃないかしら」

「なるほど、そいつは良い手だな。……一応文句を言われないようにメイドさんに確認しておくか」


　50番コアの屋敷に連絡係として待機しているエルフのメイドさんに会いに行く。

「傭兵ですか」

「ええ。仲間を増やして挑んでもいいって話だったんですが、傭兵でもいいのかなと念のため確認しようと思いまして」

「少々お待ちを」

　メイドさんはいつでも確認できるよう50番コアとの連絡手段を持っているようだ。目を瞑《つぶ》り、動かなくなる。……もしかしたらエルフに擬態しているダンジョンモンスターなのかもしれないな？　それなら直接やりとりできるだろうし。それとも人でもダンジョンモンスターのように扱えるようになるんだろうか。

しばらく待つと、50番コアからの回答が得られたようで目を開ける。

「……構わない、なんなら50番様の奴隷達を雇ってもいいとのことです。一緒に訓練していた上級奴隷等とは連携もしやすいでしょう。……ただし、傭兵として雇うのであれば正当な報酬を用意することですね。魔国では傭兵の金額が決まっていますから」

との回答だった。……なるほど。金さえ払えば、いくら仲間を増やしてもいいらしい。

「どうするケーマ？　何人くらい雇う？」

「うーん……金、金か……なぁアイディ。傭兵の金額、相場っていくらだ？」

「ハンターランクや強さ次第で変わるけれど。銀貨から金貨かしら？　50番様との戦いだと金貨50枚くらいの傭兵が欲しいわね」

1戦の助《すけ》っ人《と》として金貨50枚、これが最上級の傭兵の価格となるらしい。1人で金貨50枚。俺達が宿で稼いだ金を考えれば、十数人は雇えなくもないが……【オサイフ】には金貨100枚くらいしか入っていない。これでは2人しか雇えない。

「金額を抑えて安い仲間をたくさん、というのも手だが……うーん」

「今から稼ぐ？　ケーマなら金貨数百枚くらい余裕で稼げるでしょ」

「いやいや、ワタルみたいな騙《だま》しやすい金持ちが何人もいれば別だが、さすがにそれは難しいぞ？」

「騙しやすい金持ち扱いですか僕は。まぁいいですけど」

果たして俺達は、1週間でどれだけの仲間を集めることができるだろうか？

「仲間を集める以外の対策も考えないとね」

「そうだな」

傭兵を雇って人任せにして、結局通用しませんでした、では困るのだ。だがいくら考えても通用するか分からない。とにかくひたすらに、思いつく限りを試すしかないだろう。

……1週間。長いようで短い準備期間だ。もう1週間ぐらい交渉で分捕っておけばよかったんじゃなかろうか。

50番コア Side

そして1週間が経過した。この1週間、エルフのメイドを通じての質問以外はケーマ達と一切の接触を絶っているため、どのような対策を取ったのか分からない。

とはいえ傭兵を雇ってもいいか、という質問が来た時、50番コアは正直少しがっかりした。その手法は、既に使われたことがある。複数人で囲むことである程度『心眼』を無力化できるが、それは既知である。……もっとも対策が1つだけとも限らないと思うので、直《す》ぐに期待は持ち直したが。

それから、特にケーマからの質問がない限り50番コアは外の情報をシャットアウトすることにした。せっかくの『心眼』対策を聞いてしまったらつい対応策を考えてしまう。それはたとえ『父』謹製のオリハルコンの剣が賭けられていようと50番コアの望むところではない。……しかしケーマからの連絡は初日のそれから一切無かった。

あまりにも暇だったため、50番コアは素振りをして過ごした。途中からふと新必殺技を思いついたり、自分自身の『心眼』の欠点を洗い出し、自分ならどう対策するかを改めて自問自答したりもした。やはり『心を読んでも無駄な程の圧倒的な実力』か、『心を読ませない』という対策になりそうだ、と思う。……『敢《あ》えて読ませて怯《ひる》ませる』、という対策もあるが、50番コアが怯むような悍《おぞ》ましい心の持ち主は、混沌《こんとん》を名乗る４番コア以外に見たことが無い。ケーマが混沌と親交があり、かつ助力を得ているとは考えにくいため、この対策は無いだろう。


……かくして、かつての反省をしつつ、満を持しての戦闘開始である。

この１週間、ダンジョンの入口は閉ざしていた。侵入者も一切なし。邪魔も入らない。

一応、迷路などはともかくダンジョンの致死性の罠《わな》は無効にしておいた。50番コアが待つ最奥のボス部屋まで、余計な時間稼ぎもナシだ。お互い万全の状態で戦いたい。

「さあ、かかってくるが良いのである――!?」

ダンジョンの入口を開くと同時に、どっと人の波が押し寄せてくるのが分かった。

「な、な、な、何事であるか!?」

これまであえて確認していなかったマップを開く50番コア。ダンジョンを囲む、人、人、そして人。魔国の住人達であろう、緑色と赤色の混じった点達。改めてモニターを開き、ダンジョンの入口周囲を確認する――驚嘆した。なんとダンジョン前に、何百人もの戦力が集まってきていた。住人や50番コアの奴隷。そして、闘技大会、大武闘大会に出場するような実力の持ち主も混じっていた。


「仲間を増やしていいとは言ったであるが……集めすぎではないかね!?」

さすがの50番コアも、これほどの物量は予想外であった。

ケーマ Side

50番コアのダンジョン前に集まった見渡す限りの人、人、人。勿論《もちろん》魔国なので魔物的な人も多い。10や20ではない、数百人、もしかしたらこの町すべての住人が集まっているのでは、というくらいの人が集まっていた。屋台まで並んで、食べ物だけでなく武器を売っているあたりがまた魔国らしい。

「よくもまぁ、これだけ集めましたね……」

呆《あき》れたようにため息を吐《つ》くエルフのメイドさん。

「案外行けるもんですね。我ながら驚きです」

「……仲間を捌《さば》く手伝いをしてくれ、と言われた時には何事かと思いましたが、合点がいきましたよ」

これだけの人数、俺のパーティーだけじゃ受付もいっぱいいっぱいだ。なので50番コアに見せつけてもいいかなという軽い気持ちでエルフのメイドさんにも手伝ってもらう事にした。

そしてダンジョンの入口が開くと同時に、仲間となった連中がやる気を漲《みなぎ》らせてなだれ込んでいく。……そう。この人の海、これら全てが50番コアと戦うための俺達の仲間である。俺達がいかにしてこれだけの仲間を集めたか。それは、準備を始めた1週間前に遡る。


――1週間前。


さて、1週間で50番コアと戦うための戦力が欲しい。が、手持ちの金では数人の戦力を雇うのが精いっぱいである。何かいい手は無いものか。

「ケーマ、アイディへの報酬はワタルとの模擬戦なのよね？　お金がなくてもワタルとの模擬戦で仲間になってくれる人、他にもいるんじゃないかしら」

と、ロクコの提案。……確かに、ワタル相手に帳消しにした金額を考えればその分ワタルに働いてもらうのも丁度良いアイディアかもしれないな。

「ロクコ、名案ね。傭兵としてではなく、仲間としてならそういう報酬もありだわ。私が思うに、数人は仲間にできるのではないかしら？　心当たりを当たってあげましょうか」

「嫌ですよ僕は？　アイディさんレベルの相手と連戦し続けるとか体が持ちませんよ、物理的な意味でも」

乗り気のアイディと、気乗り薄なワタル。

「ニク先輩にも手伝ってもらうとかー？　ワタルさんに挑めるのはニクに勝てる相手だけにするとかー？」

「……がんばりますよ？」

ネルネの提案と、やる気のニク。だがそれだとワタルの代わりにニクが潰れてしまうだけだ。これではだめだな。……闘いを報酬として仲間になってくれという話が成り立つのも魔国でしかありえないだろうに、報酬が潰れてしまうのでは意味が……あっ。

「……ケーマ。何か思いついたわね？　とても楽しそうな顔してるわ」

「凄《すご》く……あくどい顔してますよケーマさん」

笑顔のロクコと、苦笑いするワタル。その通り、とても良いことを思いついたのだ。これなら、俺達は大量の仲間を揃《そろ》えられるという名案を。

そして、名案を実行すべく、町の市場にやってきた。ここなら人が多いし丁度いい。

「ここで傭兵を募集するんですか？　ケーマさん」

「いいや、集めるのは仲間さ」

俺は、おもむろに【ストーンパイル】を足元に使い、石の杭《くい》でお立ち台代わりの足場を作った。その上に立って、パンパン！　と手を叩《たた》き更に注目を集める。

「さぁさぁ！　とてつもないチャンスがやってきたぞお前ら！　あの50番様と戦いたい、そう思ってる人はどれくらいいる!?」

その瞬間、ざわっと俺に視線が集まるのが分かった。

「俺は50番様の期間限定特級奴隷、ケーマだ！　今回、とある事情で50番様の御戯《おたわむ》れの一大イベントを取り仕切ることになった、皆、聞いてくれ！　50番様の事だ！」

50番様、と連呼することで周囲の注目を集める。

「50番様は俺におっしゃった。『我輩に三度《みたび》攻撃を当てて見せよ』と……！　いいか、50番様が、望まれている！　戦いを！　そして、それを俺に取り仕切れと!!」

嘘《うそ》は言っていない。50番コアは確かに三度《みたび》攻撃を当てろと言ったのだ。そして、

「これは祭りだ！　参加費はたったの銅貨1枚！　たった銅貨1枚、それだけ払えば、お

前達《たち》は俺と共に50番様と戦う仲間だ！」

俺が仲間をひきつれていく許可を出した。しかも仲間の数に上限はない。ということは、俺と言うリーダーに対し、この町の住人全てが仲間であろうとも問題ないのである。仲間にする報酬？　それは他でもない『50番コアという大物と戦える権利』である。強いヤツと戦うのが大好きな魔国の連中は、好んで寄ってくること間違いなし。むしろ大武闘大会のチャンピオンと戦えるのだ、金を払ってもいい。

「この機会に及び腰になる臆病者なんてこの町に、いや、この魔国にいるはずがない！」

住民全てが参加でき、且つ参加することを望むイベント、それはもはやお祭りだ。というわけで、俺は開き直って話を大ごとにし、大々的に仲間を募ることにした。

「ま、まじか。50番様と……!?」

「いいのか？　戦っても？　たった銅貨1枚で!?」

そわそわと俺に尋ねてくる両手が翼のハーピィ男。快く答えてやろう。

「いいとも！　ただ、参加費の銅貨1枚、これだけは忘れずに！　1週間後、ダンジョン前で受付だ！　参加費銅貨1枚！　銅貨1枚で50番様と戦えるビッグチャンス！」

銀貨1枚くらいにしても良かったかもしれないが、攻撃を3度入れた時点で終了である。銅貨1枚くらいなら実際に戦うところまでいきつけなかった、という参加者も納得してくれるだろう。

「この祭りは早い者勝ちだ！　三度《みたび》50番様に攻撃が当たったらその時点で終了となる！　もう一度言う。50番様は仰《おつしや》った、『我輩に三度《みたび》攻撃を当てて見せよ』！　つまり50番様に攻撃を当てた栄誉を得られるのは、最大で3名！　先着順だ！　無論、1人で3度攻撃を当てても良いぞ？　できるもんならな！」

　そう言って煽《あお》ると、魔国の連中は「やってやらぁああ！」と簡単に燃え上がる。高所から見た中には火属性で物理的に燃え上がってる奴《やつ》も見えた。さすが魔国。

「皆も知り合いに我こそは、と言う奴がいたら教えてやってくれ！　1週間後、ダンジョン前！　参加費はたったの銅貨1枚！　50番様はダンジョンの奥で俺達の到来を待ち構えている！」

　もう一度、1週間後、ダンジョン前、参加費銅貨1枚という要項を告げ、「奮っての参戦、お待ちしている！　以上！」と俺が締めくくると、市場は「わぁああっ！」と歓声に沸いた。見れば周りの人と話をする奴、早速ここに居なかった奴に教えに行こうと走っていく奴、前哨《ぜんしよう》戦《せん》だかかってこいやと私闘をおっぱじめる奴等々が居た。

　この調子で他の場所でも喧伝《けんでん》してやれば、容易《たやす》く参加者は集まってくるだろう。

　ワタルに【ストーンパイル】のお立ち台を撤去してもらい、次へ向かう。

「まさか、目的を報酬にすり替えてしまうとは……」

「気が付けば簡単な話だろ？　強い奴と戦うのが報酬足り得る魔国ならではだよな」

そう。報酬が潰れてしまうと困るなら、潰れてもいい相手を報酬にすればいいんだよ！

「というか別に無料でもよかったんじゃ……」

「馬鹿だなワタル。銅貨1枚のやり取りを介すのは、そいつが俺と仲間であると認めた、という動かぬ証拠となるだろ？」

「ああ、なるほど確かに」

　口約束だけで何もやり取りしなかった場合は仲間になった云々《うんぬん》が後々ややこしいことになるかもしれないが、当日はダンジョン入口に受付を作って、入る奴全員から銅貨1枚ずつをせしめ「仲間になった証拠に銅貨を払ったはずだ」と言えば一発だ。

「あいつらは50番様と戦えるチャンスをたった銅貨1枚で買えて幸せ、俺は戦力が増えて幸せ。いやぁ、一挙両得のいい取引だな」

「ほほう。Ｗｉｎ－Ｗｉｎですね？」

　この調子で、50番コアの訓練場や人間牧場でも募集をかけてみるとしよう。なぁに、こっちは約束通り傭兵《ようへい》として雇うさ。ただ、参加費として自身の傭兵報酬＋銅貨1枚を払ってもらうけどな！

「うわぁいつものケーマさんだ。なんか安心しました」

　そう言って心底ほっとしたため息を吐くワタル。……この祭りに『ワタルと一緒に50番様に挑んでみよう祭り』とかいう名前つけてやろうか？　お？

――回想終了。

というわけで、訓練場の奴らや人間牧場の連中も片っ端からかき集めた結果がこのお祭りである。屋台まで出張ってきているのは俺の指示ではない。人が集まれば店も出る、至って自然なことである。

そんなわけで、俺、ニク、ネルネ、ワタルとエルフのメイドさんはダンジョン入口で受付業務に勤《いそ》しんでいた。アイディとセバスは優雅に待機中で、ロクコには別の仕事を頼んでいる。

「さぁさぁ、銅貨1枚、銅貨1枚だ！　俺達は仲間だ！　よし、50番様の胸を借りに行ってこい！　GOGOGO！」

あくまでも銅貨を払えば仲間であることを強調し、ダンジョンへ送り込む。皆殺気立った好意的な目でダンジョンに潜っていく。いやぁ仲間っていいね、最高！

「受付はここか！　おいこっちだスクジラ、急げ、もうだいぶ出遅れてるぞ！」

「ここに銅貨入れればいいんだな！　行くぞシロナガ！　ウゾームゾーも遅れるなよ！」

「はーいー、50番様のお祭りに参加する方はー、参加費銅貨1枚こちらへどうぞー」

ネルネが袋の口を広げて受付をしていると、そこへチャリンチャリンと銅貨が放り込まれていく。銅貨を入れた奴はどんどんダンジョンへ入っていく。

「ケーマさん、俺らも参加します！　いくぞムゾー、急げ！」

「よろしくお願いします！　くそ、シロナガ達に置いてかれちまうぞウゾー！」

おっと今さりげなくウゾームゾーがいたぞ。一緒にいたのはワーウルフとワータイガーか。ケモ度75％くらいの全身毛だらけで頭は完全に狼《おおかみ》と虎。ワーウルフは上半身は筋肉質で下半身はやや狼っぽい速そうな足、ワータイガーは普通にプロレスラーみたいなマッチョって感じだったな。

……魔国では普通にモンスターがモンスターという事を隠さずに、それでいて人間と同じように生活している。帝国では猫獣人って言い張るワーキャット（ミーシャ）が居たが、その辺はやはり魔国の方が懐が深いらしい。

まぁ、強ければそれで良い風潮のある魔国だが、ダンジョン側から見るとモンスターはDP《ダンジョンポイント》が少ないからあまり増えられても困るって話だけど。


「おーっす、ケーマ。来てやったぞー」

「ん？　おおオストル。アキネラ。それにみんなも来たのか」

と、50番コア訓練場の上級奴隷達がやってきた。

「ほれ、銅貨1枚。これで俺達も参加していいんだろ？」

「ああ。……名目上は直接交渉で報酬と参加費をやりとりした体《てい》だ。いいな？」

「オッケーオッケー、いやぁ50番様とやり合える機会が来るとか最高だね！　さすが特級奴隷様ってか。こんな機会を皆に分け与えるなんて懐が広いぜ」

「それもこれも、50番様が仲間と共に戦う許可を出してくれたおかげさ」

オストルを先頭に、銅貨1枚を俺に渡してダンジョンに突撃していく上級奴隷達。頑張って一撃を入れてほしいものだ。

さすがにこの人数で挑めば3発くらいはなんとかなるんじゃないかと思う一方、数だけ集めても意味がないのではという気分にもなってくる。魔国最強クラスである50番コアは、実質この世界最高峰の武人だからな……うん、俺達も混雑していい具合の頃合いを見計らって参戦してこないと。まだまだ他にも仕込みはあるんだから。

50番コア Side

「居たぁ！　50番様！　覚悟ッ！」

真っ先にダンジョンを抜け50番コアの下《もと》にたどり着いたのは、ケーマと共に訓練させていた上級奴隷達。彼らは訓練の一環でダンジョンに潜ったこともあり、ある程度構造を把握していたため攻略が早かった。スタートダッシュからは出遅れたものの、先頭集団を抜かすショートカットルートを知っていたため一番乗りだ。

「うぬぅ！　お前らっ、あっさり騙《だま》されおってからにッ！」

「騙され？　え、ケーマの仲間になってたら50番様と戦っていいって聞いたんですが。ダメだったんですか？　嘘だったんですか？」

「あいや、それは、嘘ではないのであるが……？」

「じゃあ何の問題もないですねッ！　でりゃあああッ！」

「た、確かに問題ないのであるが⁉　釈然としないのである⁉」

騙された、という言葉は正確ではなく、唆《そそのか》された、が正しいのであるが、どうにせよ上級奴隷達は選ばれた一部の奴隷だけが50番コアと戦える環境に不満があった。俺達も戦いたい、という気持ちを燃え上がらせていた。ケーマはただ、それを正当な理由を付けて後押ししただけに過ぎないのだ。

機会があれば戦いたかった。機会ができた。なら戦う。それだけだ。

「ふんッ！　その程度の攻撃、我輩に当たるものか！」

「おお、さすが50番様だ！……皆、一斉にかかれ！」

「「「応ッ！」」」

50番コアの奴隷達は、50番コアの下で鍛え上げられた連携を発揮する。だがしかし、惜しくも一撃を与えるには至らない。ラミア男オストルの尻尾は捕《つか》まれ投げ飛ばされ、アラクノイドの6本腕の腕力にも片手で対抗。遠距離攻撃を掴んだ奴隷を盾にして受け止め、払い、弾《はじ》き返し、50番コアからは投げ以外の攻撃をすることなく同士討ちさせていく。

「ははは ッ！　やるではないか貴様ら！　中々楽しいぞ！」

「ああやっぱり50番様は強い！　だが俺達もタダじゃ終わらねぇ！」

「ふむ。相打ち覚悟はいいのであるが、我輩に通じるかな？」

50番コアがオストルの心を読む。オストルの頭の中では、十数通りの奇襲が考えられていた。そして、それに付随する仲間の動き。それが全て50番コアにはお見通しだ。

そして、安全な場所へ避ける——


——ガン！


胴体に振動が走った。見ると、拳を胴で轢《ひ》いていた。

「む……!?」

「当たった……本当に当たったった！　ハハッ！」

拳から血を流しつつ喜ぶアラクノイドの上級奴隷。ダメージこそないが、これは確かに『攻撃』であった。進路上に置かれた『攻撃』だ。だが50番の読みではこの場所には何もないはずであったのだが——どういうことか50番は即座に『心眼』を走らせる。

それは、ケーマの助言によるものであった。

「連携を極めたのち、あえて攻撃精度を下げる——なるほどである」

完璧な50番様に攻撃を当てるなら、逆に敢《あ》えて完璧でない攻撃の方が当たるのではないか。攻撃が読まれるのであれば、読めない攻撃をすればいい。——そういう助言だ。

上級奴隷達は魔王流『無心』は使えなくとも、自分ですら予想できない攻撃を繰り出すことは不可能でない。

そう。素振りの初心者が身体《からだ》を思い通りに動かせないような。そんな未熟を使った攻撃。

本来は未熟故に当てるに至らないそれ。故に、予想外。故に、50番コアに届いた。

だが絵のうまい大人が画材を初めて持った幼子の真剣に描く絵を再現するのが逆に難しいように、熟練者は初心者のそれを真似《まね》るのが難しい。それは、身体に基本的な動きが染みついているからである。

「なんと……腕を切り落とし、わざと雑に繋《つな》げたのであるか！」

「その通り！　アタイの腕6本、その1本だけ斬ってずらして繋げたのさ！」

鍛え抜いた己の身体。それを、『もしかしたら50番様に一撃を入れられるかも』というごくごく微量の可能性に賭けて、あえて崩したのだ。

ケーマからの提案では『武器の握りを悪くしたりバングルの重さをランダムに変えてはどうか』といった程度のものだったのだが、『50番様にそんな中途半端な対策は意味がない』とアキネラが敢行した対策であり、その覚悟が見事に実を結んだ一撃であった。

「――見事である！　褒めてつかわす！」

50番コアはアキネラを掴み、壁に向かって水平に投げ飛ばした。激突し「ガハッ」と肺の空気を絞り出され気を失うアキネラ。その顔は、満足気だった。容赦のない投げは、自身に攻撃を当てたアキネラへの敬意でもあった。

だが、種が割れてしまえばもう通用しない。数で押して余裕を削った所への予想外であったからこそ食らった一撃。次は、同様の不意の変化でも捉えられるだろう。

そうして、残った上級奴隷達《たち》が粘っている間に、町の住人達も入ってきた。

「おおお！　本当にやってるぞ、よぉし俺らも参加だ！」

「50番様！　いざっ!!」

好意的な殺気が飛んでくる。その数は、先鋒《せんぽう》にやってきた上級奴隷達をさらに上回る。

人間牧場の奴隷達も一緒だ。格下とは言え、一息つく暇もない連戦。

「フハ、フハハハ！　いいぞ、いいぞ！　我輩もノッてきたのである!!」

しかし50番コアは沸き上がる感情を抑えきれず、声を出して笑った。

ケーマ Side

「ケーマ様、あと2回です」

「えっ、まじか」

ダンジョン入口の受付でエルフのメイドさんに告げられ、上級奴隷達が50番コアに一撃を入れることに成功した事を知る。俺のアドバイスが効いたらしい。

「何ぃ!?　50番様に早くも一発食らわしたやつがいる!?」

「マジかよ……可能なのか……！　やっべ、やっべ、俄然《がぜん》燃えてきた!!」

「モタモタしてたら先越されて終わっちまうぞ！　早く行くぞオイ！」

その事実を集まっている参加者に伝えたところ、連中は激しくやる気を出してきた。

「おかげで少し余裕ができたな」

対策として考えていた手はいくつもあるが、そのどれもが50番相手にはうまく行くかどうかの賭けである。先輩達の根性に乾杯。

ロクコがやってきた。その手には、丸めた紙。頼んでおいたものが出来たらしい。

「ケーマ、最短ルートの地図ができたわ」

「お、それじゃあ早速掲示するか」

それはダンジョンの地図。一般人に見せるため、ダンジョンバトルのそれとはちがって手書きである。ロクコにはこの地図の作成を頼んでいたのだ。

「え、ダンジョンの地図、ですか？」

「ああ。このダンジョンは古いから、そういう資料もあるんだよ。で、地図は今日になってようやく見つかって、でも貸し出し禁止でな。外で見せられないもんだからさっきまでロクコに書き写してもらってたんだ……って、言ってなかったか？」

「聞いてませんでしたよ！　あ、だから受付にロクコさんいなかったんですね。アイディさん達はともかくなんでロクコさんいないのかって思ってたんですよ」

まぁもちろんワタル用の言い訳だ。ロクコにはアイディの近くでダンジョンにネズミを走らせ、マッピングしてもらった。アイディ達が受付もせずに待機してたのはロクコの護衛をしてもらっていたのも兼ねているのだ。

探索自体は祭りの参加者——もとい、仲間がしてくれるので、流れに乗って奥まで見にいくだけでよかった。いやぁ仲間って素晴らしいね。

俺は受付の横に地図を張った木札を建てた。これで参加者がさほど消耗することなく50番コアに挑戦できるようになるだろう。もちろん、俺達が挑む時も。

「……そろそろ僕も行った方が良いですかね？」

「ああいや、ワタルはあと1発になってから行ってくれ。切り札だからな、温存したい」

「そうですよー、ワタルさんは私といっしょにー、まだまだ受付ですー」

にっこりとネルネに腕を摑まれ、まんざらでもなく笑うワタル。お前にも対50番コアのネタを仕込んでるんだから期待してるぞ。

と、がしょん、がしょんと鎧《よろい》の歩くような音が聞こえてきた。しかも複数。見れば。魔道具のダイフレームに乗っている魔道具職人のコボルトが、同じくダイフレームに乗っている仲間を引き連れてやってきていた。親方コボルトだけでなく、蟻《あり》虫人、ドワーフといったそれぞれの種族の職人が、自身に合わせた6体のダイフレームを操っている。そんな見慣れない集団に、魔国の住人達は少し退いて道を空けていた。

「……なんですかアレ？」

ワタルがダイフレームを見て呟《つぶや》いた。

「ああ。ダイフレームって魔道具だ。乗り込み型のゴーレムみたいなやつだな」

「へぇ……あんなのあったんですねぇ。……ひとつ作ってもらえないかな」

……ワタル、ああいうの好きなんだ？　まぁロボットとかパワードスーツとか嫌いな男ってそうそう居ないよな。と、ネルネがぽんっとワタルの肩を叩《たた》く。

「なんならー、私が作ってあげますよー？　作り方習いましたからー」

「え、作れるんですか!?　是非お願いします！」

もちろん有料だけどな。帝国には無い魔道具だ、相当高いぞ？　覚悟しとけよ。


先頭のコボルトが、乗ってるダイフレームごと手を振って声をかけてくる。

「おおい、特級奴隷！　俺達も参加させてくれるんだよな！」

無論の事この職人も魔国の住人。参加希望者だ。対50番コア用にこういう装備を作れるか、と提案してみたところ、「なら俺が50番様に一撃入れられるかもしれないって事だよな!?」と思いっきり食い付いてきて参加を決めた。自分達で使うつもりだったが無論手数は多い方がいい、俺は快く当日受付すればだれでも参加可能な旨を伝えた。

「で、アレの仕上がりは？」

「バッチリよ！　ウガハハ！」

そう言って見せつけてくるダイフレームの腕は金属板に覆われた箱型になっており、俺が提案した50番コア対策仕様となっているようだ。

「あとは銅貨1枚払えばみんな仲間だが、払ったことにしておこうか？」

「いやいい、払う。……っと、こいつは地図かよ。よぉし行ってくらぁ！」

魔道具職人達を乗せて、がちょんがちょんと脚を鳴らしてダンジョンへ入っていくダイフレーム達。ぜひとも、一撃入れられるもんなら入れて行って欲しい。

50番コア　Side

立派なハルバード（戦斧《せんぷ》と槍《やり》が一体になったような武器）を2本持った巨大な二足歩行するクワガタ、虫人族の戦士だ。頭は完全にクワガタだが、二足歩行する進化の過程で柔軟な首関節を得たのだろう、しっかりと正面を見据えている。彼には左右合わせて腕が4本あり、左右それぞれの2本の腕で1本ずつハルバードを持っている。それぞれの腕もクワガタのそれに近い、自前の鎧に覆われた腕である。

「ぐふぁおう!?」

だが、50番コアの前ではただの一般人と何ら変わりない。むしろ硬い表皮が盾に丁度いいな、と言わんばかりにつかまれ、ハルバードごと振り回された。

「く、ぐぉお、ま、まだまだッ……ッ!?」

ハルバードを手放し、4本の手で腰のベルトをまさぐる虫人族。だがお目当ての手ごたえがない。

「ふむ、探し物はこれであるか？」

「なッ！」

ぱらぱらと50番コアの手から、彼の探していた4本のナイフが落ちる。完全に手を封殺され、盾にされて受けたダメージと相まって、彼はその場にどさりと崩れ落ちた。

すかさず次の相手が50番コアの前に躍り出る。人族の格闘家だ。

「必殺、爆龍手《バクリユウシユ》！――何ィッ！」

「ふむ。まだまだであるな」

手につけた籠手《こて》には、触れれば爆発する魔力《マナ》が込められていた。しかし50番コアはあっさりとそれを見抜き、殴りかかってきた肘を掴《つか》んで投げ飛ばした。そして、投げた先で爆発した。

「うぉおおお！……え、ぐわーッ!?」

「む、ムゾー!?　くっ、ムゾーの仇《かたき》は俺がとる……ぐわー!?」

爆発に巻き込まれた人間のハンター。そして、その仲間のハンターも先の虫人族の挑戦者を投げつけられ潰され、リタイアした。

「やれやれ、やっぱりあいつらは弱いな」

「そろそろ俺達も挑むか？」

「いや、もう少し見ておきたい。やはり魔族の動きは凄《すご》い、参考になる」

このように、遠巻きに50番コアを観察し、弱点を探る連中もいる。もっとも50番コアが投げ飛ばしてくる戦闘不能者に巻き込まされてリタイアとなるリスクを抱えての観察だ。様子見だけで挑めなかった、という情けない事態は避けたいものだ。

「なら次は俺らが行かせてもらう！」

ガシャン、と前に出る謎の物体があった。——いや、中にコボルトが入っている。

「ほう。それは以前報告のあった魔道具であるな。確か、ダイフレーム、であるか？」

「はい、50番様！　こうして身体《からだ》の小さな俺達がワータイガーよりデカくなって戦えるなんてもう最高の相棒ですよ！　いざ！」

コボルト他、計6体のダイフレームが、50番コアを取り囲む。

「ふむ……ふむ。その腕の所に、仕込みであるか」

「ッ……お見通し、ってわけですかい。なら、早速食らってくださいや！」

精一杯の敬語を使いつつ、職人達は50番コアを狙う。そして、腕の仕掛けを発動させた。

ババババッ！　と、腕から白い塊が飛び出す。50番コアはそれを避ける。が、ダイフレーム達はその腕から出る白い塊を構わず床にぶちまけ続けた。もわり、と白い煙のようなものが巻き上がる。

「む？　これはウドン粉？」

「ウハッハッハァ!!　50番様——フンジンバクハツ、って知ってますかい？」

ニヤリ、とコボルトは、今度は銅の小箱、火の魔道具を取り出した。——50番コアはその思考を読み、素早くコボルトの側に回り込んで、火の魔道具を回収した。

フンジンバクハツ。粉をまき散らして火をつけると、部屋を吹き飛ばすほどの大爆発を起こす、という現象のことだ。金属がぶつかり合う小さな火花でもそれは起きる。コボルト達はそれを自爆覚悟で、周囲を巻き込んでもやろうとしていた。とにかく一撃、攻撃を入れたい一心で。それ程の大爆発が不意に起きていたら、確かに一撃と認めざるを得なかっただろう。ただし、起きていたらの話である。

「おヌシらは我輩の財産なのであるよ？　もう少し身体を大事にするのである」

「く、くそぉ！　一世一代の大勝負……失敗かッ！」

大事な魔道具職人だ、それを自爆させては損失である。50番コアは迷わず爆発が起きる前に起点を制した。

——が、それこそが罠《わな》。50番コアが持った火の魔道具。それが勝手に火を噴き始めたのだ。

「なッ!?」

「む!?」

50番コアの判断は早かった。マントを外し、火の魔道具を包み、部屋の外へ投げ捨てた。そのマントにぶつかって戦闘不能になった挑戦者はいたが、それはそれ。爆発が起きず、ほっと一息吐《つ》く50番コア。

「あああ惜しいッ！　50番様の手に火が当たってくれれば俺達の勝利だったのにッ！」

「方向が違った！　だから言ったんだ全方向から火を噴かせるべきだって！」

「大きさ的に親方以外の魔力を感知したら発動する機能で精いっぱいだったんだよ！」

と、部屋の出入り口で様子を見ていた者達《たち》が声を上げた。50番コアは不審に思いとっさに心を読む――なるほど。

「あいつ等《ら》を見るのである」

「……うちの見習いどもですな？」

「どうやら、担がれたようであるな。おヌシ、ケーマに騙《だま》されたようであるぞ？」

「えっ」

フンジンバクハツ――粉塵《ふんじん》爆発。それは、空気中に舞い散る可燃物が引火して爆発する現象である。しかし、先程ダイフレーム6体がばら撒《ま》いた程度のわずかな量では、部屋の大きさに対し到底それは起きえない。見習い達は、ケーマから聞いてそれを知っており、火の元となる魔道具にこっそりと罠を仕掛けさせられていた。

特に『金属がぶつかり合う小さな火花でも大爆発が起きる』と、職人達にそう信じ込ませたのがタチが悪い。全身鎧の手で銅製の魔道具を殴り飛ばしたり破壊したりしようものなら火花が出てしまうかもしれない。故に、そっと、やさしく、罠の魔道具を手に納めて回収することになったのだ。

「あ、あ、あ、あの野郎ッ！　何がこれならうまく行けば50番様に一撃入れられるだァ!?

魔法じゃ間に合わねぇから魔道具にしろって言ったのはそういうことかよ！　とんだ大法螺《おおぼら》吹《ふ》きじゃねぇか！」

「フハハハ！　一撃は入れられなかったが、マントを持っていかれたわ！　誇ってよいのである！」

「へ？　あ、ありがとうございます！　おぐぉっ」

その後は親方コボルトから順に1人ずつダイフレームから引っ張り出され、見習い職人達に投げつけられリタイアとなった。

「本人が真実と認識しているのであれば、確かに心を読んでも意味がないのである！　ハハハ、ケーマめ、あっぱれである！」

50番コアは上機嫌で次の参加者達を迎え入れた。

ケーマ Side

魔道具職人の親方コボルト達とダイフレームがえっさほいさと運び出されてきた。どうやら失敗したらしい。親方達に粉塵爆発を心から信じさせるため小規模な爆発実験をして見せた甲斐《かい》はあり、50番コアもそれにつられてしっかり罠には嵌《はま》ってくれたようだが元々の性能や罠自体の未熟さで避けきられたとのこと。

「くそ、この大嘘《おおうそ》吐《つ》き……おかげで50番様にお褒めの言葉を頂けたぞ」

「惜しかった。あとちょっとだった」

　やや満足気な親方コボルトやその他職人と、タンコブを頭にこさえた見習い達。この犠牲は無駄にはしない。多分。

「ケーマさん、彼らに一体何吹き込んだんですか？」

「なに、ちょっとした迷信だよ。……さて、まだまだ仲間はたくさんいるんだし、誰かもう1発くらい攻撃入れてくれると良いんだが」

　まだまだ日は高く、参加者も山ほどいる。最初にわっと押し寄せてきたほどの勢いはなくなってきたが、ある程度実力者といった様相の参加者が増えてきた気がする。きっとこれはあれだ、自分が参加したらその時点で終わらせられるぜ、っていう自信がある奴《やつ》。他の奴らにも楽しませてやらないとな、と斜に構えている勢だ。本当かどうかはやってもらわなきゃ分からないが。

「うーん、しかしリタイアした参加者がどんどん運び出されてるのは少し困ったな、敗者の山に紛れてこっそり不意打ちするとか考えてたんだけど」

「まぁ、この人数ですから、放置してたら埋まりますしねぇ……」

　ちなみに運び出しているのは戦闘不能から復帰した50番コアの上級奴隷達だ。身内のアキネラが一撃入れられたので満足したらしく、エルフのメイドさんの指示に従って邪魔な障害物を取り除いているらしい。チッ。

「もう1発攻撃入れてくれてもいいんだが？」

俺がまた1人参加者を運び出してるオストルに声をかけると、オストルは全力で首を振った。

「あぁ無理無理！　50番様って山の高さを痛感したね！　アキネラの腕ももう治しちまったし、もう1年は修行しないと掠《かす》りもしないって。それに50番様にあんな不意打ちが通用するなんて思ってなかったのもあるから。もう狙えねぇよ？」

つまり、通用したのを見てしまった今では、もう同じ手が使えないという事だ。

「そっかー……まぁ1発は入れてくれたし、ありがとう？」

「ははは、それはこっちこそだ。俺達が50番様に一撃、入れられたんだからな」

爽やかな笑顔で業務に戻るオストル。……戦闘後の魔国人は殺気が霧散するのが難点だな。リピーターはあまり期待できそうにない。どいつもこいつも満足してスッキリした顔しやがって。


「……仕方ない。そろそろ行ってくるか」

俺は肩を回して解《ほぐ》しつつ立ち上がる。そろそろ時間的にも2撃目を入れたい所だし。

「お！　ついに僕らの出番ですか！」

「いや。ワタルはまだだ。ネルネと受付しててくれ。俺とニ、げふん。クロで行ってくる。

いくぞクロ、ついてこい」

「はい、ご主人様」

危うくワタルの前でニクと言いそうになったのを訂正しつつ、俺はニクを連れてダンジョンの奥、50番コアの待つボス部屋へと向かった。

50番コア　Side

「はぁああ、食らえ、【スラッシュ】！」

ワーウルフが爪を立てて振り抜いた。剣術スキルではなく爪術《そうじゅつ》スキルによる【スラッシュ】攻撃。だが50番コアはこれを難なく躱《かわ》してみせる。

「【スラッシュ】【スラッシュ】【スラッシュ】【スラッシュ】！」

「ほっ、ふっ、やっ、むっ、はっ、はっ」

素早い連続攻撃。爪が縦横無尽に50番コアを襲うが、冷静に2本の腕を見極めて避けきる。

「【スラッシュ】【スラッシュ】【スラッシュ】スラッシュ【スラッシュ】！」

「単調であるなぁ、っと、今のは良かったぞ。スキルでない攻撃を混ぜたか」

スキルを使わずに叫ぶだけで、スキルを使ったように見せかけ、スキルではありえない軌道の攻撃をまぜる引っかけだが、心が読める50番コアには何のフェイントにもならなかった。

50番コアは遊ぶのもこのくらいにしておくかとワーウルフの攻撃を受け流し、転ばせるように投げた。投げられたワーウルフは攻撃の勢いのまま先に倒されたワータイガーに向かって突っ込み、リタイアとなる。

「今の感じであれば闘技大会本戦出場といった所であるか？　大武闘大会には出られぬ程度であるな――と」

「我が名はアルジャーロ・メノウェ！　魔槍《まそう》プロチューブの一撃を食らうがい、ぬぐっ」

「不意打ちでも名乗りを上げては意味がないのであるよ」

50番コアは一瞥《いちべつ》もせずにその攻撃をかわし、脚を引っかけ転ばせた。カランカランと槍《やり》の転がる音がする。が、その槍の姿は見つからない。

「なるほど、不可視の魔槍であったか。だが、我輩には効かぬのである」

そこそこに熟達している武人。彼らは武器や技を己《おの》が手足のように使いまわす。故に、50番コアにとっては非常に分かりやすく、戦いやすい相手であった。心を読めば普通に何をするかが分かり、その動きにズレが無い。さほど訓練していない一般人の方が余程戦いにくかったと言ってもいい。

「む」

魔力《マナ》のゆらぎを感じ、身を大きめに躱す。一筋の魔力光が通り抜けて行った。

「チッ、今のを避けるか」

　悪態に顔を向けると、そこには待ちわびた男がいた。ただし、1人で。

「ケーマであるか。ようやく来たのであるな。……仲間はどうした？」

「仲間？　仲間なら今も50番様に転ばされたところですよ」

「おお、そうであるか。そうであるな」

　愉快に笑う50番コア。半ば忘れかけていたが、今日このダンジョンに訪れ、50番コアに挑む者はすべてケーマの仲間。そういう体《てい》である。

「驚いたぞケーマ。祭り、であったか。よもや我輩の民全てを敵に回し相手する羽目になろうとは思わなんだ」

「心が読めても、驚くことはあるようですね。これも一撃にカウントしてくれません？」

「ハハハ断るのである！　さあ、企《たくら》みの全てを我輩にぶつけてくるのである！」

　正直、心理的衝撃も一撃と数えるのであれば、とうに3回を超えている。その上、実際に1回攻撃を食らっているのだから殆《ほとん》ど負けていると言ってもいい程だ。

　しかし、現実ではまだ負けてはいない。

　50番コアは、ここにきて今日初めて、構えをとった。

　だがケーマは迷わず後ろに退いた。

「【ヒーリング】！　【ヒーリング】！　おい何寝こけてるんだお前ら！　まだ勝負はついて

ないぞ！」

そう言って、リタイアしていたはずの連中を起こしていく。

「は、え、で、でも、俺の攻撃は通用しなかった――」

「気を確かにもて！　50番様は確かに1人で戦っても勝てる相手じゃない、だがお前達は1人じゃない！　すぐそこに仲間がいる！　みんなで一斉にかかるんだ！　そうすれば、1発くらい誰か当たる！　そうすれば俺達の勝ちだ！」

そのままケーマは檄《げき》を飛ばしていく。

「威力は考えなくていい、重要なのは速度、そして攻撃範囲だ！　とにかく当てろ！」

「れ、連携は!?」

「いらん！　むしろ考えるな！」

「同士討ちするぞ!?」

「気にするな！　俺が治してやる！　諦めなければ、あの50番様がいくらでも立ち合ってくれるんだぞ！　こんなチャンスに寝ぼけるな！　それでも魔国人か！　50番様の民として、50番様に恥ずかしくないのか！」

ハッと目に力を取り戻す武人達。

いや寝ていたままの方がありがたいのだが？　と50番コアは思う。しかし普段であればまさにケーマの言っていることは正しい。魔国の民であるならば、多少負けたくらいで勝つことを諦めるべきではないのだから。故に、50番コアは口出しできない。

「まるで軍であるな……であれば、狙うは回復役、兼、指揮官が常道であるか」

50番コアは改めて構える。そしてケーマに狙いを定めた。少しだけ本気を出せば、『心眼』が無くとも攻撃を捌《さば》くのは容易《たやす》い事である。

そこそこに強い魔国民達《たち》の攻撃を躱し、反撃しつつ、50番コアは、ケーマの企みを看破すべく心を読む。だが、今度は果敢にもケーマは前に出てきていた。その手には、町で売っている訓練用の木の剣を持って。

『当てるだけなら刃はいらない。ダメージも不要。鉄よりも木、軽い方が良い。【収納】に替えはいくらでも入れてある――俺に魔王流は使えないが、手数と、仲間の多さで押し切る！』

ケーマは本気でそう考えていた。嘘《うそ》の可能性――は、無い、と50番コアは判断する。これが嘘だとして、誰がケーマにこの嘘を吐《つ》き、信じさせる？　ありえない。

だがよもや正面から打ち破りに来るとは、と少し感動を覚えつつも、同時に落胆もした。なぜなら、ケーマは50番コアに比べて圧倒的に弱い。鍛えたことでさらに弱くなったようにも感じた程だ。そんなケーマには、たとえそこそこに強い魔国民が何人か味方した程度で、50番コアに攻撃を当てるなど奇跡でも起きない限り無理である。

「ぐ、我が魔拳が掠りもしない……！」

「魔力矢を撃てば撃つほどに仲間に返される……ッ」

「ぬぅ、毒手はそもそも意味がなかった……」

吸血鬼の魔拳士、エルフの弓使い、蛇系獣人の毒手使い。いずれも闘技大会の本戦までは出られそうな面々ではあるが、50番コア相手には圧倒的なまでに実力の差がある。ケーマは彼らや仲間を前線で回復しつつ、木剣を振るう。当然、これも50番コアには当たることはない。

50番コアが何かするまでもなく、エルフの放った魔力矢がケーマの木剣を破壊してしまった。だがこの破片すら50番コアは捌き、躱しきって見せた。

「くッ、だが！」

と、ケーマが【収納】を開き、代わりの木剣を取り出す。新たな木剣が姿を現し――

――それを右手に握る、見覚えのある半泣きのヤギ悪魔《バフォメット》、魔王派閥を追放されたはずの564番コアもぬるんと一緒に現れた。

「え？」

「は？」

あまりにも予想外すぎるその登場に呆気《あっけ》にとられた50番コア。そして、ケーマ自身も驚いていた。ガキン。

気が付けば、突きが。564番コアが左手に握るもう1本の木剣が、一瞬の隙をついて50番コアの右足に当たっていた。

「ぬぉおおおおん！　見たかケーマよ！　俺様やったのであーーーっるぅ！」

バフォメットの咆哮《ほうこう》が、ダンジョンに響き渡った。

ケーマ Side

「ちょ、なんで貴様も驚いているであるか!?　貴様、まさか俺様の事忘れていたのではあるまいな!?」

半泣きの564番コア。なんでこいつ俺の【収納】に——

「あっ」

と、俺は先ほどニクに封印してもらった記憶を思い出す。

——決闘3日前。

順調に仲間を集め、策を積み重ねている俺達。そこにアイディが、ふと思い出したように言った。

「ところで、アレも呼んだらどうかしら？　ほら……564番。確かまだこの近くに住んでるはずよ。予選大会の本戦に出てたから間違いないわ」

５６４番……そういえばあいつ、元々魔国のコアだったっけ。魔王派閥を追放されたはずだけど、まだ魔国に居るのか。まぁ、そもそもダンジョンコアなんだからそう簡単に引っ越しはできないんだろうけど。

「具体的な場所は分かるか？」

「……分からないわね。住処《すみか》がこの近くだっていうのは間違いないのだけれど」

５６４番コアは魔王流を使うダンジョンコアだし、立派に戦力として数えられそうである。……俺が連絡を付けて3日以内にここに来るように言えば、来てくれるかな？

「どうやって連絡付ける気なの？」

「んー、そうだなぁ……あ、アイディ。ちょいと頼めるか？　丁度いい手を思いついた」


見えてる範囲への【転移】を繰り返し、俺はアイディと2人でアイディの領地までやってきた。魔国の、外壁の無い開放的な町がそこにあった。

「便利なものね。ここまで半日も掛からずこれるだなんて」

「帰りはもっと早いぞ。直接行けるからな、魔力めっちゃ使うけど……」

「ロクコのマスター、ウチにも欲しいわね……じゃあ、早速始めるわよ？」

そして、アイディにウサギダンジョン、629番コア《ミカン》にダンジョンバトルを申請してもらった。申請は受理され、ダンジョンバトル用の通信ウィンドウが開く。

オレンジ色のウサギがたしたしと足踏みしながら顔を出した。

『いきなりなんなんきゅか!?　いくらアイディでも戦争するならハク様とケーマがだまっちゃいないいっきゅよ……って、あれ、あれれ？　ケーマ？　なんでそっちにいるんきゅか？』

「おうミカン。まずは落ち着いて聞いて欲しい。ちょっと頼み事があるんだよ」

俺はミカンに事情を話す。今魔国に居る事。これはダンジョンバトルの機能を使ってミカンと連絡が取りたかっただけであること。そして頼みがあること。

『もー！　びっくりしたきゅよ！　今うちのダンジョンはマスターが得られるかどうかの結構大事なせとぎわなんだから、驚かさないで欲しいきゅよ！』

「いやぁすまんすまん」

とりあえず、忙しそうだからさっさと要件を伝えることにした。

「そんで頼みがあってな。確かデュアルコア？っていうので、ミカンなら564番コアに連絡取れるんだろ？　というか、呼び出せるだろ。ちょっと来て欲しいんだ。戦力が必要でな」

ミカンのデュアルコア機能のひとつで、マスター《ミカン》の下に、スレイブ《564番コア》はいつでも召喚されてしまう機能があるらしいのだ。拒否権は無い。

『ボクじゃなくて直接564番コアに言えばよかったんじゃないきゅか？』

「ミカンの顔を見て癒されたかったたってのもあるかな」

『そんならしかたないきゅね！』

あとついでにミカンにもアイディからメール機能を渡してもらっておこうかと。そうすればミカンともいつでも連絡が取れるようになるし。……ということで。うん。別にうっかり忘れてたわけじゃない。

「というわけで、564番コアを呼び出して、サクッとゲートひらいて、こっちに引き渡してもらえるか？　その後引き分けにしよう。あ、629番コアが負けでもいいぞ」

「あら、それじゃあ遠慮なく勝ち星は頂くわね？」

『まぁー、負け分のDP《ダンジョンポイント》をケーマが払ってくれるならボクはいいけど』

今までダンジョンバトルで負けたことがないから知らなかったが、ダンジョンバトルでは負けたダンジョンコアが『父』にDPを払うらしい。1万Pだそうな。初めて聞いたんだが？……あ、でもそういえば最初にハクさんとダンジョンバトルしたとき、ハクさんが1万P多く俺達にくれてたのってもしかしてそういう理由が……？

「今魔国に居るから、今度払いに行くよ。ツケといてくれ」

『んきゅ、頼むきゅよー？　忘れちゃダメきゅよー？』

アイドル事業のおかげでミカンの懐も潤っており、1万Pの貸しくらいは問題ない。

『そんじゃ564番、こいこいこーい』

　ミカンが適当に呼ぶと、画面の向こう側で魔法陣が広がり564番コアがにゅきっと生えてきた。

『ぬぬ!?　何事であるか!?　あ、629番！　俺様を呼び出すとは何事であるか！』

　その後ダンジョンバトルのゲートを介して、無事564番コアを俺達の下に呼び寄せることに成功。


「ほう、俺様の力を借りたいのか。——だが断る、と言ったら？」

「ミカン、命令してやって」

『564番、従うきゅよー』

　ダンジョンバトル終了後の反省会扱いで、まだ通信が繋《つな》がっているミカンに頼むと、564番コアがのたうち回った。

「ぬがががががが！　わかった、わかったのである！　で、俺様は何をすればいいのであるか？……え？　50番様と決闘であるか!?　俺様、実は50番様の大ファンでな、実はこの喋《しゃべ》り方も50番様に憧れて——」

　満更でもなさそうな顔をしているので、同意があるものとして取り扱うことにした。長くなりそうな話を止めて、俺は簡潔に内容を伝える。

「というわけだから、俺が【収納】から出したらこの木剣で思いっきり50番コアを叩《たた》いて欲しいんだ」

「は？　俺様、自前の魔剣があるのだが？　え、あ、ちょ、【収納】って入れるもんなのであるか？　俺様初耳……」

帰るのに3人だと魔力《マナ》消費が重くなりそうだったのもあって、この時点で５６４番コアを【収納】に入れて連れて戻ることにした。でもなんかやっぱり消費が重かったので【収納】内の生命体の分も消費がちゃんと増えるシステムなのかもしれない。


――回想終了。


その結果、見事に奇襲が成功したというわけだ。それもこれも５６４番コアのおかげである。ありがとう、あとでワタルと戦う権利もくれてやろう。

「よし、撤収！」

「は？」

「え？」

ダメ元に追撃の【エレメンタルショット】を撃ちつつの俺の宣言に、今度は50番コア以外が動きを止めた。50番コアは俺が撃った【エレメンタルショット】を危なげなくかわしつつ、分身して魔国民達と５６４番コアを投げ転がしていった。やべぇ、あれ本気だ。２発当てられて後がなくなったからか、今まで使ってこなかった分身まで解禁してやがる。

もう舐《な》めた真似《まね》はしないということだろう。

　他の連中がやられているその隙に俺は部屋の外へ逃げ出し、ニクと合流した。

「お帰りなさいませ。こちら、お返しします」

　俺は、ニクに預けていたサキュバスの指輪を返してもらった。……そう。ニクには、サキュバスに憑依《ひょうい》してもらって『魅了』で俺の記憶を封じてもらっておいたのだ。記憶が無ければ、心を読んでも何も分かるまい。自分でも分かってないんだからな！

　うっかり50番コアとの戦闘前に【収納】から564番コアを引っ張り出すわけにいかないのと、ついでに積極的に前に出て戦うように『魅了』で調整してもらった。これなら木剣が壊れたタイミング、それすなわち前線で50番コアの間近となる。結果は言うまでもない。

「ありがとうな、ニク。おかげであと1回だ」

「はい」

　ニクの頭をポンポンと撫《な》でていると、564番コアが「ぐるぁああ！」と謎のうめき声を上げつつやってきた。

「きさ、貴様ぁ……俺様のこと置いてくんじゃないのである……！」

「あ、564番。ところでなんで半泣きだったの？」

「な、泣いてないのである！　だが、だが！　貴様、よくも俺様をあんな場所に閉じ込めるなどという悪逆非道を思いついたな!? 暗いし! 狭いし! 音もない! 俺様でなければ発狂モノだぞ! 憧れの50番様に一撃を入れられたから相殺《チャラ》としてやるが!」

んん? 【収納】の中は時間が止まるから体感一瞬のはずだが……まぁいいか。


「さて、それじゃあ最後の締めにむけて、いったん休憩しようか。地上に戻るぞ」

「はい、ご主人様」

「む? 俺様もそっちに行けばいいのであるか?……またあの【収納】に入るのは御免であるぞ!? 絶対入らないからな! それよりもっと俺様を褒めろ、何も見えない中1本だけでは心許《こころもと》ないしと手探りで木剣を探してだな――」

妙にお喋りなパーティーメンバーが増えたが、まぁいいか。魔国住人と言って問題ないだろう。実際少し前までは魔族側としての魔国住人だったっぽいし。実力自体も申し分ないし。

50番コア Side

バフォメット型、564番コアは追放されたとはいえ魔国の大武闘大会に出場していた程度には実力がある。無論、正面から戦いを挑まれていれば50番コアはあっさりとこれを対処できただろう。

だがよもやあのような奇襲を用いてくるなどとは予期していなかった。埒外《らちがい》の発想に、ただただ驚嘆する。【収納】の中に564番コアを入れての奇襲。そして、本人がそれを『完全に忘れていた』という点。絶対に何か企《たくら》んでいることは分かっていたのに、心を読んで、いや、読まされて、『何も企みなどない』と自分を含めて50番コアを騙《だま》しきってみせた。

「くはっ、くはははは!! 素晴らしい、素晴らしいぞケーマ! 我輩をここまで手玉に取ってみせたのは貴様で3人目である!」

1人目は、魔国の王。大魔王6番コア。魔王流『無心』、そして『明鏡止水』を用いて読まれる心を消し、純粋な実力で50番コアを上回る。50番コアが同じ初期生産《ファーストロット》コアである6番コアに仕える理由でもある。

2人目は、混沌《こんとん》。4番コア。埒外という意味ではケーマよりも性質《たち》が悪い。心を読んだところで無意味、むしろ読んではいけない。混沌に呑《の》まれ、正気を失う。その上で実力が高いから始末に負えない相手だ。

そして3人目がケーマだ。先の2人と異なり、心は読める。実力も大したことが無い。であるにもかかわらず、周囲を唆《そそのか》し、自分さえも謀《たばか》り、2度の攻撃を受けさせた。

「だが、3度目は無いのである!」

ここにきて50番コアはついに分身を解禁した。使うまでもない、と思っていた本気を出す。これは、ケーマを完全に敵として認めたということ。50番コアは敵に出会えた幸福に感謝し、『父』に祈りを捧《ささ》げた。いつでも掛かってこい、もう油断はしない。と、50番コアは気合を入れ直した。


そして、気合を入れてから数時間が経過した。

「……何故、ケーマは来ないのであるか!? 我輩、これほど滾《たぎ》っているというのに！」

あれから送られてくる連中は、ケーマの檄《げき》が入っているのかそれなりに粘りをみせる。

実力的には闘技大会決勝から大武闘大会初戦突破レベルの力の持ち主で安定した。50番コアの町の中では最高クラスの実力者達《たち》ということではある……が、それまでだ。正面から見据え、分身まで用いてしっかり対応すればヒヤリとさせられることもない。

「はっ……これが勇者イシダカの言っていた、焦《じ》らしプレイ、という奴《やつ》であるか!? うぬぬぬ！ なんともやきもきするのである！ 我輩、こういうのは好かんのである！」

と、しびれを切らしてきたその時、ついに侵入者が途切れた。

「む？ まさか全員倒してしまったのであるか？……いや、ケーマ達はまだである」

そう、ケーマ達の仲間——姫様《アイディ》や奴隷勇者《ワタル》、子犬《ニク》、あと追放者《564番コア》といった、本当の仲間達が健在であるはず。


——満を持して、というべきだろう。

「待たせたわね50番様。ようやく私達に出番が回ってきたわ。さぁ、決闘《踊》りましょう。セバス、エスコートしなさい」

「はい、お嬢様」

そう口上を述べて入ってきたのは、魔国の姫、アイディ。そのマスター、セバス。

「僕もあと1発になったら、と言われてたのに随分待たされましたよ」

「わたしも、ようやく戦えます」

奴隷勇者、ワタル。子犬、ニク。

「俺様、今度はこの自分の魔剣で50番様に一撃を入れて見せるのである！　ふんぬっ」

50番コアに一撃を入れた実績で妙な自信を付けている564番コア。

「私は付き添いですよー。邪魔しないのでー、当てないでくださると助かりますー」

……そして、帝国の姫ロクコの侍女。こちらは魔道具職人が乗っていたダイフレームという魔道具に乗り込んでいる。

「……ケーマの姿が見えないのであるが？」

50番コアは、敵と認めたその男が居ない事実にカチャリと首を傾《かし》げた。

「……け、ケーマさんは秘密の作戦の真っ最中ですよ？」

引きつった笑みを浮かべる奴隷勇者ワタル。……アイディがふるふると首を横に振る。

「ワタル、そのような誤魔化しは50番様には無意味よ？　ここは正直に言うべきでしょう」

「いや、ですがアイディさん。それはその」

「ハッ！　あの軟弱者など居なくとも、俺様が勝負を決めてみせるのである！」

軟弱者、居ない。——ということは、ケーマがこの戦いに不参加だということか。

と、ここで子犬がアイディの前に出て、50番コアに向かって頭を下げた。

「……申し訳ありません50番様。私のご主人様は、今、お腹を壊して寝込んでいます」

「……は？」

思わず聞き返す50番コア。

ワタルと564番コアが補足する。

「ええと、食あたりです。50番さん。いやぁ、景気づけに屋台で串焼き肉買ったんですがまさかケーマさんがバジリスク肉を食べてしまうとは……」

「あの程度の毒、耐性がない方が悪いのである！　俺様も食ったが、問題なかったぞ？」

心を読む。が、一様に「ケーマは50番コアに2発目を入れて調子に乗り、景気付けで食べた肉に当たって腹を下して寝込んだ。ギリギリまで回復を待ったが、ダメそうなのでおいてきた」とあった。

つまり、ケーマは。待ち望んでいた敵は、この場に居ないということか。思わず肩を落としかける50番コア——

――だが、待て。果たしてそれは本当の事だろうか？

「だ、騙されない！　我輩、もう騙されないのである！　絶対嘘《うそ》なのである!!」

「いやいや本当ですって。ケーマさん、凄《すご》く苦しそうでしたし。あ、心を読めるって映像は読めるんでしょうか？　ちょっと思い出しますから見てください」

そう言ってワタルがその光景を思い浮かべ、50番コアもそれを読――

「ま、ない！　信じられないのである、ケーマは絶対に何か企みがあり、この場に居ないのだ！　いや、実は居るのであろう!?　【収納】に潜ませているのか!?」

そう、この場にいる全員を騙して、何かを企んでるに違いないのだ。先程の564番コアのように【収納】に潜ませているのかもしれない。下手に思考を読んでは、ケーマにまた騙されてしまうかもしれない。


と、ここでネルネがすっと1本の剣を取り出した。それは、忘れもしないこの戦いの発端。見間違えることの無いオリハルコンの輝き。賭けの賞品、『父』の作り出したオリハルコンの剣に間違いなかった。

「50番様ー。ここに居る、私以外の全員を倒したらー、こちらは50番様のものー……だそうですよー？」

にっこりと笑みを浮かべるネルネ。その言葉に、嘘はない。心を読めば、分かる。だが、そうと分かっても信じられない。50番コアは心が読めるというのに、疑心暗鬼に陥っていた。

「さぁ50番様。ここにきて、ケーマの手札は尽きたみたいよ？　なにせこれから行うのは、正真正銘、私達と50番様の真っ向勝負。好きに心を読んでいいわよ？　なにせ、意味がないから。ねぇセバス？　子犬の仕上がりは？」

そう言うということは、魔王流『無心』を使うのだろう。場合によっては『明鏡止水』、『無心』の1つ上の段階まで至っている可能性もある。

「一応だが、使えなくはないといったところだ」

「……少し自信がありませんが、がんばります」

「ふん、俺様も『無心』なら使えるのである！　俺様に任せておけ！」

魔王流を嗜《たしな》んでいる4名はじっと50番コアを見据える。

ワタルは？　帝国にも魔王流のような技があるのだろうか、大武闘大会では使っていなかったが。あるいはワタルも魔国の滞在中に『無心』を習得したのかもしれない。

「いいえ、僕は裏技です。ケーマさんに教えてもらった、いや、強引に仕込まれたといいますかね。ネルネさんにある催眠術を掛けてもらったんですよ……いきます」

聖剣を構えるワタルは、50番コアを見ながら叫ぶ。

「――バーサク、発動！」

それが、試合開始の合図であった。


ワタルの目が変わる。心を読む。――『倒す倒すタオスタオス倒すタオス敵を倒す敵をタオステキヲ倒す敵を』――一切の思考が、『倒す』という1点のみに塗りつぶされていた。

「倒す倒す倒す倒す!!【ギガスラッシュ】、【メテオクラッシュ】、【真空切り】！」

「――洗脳、暗示か！　なるほど、ケーマの手口に相違ない！」

だがこれは、50番コアにとって既知の対策であった。ひたすらに、50番コアを倒すことに極限まで集中した敵というのは、居なくはなかった。それによく似ている。極限の集中により攻撃力や速度は一段上がる。が、動きが単調になる弱点も産まれる。

稲妻の如《ごと》き一閃《いっせん》も、隕石《いんせき》をも破壊する突きも、飛ぶ斬撃も、完全にスキル通りの動きでしかなく、50番コアにとっては対処しやすい。

だが、50番コアは、油断することなく剣を抜くことにした。これまでは武器も使わずにいた50番コアであるが、これがケーマの、敵の策略であるなら全力で受ける。

「あら、余計な事、考えてるのかしら？」

「――ハッ。失礼したな、姫よ」

単調な攻撃のワタルだが、そこにアイディやセバスといった魔王流『無心』の使い手が横槍《よこやり》を入れることで相乗効果が産まれてくる。

「ハッハッハ！　もう一度俺様が、50番様にぃいいーーーほぐっ!?」

まずは鬱陶しい564番コアを転がす。そして、アイディとセバスを両手に1本ずつ持った剣で受け止めた。

「久々に稽古をつけてやるのである、姫よ」

「あはっ！　おじ様、いつまでも子供扱いしないでくださる？　もう私は師範代《レディー》なのよ。セバスもいれば、一矢報いるくらいはできるわ」

「その呼び方は久々であるな、懐かしいのである」

さらに分身を出す。こちらも2本の剣を持っている。分身は、ワタルの攻撃を捌《さば》きつつ、その派手な攻撃に隠れてこっそりと忍び寄っていたニクをも止めた。

「狂戦士を光とし、陰に隠れる暗殺者。良い組み合わせであるが、未熟未熟。こちらは分身で十分であるな」

「く、っ」

「倒す倒す倒す倒す！　倒す！　【チャージ】！　【チャージ】！　【チャージ】！……【オメガブレイク】!!」

ワタルは魔法を短時間ストックする遅延魔法【チャージ】で3つの魔力球を周囲に浮かせたまま、聖剣を叩《たた》きつける。荒さ、未熟さによるブレを十分に考慮し、よく見て余裕を持って払いのけると、聖剣が当たった床板が割れ破片が飛び散った。破片も丁寧に処理する。油断はしない。最初の1撃目は、それで食らわされたのだから。

もちろん、アイディとセバス、オマケの564番コアへの対応も必須だ。こちらは派手なスキルは使わない。ワタルからの余波はあるが、純粋に魔王流同士の闘いだ。

そして、ダンジョンコアは呼吸すら不要なため非常に静かだ。剣を剣で受け流す、しゃりん、キィン、という音だけが起こる。

アイディが師範級、セバスと564番コアが師範代として、50番コアは免許皆伝。むしろ大魔王と共に魔王流を作り上げた開祖である。その腕前はやはり隔絶したものがあった。

アイディには【クリムゾンロード】という必殺技もあるが、そんな大技を使わせてもらえるはずもないし、そもそも威力と前方への攻撃範囲が大きいだけで、50番コアなら発動を見てからでも余裕で回避できる。

「忌々しいまでに、最高ね」

「で、あるか。姫も腕を上げたのであるよ」

その50番コアが防御や回避に徹した場合、もはや魔王流3人がかりでも攻撃を掠《かす》らせることすらできる気がしなかった。一日戦い続けて、疲労の欠片《かけら》も感じられない相手に持久戦も悪手である。

「ぶはぁああ！　俺様もう息止められないのであるへぶあっ！」

「ふむ、生物系は呼吸に囚《とら》われがちであるゆえな」

隙を見せた564番コアが投げ転がされる。セバスもそろそろ息を吸いたい頃合いだろうか。

「がんばれー、ワタルさんー」

「ぐはぁあああ！　倒す倒す、た、お、すぅ！　【グランドボム】！　【ライトニングエッジ】！　【充塡解除《チャージ・リリース》】、降り来たれ雷の柱【ライトニングピラー】！　燃え上がれ炎の柱【フレイムピラー】！　生え出《い》でよ土の柱【アースピラー】!!」

ネルネの声援で目が更に血走り、限界を超える攻撃を放つワタル。地が爆《は》ぜクレーターを作り、聖剣が雷の気を纏《まと》う。さらには【チャージ】された光球が消え、魔法攻撃をまき散らす3本の柱が床板を割って召喚された。放置すると面倒だ——と、また迫ってきていたニクを投げ転がす。存外に良い連携であるな、と50番コアは冷静に思った。暴走しているワタルは、押さえつけて、意識を完全に刈り取るのが良いだろうが攻撃は——ふむ？

「——そういえば、我輩からの攻撃。王《6番様》に禁止されていたのは、あの特別試合《エキシビシヨンマッチ》だけであったのである。これはこれは、うっかりしていたのであるよ」

「あら。……残念、もう少し楽しめるかと思ったのだけれど」

50番コアは気付いてしまった。この戦いでは、いや、これまでの模擬戦でも特に攻撃を禁止していなかったことに。あくまで手加減の範疇《はんちゅう》であったことに。

「これもケーマの策略であったか？　まんまと乗せられてしまっていたのである」

それからは早かった。1対5。しかしその質は、圧倒的に1の方に天秤《てんびん》が傾く。魔王流の頂点と言っても過言ではない50番コアが本気で制圧に動けば、それはもはや避けようのない運命と言ってもいい武力差であった。

５６４番コアをあっさりと潰し、ワタルの首を絞め気絶させる。ニクの意識を刈り取って片付ければ、あとは分身と合わせてアイディとセバスを1対1。負ける要素が無い。

これまでの戦いに比べ、あまりにも拍子抜けなくらい、あっさりした結末であった。

「正面からは、所詮この程度であるな」

50番は満足げに肩の力を抜いた。残すは、オリハルコンの剣を持ったネルネだけであるが――

「どうぞー、お持ちくださいー」

――そう言って、剣を差し出していた。にこりと小さく笑顔のまま。

「ほ、本当に、本当であるか？」

「はいー、本当ですよー？　これはー、50番様のものー、ですよー」

……警戒して、分身に取りに行かせる。

つつく。本物のオリハルコンの感触。分身に剣を振り抜かせてみる。軽く、羽のよう。

ここまで確認して、ようやく50番コアはオリハルコンの剣を手に持った。

「おお……素晴らしい輝き……！」

感動に打ち震える50番コア。その手の中に、『父』のオリハルコンの剣がある。なんだかむず痒《がゆ》く感じる。これが、ついに自分のモノになったのかと。

「我輩、『父』の剣を守護《まも》ったのである！　勝った、我輩の勝ちなのである!!」

オリハルコンの剣を右手で水平に高く掲げる。オリハルコンの輝きが、まるで50番コアを祝福しているよう――


――ガコン！


剣を握ったままの手、その甲がくにゃりと歪《ゆが》んで穴が開き、完全に同時にその穴から石の杭《くい》が伸びて50番コアの兜《かぶと》を叩いた。

「……む？」

何が起きたか解らなかった。手の穴をずるりとぬけ、ポロリと剣がれ落ちる石の杭。杭はカツン、と軽い音を立てて石畳の床に転がった。手に開いた穴からは、オリハルコンの剣の、輝く柄《つか》が見えていた。……手に開いた穴が何事もなかったかのように閉じる。

「な……な……!?」

穴が開いていた手と、オリハルコンの剣を交互に見る。何が起きたのか。石の杭、これは【ストーンパイル】による魔法攻撃？　なぜオリハルコンの剣から??

……と、ここでふと50番コアは思い出す。

「！　ま、まさか……貴様!?」

普段なら絶対にやらない。50番は剣に向かって『心眼』を使う――

『はい、お疲れ様でーす。あー、うまくいってよかった！』

「ケーマぁああ!?　貴様、お、オリハルコンにも擬態できたのであるかぁあああ!?」

――それは、間違いなくケーマの攻撃であった。

◆エピローグ

最後の一撃。２発目を入れてから俺のとった戦略は、こうだ。

まず、50番コアに２発目の攻撃を入れた後。

ここで大事なのは、直《す》ぐに戻らないこと。俺達《たち》が２発目を入れた時点で50番コアが本気を出してしまったため、少し頭を冷やしてもらおうと思ったのだ。というわけで、５６４番コアを連れて戻った俺は、あえてはっちゃけて見せた。

「よぉーし！　この調子なら３発目もいけるぞ！　肉持ってこい肉！　景気付けだ！」

「そんなこともあろうかと、買っといたわケーマ！」

と、ここでロクコの的確なサポートにより、毒入りの串焼き肉をゲットする。あらかじめロクコにはバジリスク肉（慣れてない人が食べると腹を下す毒がある）の串焼き肉を買ってもらっておいた。

そして、皆の前で肉を食べ、腹を下し、トイレに駆け込んだ。思いの外ヤバかったので軽く【ヒーリング】で動ける程度に回復させてから、ぐったりと、這《ほ》う這《ほ》うの体で皆の前に戻る。

「だ、大丈夫？　ケーマ」

「(思ってたより)ヤバい……」

とても自然に、皆に俺の体調不良をアピールできたはずである。

そしてここで564番コアが「む、これよく見たらバジリスク肉ではないか！　慣れないと腹を下す代物であるぞ？」とさり気なくアシストしてくれたのもデカい。

「……腹の調子が治《おさ》まるまで待ってもらっていいかな」

「仕方ないですね」

というわけで、これにより、「残り1発ですよ！　約束通り早く殴り込みに行きましょう！」と息巻いていたワタル達を止めつつ、他の魔国住人達がうまいこと一発入れてくれる可能性に賭けてみた。ニクも凄《すご》く心配してくれた。アイディと564番は情けない腹だと笑っていた。毒耐性が無い方が悪いってのが魔国では常識だからな。

ここで俺はニク達に受付を任せて宿の部屋に引っ込む。ロクコが看病するという名目でついてきた。実際、ロクコには俺を治す手立てがある。

「さ、早く治しちゃいましょ？」

「……うん」

ここで活躍したのが『神の掛布団』である。こいつを被《かぶ》るだけで、1時間もすればあっという間に完全回復。尚《なお》、『神の毛布』でも可。そうして完全回復した俺だったが、皆には50番コアが落ち着くまでは「腹具合が心配だから待ってて」とロクコに伝えてもらうことにした。まだ治ってないとは言っていない。

ロクコの出したネズミで50番コアの様子を窺《うかが》いつつ、さらに時間が経過。いい加減しびれを切らしてくるアイディ達。だがよく考えて欲しい、他の魔国民はともかく、アイディは仲間になるための報酬が『ワタルと模擬戦』なのだ。つまり、最悪50番コアと戦わなくてもいいということ。容赦なく待ってもらった。

「うーん」

だが、50番の本気がとどまる所を知らないままに日が落ちかけてきた。ここで俺は仕方なく、「もう勝手に殴り込みに行きましょうか」「であるな!」「……ですかね!」と勝手に行ってしまいそうな2コア1勇者を戦いに向かわせることにした。

アイディ達には、魔王流とかネルネの催眠術（サキュバス憑依《ひょうい》による魅了）で心を読ませないという正攻法の攻めで行ってもらう心算《つもり》だったので、どうにせよ50番コアが途中で本気出してきたら厳しい。なので勿論《もちろん》その場合の案も用意していた。

50番コアは、対象を自分で指定し、心を読む。これは貰《もら》ったメモから分かった。

……であれば、ゴーレム等の心が無いと思われる無機物に俺が【超変身】していたとしてもバレる可能性はとても低いのだ。だって、わざわざ心が読めない相手を指定することはしないから。

なので、俺は報酬でもあるオリハルコンの剣に化けることにした。これが一番、50番コアの油断を誘える姿だろう。

ちなみに剣に【超変身】をしたまま【ピットフォール】や【ストーンパイル】が使えることも確認済みだ。思考、イメージによって無詠唱でも魔法を撃てる俺ならではだと思う。オリハルコンの剣も金属素材だから当然【ストーンパイル】の起点にもできた。その後ポロっと落ちたけど。


もちろん、オリハルコンの剣になった俺が50番コアに近づくには色々と条件が必要になる。まず自分じゃ動けない。魔法の反動で動けなくはないがそんなん一発でバレる。というわけで、オリハルコンの俺剣による奇襲は最後の案として、アイディやワタル達が失敗した時に50番コアの手に渡る形にする。

ここで俺が腹を下して寝込んだという設定が再び生きてくる。なぜなら俺がオリハルコンの剣に擬態した以上、俺本人は不在になってしまうからだ。体調不良はその自然な理由付けになる。もちろん初めから計算済み。本当だよ？　1週間煮詰めたアイディアだ。

で、【超変身】した俺を自然な形で50番に渡すには、賞品として渡されるのが一番自然である。俺はロクコに頼んで、オリハルコンの俺剣をネルネに持たせることにした。

「ネルネ。今動けなくなってるケーマからの伝言よ。皆が負けたら、大人しくこれを50番コアに渡しなさい。……ケーマが、これは50番コアのモノだ、って言ってたって言ってね？」

「はーいー、分かりましたー」

嘘《うそ》はない。俺は剣になってて動けないし、俺は期間限定でまだ50番コアの奴隷（【超変身】で首輪外れてるけど）だから50番コアのモノである。なんてな。

尚、ロクコは俺の代わりにゴブリンと部屋に待機。マップ対策だ。受付もいったん閉じてもらった。最後にまとめてまた一斉に、ということができるようにな。

そんなわけで、俺は皆の戦いを見届けるべく堂々とネルネに抱えられ、こっそり50番コアの所に舞い戻ったのである。50番コアは俺が居ないことで盛大に肩透かしを食わされつつ、しかも疑心暗鬼に陥ってくれたようだ。実際、50番コアの言う通り俺はここに居るし企《たくら》みもある。大正解だ。しかしここでネルネが賞品《俺》を差し出してみせた。

「50番様ー。ここに居る、私以外の全員を倒したらー、こちらは50番様のものー……だそうですよー？」

50番コアの目の色が変わった気がした。やはり、『父』のオリハルコンの武具の魅力は、武人である50番コアには抗《あらが》いがたいのだろう。

で、魔王流や催眠術（魅了）を使っての正攻法だが、やはり50番は強かった。強すぎた。途中からは「そういえば別に攻撃してもよいのでは？」という事実に気が付いてしまい、もはや勝ち目がなくなってしまった。ワタルなんてあんな壊れたスピーカーのように「倒す」しか言えない何かになってまで頑張ったというのにガッデム。やはり不意打ちしかない。不意打ちこそ正義。勝てばよかろうなのだ。

そうして俺はアイディ達を一蹴した50番コアの——まず分身に手渡され、軽く調べられて、それから本体の手に渡った。疑っていたようだが、甘かったな。

「おお……素晴らしい輝き……！」

この時点で既に俺は、【ピットフォール】の魔力杭を50番コアの手に刺した。正確には出してたところに刺さりに来たので、あまり苦労せず刺すことができた。

「我輩、『父』の剣を守護《まも》ったのである！　勝った、我輩の勝ちなのである‼」

勝ちを確信した瞬間こそが最大の隙である。本で読んだ。

ということで、俺は完全に死角である手の平に【ピットフォール】で穴を開け、そこから【ストーンパイル】で頭を殴らせてもらった。結果は成功。穴を開けた理由は他にも、手のひらに当てただけだとこれは『手で受けただけ』と言い訳される可能性があるからでもある。

いやぁ、よかった。これが出来なかったら、もう最後の最後、皆で一斉に襲い掛かるのに紛れて【ピットフォール】で地下トンネルを掘り、地下から【ストーンパイル】で奇襲するくらいしか手が残ってなかったからな！

あ、最悪「あれ、でも開始時刻はともかく終了時刻決めてませんでしたよね。まだ終わりませんよ？」とか言って引き続きお祭りを続行、大武闘大会上位レベルの強者が来るまでひたすら粘るという作戦もあったけど。ははははは。ふぅ。

かくして、50番コアに見事3発攻撃を与え、俺達の勝利で祭りは終了することとなった。

……お疲れ様でした！

＊＊＊

俺の首から首輪がとれて、客人という扱いになった。まぁ、【超変身】でホイホイ外れてたけど、50番コアに一撃を入れられた時点で俺の事を解放すると奴隷にした当初から決めていたらしい。魔国の人って案外優しいんだなぁ、という素朴な感想を抱く今日この頃だ。

そんなわけで、祭りの翌日。50番コアの館で反省会というか、会合というか、まぁそんな感じの昼食会をする事になった。

ネルネとセバスは給仕として控えているが、他の全員にステーキウドンが出てきた。564番コアにもである。しかもステーキもウドンもおかわり自由だそうな。……どうやら、ちょいちょい出ていたステーキウドンはお褒めの証《あかし》だったようだ。気付かなかった。

「完敗なのである」

かくして俺は、50番コアから『神のパジャマ』を受け取ることができた。「ほれ受け取れ」と無造作にぽいっと投げ渡されたので何かと思ったが。こういうのはもっとこう、なんというか、ええ……まぁいいけど。

「此度《こたび》の戦い、よもや我輩が精神的にもここまで追い詰められるとは思わなかったのである。己《おの》が未熟を体感できた、感謝するのである」

「はは、ありがたき幸せ」

俺がそう言うと、50番コアは「うむ」と頷《うなず》いて兜《かぶと》を外す。人化した顔があり、ステーキ1枚をナイフでぐさりと刺して持ち上げ、豪快にかぶりついた。

「おじ様？　もっと上品に食べた方が良いと思うわ。ソースが飛び散るじゃないの」

「むぅ……この喰《く》い方が一番うまいのであるが」

赤身肉の塊をガッツリと食べるのは確かにおいしいと思うけど、噛《か》み切れないと喉に詰まりそうだなぁ。

「そういえばケーマさんって結局どうやって50番さんに一撃入れたんですか？　僕ら気絶してて知らないんですけど」

「秘密だ。そのうちお前と戦う時に実際やって教える事になるかもしれないからな」

「いや、僕がケーマさんと戦うなんて事……あ、今度やりましょう」

やらないよ？　やる理由が無いよ。

「詳しくは言えんのであるが、頭にガツンと良い一撃を貰ってしまったのである」

「頭に！　へぇ、やるわね。セバス、どういう手を使ったと思う？」

「分からん。魔王流ではないだろうけどな。そこのメイドは見ていただろうが」

「ワタルさんー、パンいかがですー？　お安くしておきますよー」

話を振られかけたネルネは、露骨に話をそらして【収納】からパンを取り出した。

「ありがとうございますネルネさん。丁度ステーキだしパンで食べたいと思ってたんですよ。……うん、美味《おい》しい」

ワタルはネルネからパンを受け取り、ステーキと合わせて食べている。さりげなくお金とられてるんだけどいいの？　いいのかなぁ。

「ケーマ、あーん」

ロクコが半分に切ったステーキを俺に差し出してくる。

「……1人で食えるよ？」

「いいじゃないの、あーん」

「せめてもう少し小さく切ってくれないかな」

ニクはそんな俺とロクコを見つつ、ひたすらにもぎゅもぎゅと山盛りのお肉を食べていた。尻尾が幸せそうに揺れていた。


尚《なお》、564番コアは妙に静かだなと思ったら、いつの間にか居なくなっていた。ただ、メールで『50番様との会食中だったのに、ミカンに呼ばれたのである！（泣）』とあったので何が起きたかは判明している。何気にメール機能を使いこなせてるじゃないか、564番。ちなみに呼ばれた理由はアイドル防衛イベントの準備らしい。


ご飯を食べたのち、50番コアが「腹ごなしに一戦するか？」と言ってきたので丁重にお断りしつつ、俺はロクコと買い物に行ったりした。アイディとセバスはワタルと報酬の模擬戦をしていたので別行動である。

「ネルネもあっちに行くとはなぁ」

「いいじゃないの。ああ見えて仲が良好ってことでしょ？」

ニクを護衛としてすっかり忘れていたお土産等を買いに行く。

「おお！　特級奴隷の人！　昨日は楽しかったなぁ、これ持ってけ！」

「50番様に1発当てた男！　なぁなぁ決闘しようぜ！」

「よぉケーマ、隣の別嬪《べっぴん》さんは前に言ってた心に決めた女？」

色々物を貰《もら》ったり、絡まれたり、揶揄《からか》われたりしつつ、50番コアの町を堪能する。住人がモンスター寄りな事と、戦闘大好きな点を除けば、まぁ帝国とそんな変わらないんだよなぁ、と思う。……帝国の町も、案外人に擬態したモンスターが多いかもな。なにせトップがダンジョンコアだから。要人もその配下だし。


そして、夜。お休みの時間。

客人扱いになったので俺の部屋は個室の客間に移動している。ちょっと上等な部屋だがあんまり変わらない感じ。そもそもオフトン持ち込みだし。

で、ついに手に入れた『神のパジャマ』。今日は早速こいつを使って寝たいと思う。俺はウキウキ気分で『神のパジャマ』を取り出して着替えた。……おお、なんというか、着心地が……何も着てないと錯覚しそうになるくらい身体《からだ》を動かしても違和感がない。関節の動きを一切阻害しないとかコレ服として多分最高級なのでは？

ん？　あ、見た目がいつものジャージになってるぞこれ。へぇ、見た目はお気に入りの寝間着に変わる感じなのかな？　さすが神パジャマ。

「ケーマ、入るわよ」

と、ここでロクコが『神の毛布』を手に入ってきた。来たか、まってた。パジャマは50

番コアから正式に譲渡されたのでちゃんと使えるはず……だが、『神の毛布』と併せて使えば仮に天罰が落ちても大丈夫、きっと。おそらく。神の力で？　という企みだった。

まぁ着替えるとこ見せるわけにもいかないからもう着ちゃったんだけども。

「ケーマ、それが神のパジャマなの？　なんかいつも着てるジャージに見えるんだけど」

「ああ。外見は勝手にお気に入りの寝間着に変化するらしい」

「へー！　面白そう。ケーマ、私も着てみたいんだけど！」

「まて、ロクコ。お前の前で着替えろと？　そして俺の前で着替える気？」

「あっ、そうね。夫婦といえどそこはちゃんとしとかないとね。ケーマ？」

だから夫婦じゃないって……と、ロクコも冗談で言っているのだろう。くすくすと笑っている。そして、ふいに少し寂しそうな顔をした。

「ねぇケーマ。……私、楽しみにしてたのよ？　魔国で、ケーマと1ヶ月、一緒に遊べるって。なのにケーマったらずーっと、ずーーーーっと！　50番コアのお仕事ばかりで私とは全然だったじゃない」

「……あー、そりゃ、すまん？」

ん？　でも最初の1週間を除いて、昼間とかかなりロクコと会ってた気もするな？　しかもここ1週間に至っては郊外で魔法の特訓で毎日お昼寝（気絶）だってしてたような記憶もあるような……

「新婚旅行って、ずっと一緒に居れるものだと思ってたのに……村に居た時の方が一緒に居れるじゃないの。ケーマが『神のパジャマ』が欲しいっていうから、仕方ないけれど」

「……それはまぁ、その。申し訳ない？……って、新婚旅行じゃないからな!?」

「似たようなもんよ」

ロクコはむすっと頬を膨らませる。

「……本当に、期待してたのよ？　だって、ケーマはお姉様が怖いんだものね。お姉様の目が届かない魔国なら、って」

そんなこと考えてたのかロクコ。……いやその。確かに俺、だいぶ不甲斐《ふがい》ないけども。

「だから、今くらい夫婦で良いじゃない……今だけよ。いいでしょケーマ？……少なくとも私、この留学ではケーマの奥様をしっかりやるつもりだったのよ？　悪い？」

そう言ってツンとするロクコ。だがその頬は、赤らんでいた。

「悪かないさ。……あー、その。うん……まぁ、俺も、ロクコが妻だと嬉《うれ》しいし」

「知ってる」

「そうか。知ってたか」

ふふ、と控えめに笑うロクコ。

「ダンジョンの領域内だったら、ハクさんにバレないんじゃないか……？」

「……いいの？　そんなこと言われると、帰ってから夫婦っぽいことしたくなっちゃうわ」

「まぁ、その。バレない程度になら」

俺が気恥ずかしさに目をそらしつつそう言うと、ロクコがぽふっと俺の胸に顔をうずめてきた。

「あああ……もぉー……」

「ロクコ？」

「そういうこと、言うからぁ……もぅ……」

言いながら、何故《なぜ》か『神の掛布団』を取り出すロクコ。うん？　今日使うのは『神の毛布』だったはずでは？

「……掛布団と毛布を両方使えば、万全でしょ？」

「あ、そうだな。パジャマがダメだったとしても2対1で掛布団と毛布が勝てるよな」

「うん。だから、安心して寝ましょう？　さ、早く。ケーマ」

ぐいぐいと押されて、オフトンに向かう俺。急《せ》かされつつ横になると、ロクコが当然のように添い寝してくる。う、うん、妻なので？　文句はないよな。

「子守歌歌ってあげましょうか？　魔国のやつ、教えてもらったの」

「ああ、その、……うん、それじゃ頼もう、かな？」

「うん……～♪」

ロクコが俺のすぐ隣で、かすれるようなウィスパーボイスでメロディーを紡ぐ。

翻訳機能が働いていないのか、何と歌っているのかは分からない。が、ゆったりと波のようなテンポで、眠気を誘うメロディー。

ロクコの可愛《かわい》らしい歌声に誘われ、俺は眠りに落ちた。

起きると、もう朝だった。そして、ロクコを抱き枕のように抱きしめていた。

「ぐっすり寝たなぁ……」

「ん……おはようケーマ」

腕の中でもぞもぞと身じろぎするロクコ。にへ、と寝ぼけ眼で笑う。

「……もう、魔国にいるのも終わりね。ケーマの目的も果たしたし。留学期間もいっぱいいっぱいだし」

「……そうだな」

俺が【収納】に入れられ消えた分の時間もあったらしい。終わってみれば、長いようで短い1ヶ月だった。

「しかし神のパジャマの効果が結局分からなかったな……あ」

ふと思い出したが、『父』に直接聞いてみれば確実に分かることだった。と、俺はメニューを開く。メール機能の出番だ。と、……そこには既に『父』からの手紙《メール》が届いていた。いつの間に。昨日の昼以降なのは確実だけども。

えーっと、『ケーマ君、パジャマを手に入れたみたいだね！　あとロクコとの進展があったご祝儀ってことで、特別にパジャマの効果も教えてあげるね！』……え、見てんの？　で、そこに書かれているパジャマの効果だが――

神のパジャマ。これは他の寝具にもある『回復』と『着心地がすごく良い』という他に、

『寝ている間に攻撃されたら自動で反撃をする』という効果を持つ神具だった。……俺も布の服ゴーレムに似た機能を付けた覚えがある、少し親近感。

でもこれ『父』的には微妙に失敗した点があるらしい。

これ、『神のパジャマ』の他に『神の毛布』を同時に使った場合、毛布の『外部からの攻撃無効』の方が優先されるようで、基本的に発動しない効果になってしまうらしい。毛布の内部で攻撃された場合は一応有効だが。

「……あー、それで私こうしてほぼ動けないことになってるのね……？」

「え、寝てる間に攻撃でもしたの？」

「ほっぺたつついたら抱き付きで返されただけよ。動けないから二度寝したわ」

なんという自動反撃。そういうシステムなわけね、なるほどなぁ。

……ん？　ということは、このパジャマって『同衾《どうきん》した相手から攻撃された時に対応するための寝具』ってことになるな？　そして神の寝具は創造神のために『父』が作った。

つまり、創造神はお布団に連れ込んだ相手から攻撃される恐れがあった説……!?

「……浮気……いや、暗殺者でも相手にしてたのかね、創造神様は」

「何の話？　ケーマ」

「いやなんでもない」

本当になんでもないしどうでも良かった。


そうして、いよいよ帝国に帰る時間になった。

「なんだかんだお世話になりました」

「うむ。また来るが良いのである。次も祭りをするであるか？　となれば今からしっかり鍛えておかねばならないのであるな」

50番コアはそう言ってすぐ鍛錬に行った。あの方向は上級奴隷達《たち》の訓練場だな。……情緒？　そんなものを魔国で求めてはいけない。なぜなら魔国だから。だって魔国だもの。

50番コア本人が挨拶をしに来てくれただけでも上等だろう。

ただ、エルフのメイドさんはしっかり頭を下げて見送ってくれたとだけ。


魔都へ向かう馬車の中、ワタルがふと思い出したかのように言う。

「そういえば僕、帝国に戻ったら晴れて普通の勇者に戻るんですよね」

「おおそうか。そうだな、おめでとうワタル」

「あはは、ありがとうございますケーマさん」

そう。今はまだ魔国なので大人の事情で奴隷ということになっているが、既にワタルの借金は無い。つまり、これからはワタルも自由だ――と、そこにネルネがポンっと肩を叩《たた》いた。

「おめでとうございますワタルさんー」

「はい。ありがとうございますネルネさん」

にっこりと笑顔のネルネ。ワタルとしては、ネルネに会いに行く口実がなくなるような気もしなくもないが、まぁ今後はまた別の口実を作ればいいだろう。

「そしてー、同時にー？　私とずっと一緒にいたのでー……その分の料金が発生ですねー。1時間につき金貨5枚ー、ですよー？」

「えっ？」

「きっちり払ってくださいねー？」

あっ……そういえば魔国でワタルに会った時そんなことを言ったような気がする。まさかそれを覚えててずっと数えてたのかネルネ。

「へ!?　え、あ、そ、そういえばケーマさんが、あ、あれ本気だったんですか!?」

「1日あたり16時間ー、25日としましてー。400時間ですねー？」

400時間×金貨5枚＝金貨2000枚。わぁ、キリが良い。というか、1日の起きてる間ほぼずっと一緒に居たくらいの時間じゃないかそれ。

「……えっ。……ええっ!?」

これには思わずワタルもネルネを二度見する。

「私ー、ずっとー、一緒に居ましたよねー？　50番様とのー決戦の時もー？」

「……そ、そうですね？」

「払ってくれますよねー？」

さすがに好きな女の子といえど金貨2000枚（推定20億円相当）もの請求を突き付けてくるとかドン引きだよ。え、本気？

「今まで通りー、月に金貨100枚ー、……私のところへー、届けてくれますかー？」

ちらり、と上目遣いでワタルに迫るネルネ。その頬は、少し赤らんで見え――

「……また、膝枕してあげますよー？」

――耳元で囁《ささや》いたその一言。

「ッ、い、いいでしょう！　分かりましたっ、分かりましたともっ！　これでも勇者ですからねッ！　払います！　払いますよ！　払ってみせますよぅ！」

「お、おいワタル？　さすがにこれは俺も少し気が引けるんだが」

「大丈夫ですケーマさん。てか、今までと大して変わらないです……額は増えたけど……あー！　魔国は良い休暇になったなぁ！　かわいいメイドさんも一緒に居たし!!」

ワタルがやけっぱちにそう言う。

「よくぞ言いましたー。ではー、ご褒美ですよー？」

「えっ？」

揺れる馬車の中、ネルネがワタルの頭を摑《つか》んでちゅっと頬にキスをした。……おうワタル、顔が真っ赤になったぞ？「やるわねネルネ……恐ろしい子！」とロクコも驚きだ。

「あ、えと……」

「……どうかしましたかー？」

にこっと、いつも通りの笑みを浮かべるネルネ。

「……僕、頑張って稼ぎますね！」

「はいー。あー、お土産も楽しみにしてますよー？」

えっと。前向きにやる気になってくれたようで何よりだよ？　あとワタルの女の趣味、うちの子ながらどうかと思うけどそれは口に出さないでおく。というか、本当に【超幸運】の持ち主なのか疑わしくなってきたな……いや、好きな人とずっと一緒というプライスレスの方が優先されたのか……？

そんなわけでワタルは奴隷勇者から借金勇者へ返り咲くことになった。……普通の勇者に戻るのは、20ヶ月後か。3年ちょいだな、頑張れ？

で、そんな一幕もあったがアイディに魔都まで馬車で送ってもらい、お迎えに来ていたハクさんと合流。来た時以上の慌ただしさで、帝国への帰還となった。……なったのだが。

「なんでアイディも一緒に来てるの？」

「あら？　言ってなかったかしら。交換留学、というやつよ」

そう。俺達の帰還に合わせ、アイディも付いてきたのである。なんということか。このまま帝国に留学するらしい。


帰りの馬車も、中にある椅子が4脚となり、俺、ロクコ、ハクさん、アイディの4人で四角く座っていた。尚《なお》、円卓である。無駄にスペースがデカく、殆《ほとん》ど揺れない皇族仕様の馬車なので、お茶もできるほどだ。実際今してる。

「それで、どうだったロクコちゃん。魔国は」

ミスリル製でうっかり落としても割れないティーセットで、ハクさんがお茶を飲みつつ尋ねる。

「うーん。あんまり楽しくなかったですね」

「あら？　私のおもてなし、足りなかったかしら。やっぱり肉布団……」

「そうじゃないわアイディ。だって、ケーマとあんまり一緒に居れなかったんだもの」

ああ、と頷《うなず》くアイディに、俺の事を少し笑みを浮かべつつも睨《にら》むハクさん。

「……で、ケーマさんはどうでした？」

「色々と驚きでしたね。特に、魔国の文化として、親しいと殺し合いに発展するとか、戦争が友好的な外交手段だと思っている点とかがもう根本的に帝国と違うなと。俺が言うのもなんですが異世界って感じましたね」

「………はい？」

ハクさんが目を見開いて驚いていた。

「666番。戦争が友好的な外交手段というのは……本当ですか？」

「？　何を聞かれているのかよく分からないのだけれど」

ハクさんに確認されたアイディがきょとんとした顔で首をかしげる。

「ですよね、まったく。驚かさないでくださいケーマさん」

「ええ。そんなの子供でも分かる当然の事よ、戦争が友好でなければ何だというの」

ハクさんが二度見した。


「……どういう理屈ですかそれは。戦争は、その、攻撃ですよ？」

「？　ええ、攻撃よね。国と国の、決闘でしょう？」

「あー。ああー」

ロクコが「分かるけどなんて口を挟んだらいいか分からない」と妙な顔になる。

「ハクさん。言葉が同じでも、その、意味が違うんですよ。魔国では、仲が良いと決闘する文化があるので……好きだから戦う、嫌いなら無視する、って感じです」

「……つまり、魔国が帝国に頻繁に戦争を吹っ掛けてきているのは……まさか友好とでも思っているの？　帝国の使者が魔国で喧嘩《けんか》を吹っ掛けられるのも？」

「おそらく、そうでしょうね。むしろ手練《てだ》れを送り込むほど喧嘩を吹っ掛けられます」

再びアイディの顔を見るハクさん。アイディはニッコリと笑顔を返す。

「……ケーマさん、魔国文化について報告書を作成して提出しておいてください。私は頭が痛くなってきたので、馬車を移って少し休ませてもらいます」

「あ、はい」

そういや元々そういう名目で留学したんだったっけな、と思い出す。まさか500年来の付き合いがあるハクさんが知らなかったとは驚きだが、まぁその、俺も異世界じゃなかったらそうなると思う所だ。まったく、異文化交流って恐ろしい。

「？　あんなに爺《じじ》様と仲が良いのに、ハク様はご存じなかったのかしら？」

アイディが首をかしげ、俺とロクコは揃《そろ》って苦笑した。

ちなみに後で564番コアにメールで『本当はあの2人仲が良いのか？』と確認してみたところ、『いくら魔族でもそこを誤解してるのは666番コアくらいなもんであるぞ、一緒にするでないわ』との事だったので、2人の仲が険悪なのは間違いないようだが。

ともあれ、俺達は無事生きて魔国への留学を終えることができたのだった。

元魔王派閥のバフォメット型ダンジョンコア、５６４番コア。彼は魔王派閥を追放され、なんと敵対派閥である裏切者派閥の末端となっていた。あまつさえ、強さの欠片《かけら》も見られないウサギ型ダンジョンコア、ミカン《６２９番》のスレイブコアとして、いつでも好きな時に呼び出される便利な存在と化していた。

「いやー、最初はどうかと思ったけど、５６４番は良く働くしデュアルコアして正解だったきゅね！」

「ぐ、ぐ、ぐぬぬぬ……なんたる屈辱……ッ！」

魔国の価値観的に、上に立つものが自分より弱く小さな存在だと不満しか出ない。『父』の言いつけを破りなんどミカンに反旗を翻そうとしたか。しかしそのたびに制圧される。ミカンがマスターコア《上位存在》と設定されているため攻撃をしようとしても体が勝手に止まるし、ミカンの命令に従わなければ雷撃魔法を体内に流し込まれたかのような激痛が走る。

「はやくこっちに引っ越してくればいいのにー」

「阿呆《あほう》！　貴様らにやられてこちらはＤＰ《ダンジョンポイント》がすっからかんなのである！　魔国の領地も没収され、今や日に入る収入はたったの５００Ｐ！　それも引っ越しの為《ため》にコツコツ貯蓄していて1日に使っていいのは100Pとかふざけているのであるか!?」

ダンジョンコアの移動には、多大な手間と時間がかかる。

具体的には、少しずつダンジョン領域を伸ばし、その上で本体のダンジョンコアを動かす必要がある。『父』の気まぐれでもなければ、ケーマのように飛び地でダンジョンを持っているなどということはあり得ないのだ。どうせなら引っ越しでもその気まぐれを適用してほしかったところであるが、まだまだ魔国や魔王派閥に未練のある564番コアがそれを提示されてもうじうじと文句を言っていたであろうことは想像に難くない。

「は？　1日100Pも使えて何が不満きゅか。いちごだってお腹《なか》壊すほど食べ放題じゃないきゅか！」

まぁそれはさておき、ケーマが手を入れる前のミカンと比べて1日当たり100Pも使えるのは贅沢《ぜいたく》生活以外の何物でもない。ミカンはいまだにその価値観が抜けておらず、当然のように怒った。

「子供《600番台》の価値観を大人《500番台》に押し付けるでない！　ああもう、俺様、もう働かぬ！　なんで俺様が畑を耕さねばならんのだ！　水やりだって貴様らがやれば良かろう!?　貴様らが食べる食事ぐらい自分のＤＰで出せ!!」

「ケーマから貰《もら》ったニンジンは畑で増やさないと増えないんきゅよ！　これ、最高級ニンジンとして結構良く売れるんきゅよねぇ。アイドルグッズ並みに」

ちなみに魔国の農業的にはスケルトンに作業させるという手法があるのだが、564番コアはそのあたりさっぱり無視して享楽にふける生活をしていたため知らなかった。その分、元564番コアの領地は歓楽街として有名である。

「けどまー、そこまで言うならしばらく休暇をあげてもいいきゅよ。ボクはケーマに倣ってオフトン教だし、お休みは大事きゅよね」

「！　そ、その言葉、嘘《うそ》ではなかろうな!?　俺様、やりたいことがあるのだ！」

「なんきゅか、凄《すご》い食いつききゅね？　そんなに働かせてたきゅか……」

こうして564番コアは休みをとり付け、魔国のダンジョン領域に送り返してもらった。

「くっくっく、今からならまだ間に合うのである！」

564番コアにはやりたいことがあった。それは、魔国の一大イベント、大武闘大会への出場である。魔王派閥のダンジョンコア、つまり魔族であれば自動的に大武闘大会へのエントリーがされていたところであるのだが、564番は既に追放された身。当然そのエントリーは無い。が、抜け道が一つある。

数年に一度開催される、闘技大会。これの優勝者は、栄えある大武闘大会への出場権を得ることができるのだ！　無論その大会で優勝する必要はあるのだが、闘技大会は所詮大武闘大会の下位大会という位置付け。長年大武闘大会に出場し武を競っていた564番コアにとっては軽い準備運動であろう。

しかし残念ながら、その闘技大会もその地域予選大会から出る必要がある。予選大会で勝ち抜き、魔都の本戦で優勝して初めて大武闘大会への出場権を得られるわけだが……既に予選大会のエントリー期間は過ぎていた。大会期間的には闘技大会の予選大会が終わる頃合い。各地の予選を勝ち抜いた本戦出場者が魔都に集まってくる時期だ。

「だがしかし！　闘技大会には実は今からでも参加できる！　俺様に抜かりはないッ！」

本戦出場者は、予選を勝ち抜いた証《あかし》であるメダルを持って魔都に向かう。そしてこのメダルには『誰が優勝した』とかいうメモ等は一切付けられていない。メダルこそが予選大会優勝者の証。

つまり、優勝者からこのメダルを奪った場合、そいつがその者に代わって本戦に出場することができるのだ！

尚、これは大会のルールに『本戦出場者を襲撃した場合の取り決め』としてしっかり記載されている。予選を勝ち抜いたくせにその証を奪われる方が悪いという理論に基づいた正式な参加手段である。

予選優勝者は護衛を雇っても良いし、堂々と受けて立っても良い。無論、コソコソと隠れてコッソリ魔都まで向かうことも許されている。が、魔国の住人にそんな臆病者はいない。むしろ大乱戦を望むのがこの国の者だ。……予選大会自体の意味がないんじゃないかって？　誰が一番に襲撃される側になるかを争奪する意味があるじゃないか。

というわけで、一切逃げも隠れもしなかった近くの町の本戦出場者を襲撃し、564番コアはあっさりと闘技大会本戦への出場権を得ることに成功した。正体をバラすわけにはいかないので、魔王流を駆使する『名無しの剣士』ということで。

＊　＊　＊

そして、本戦で敗退した。

「う、うごご。まさか勇者ワタルが本戦に出場しているとは……」

闘技大会には帝国ゲスト枠として勇者ワタルが参戦していた。

ただし、564番コアが負けたのは勇者ワタルではない。ワタルと当たる前に当たったアスラ選手（身長3mで6腕を持つ、ジャイアントアラクノイド――ジャイアントとアラクノイドのハーフ――の弓剣士）に負けたのだ。弓と剣を自在に使い、実質3人と戦っているような気分であった……あれなら大武闘大会でも組み合わせ次第で3回戦出場くらい行けるかもしれない。

もっとも……そのアスラ選手も次戦でワタルに倒され、最終的に闘技大会はワタルの優勝で終わった。

「だが俺様がアスラを消耗させていなければどちらが勝つか分からなかった。つまり実質俺様とアスラの戦いが決勝戦であったな！　はっはっは……はぁ」

尚《なお》、本戦における各戦の勝者は、大魔王の威信にかけて消耗を徹底的に癒され、万全の状態で次戦へ挑む。アスラ選手とワタルの名誉の為、間違いなく万全の状態での戦いであったと回復担当術師が保証するところだ。

「……完璧な変装であったが故に、俺様が大武闘大会にも出場できずに負けたということがバレなかったのが不幸中の幸いであったな」

こうして５６４番コアの大武闘大会へのこっそり参戦の道は終わった。

……大武闘大会へ参加する予定だったので、まだちょっと残ってる休暇は、ふて寝して過ごすことにした。

「はぁー。このまま旅にでも出てしまおうか……」

大武闘大会が終わり、しかし50番コアはいまだにふて寝していた。ミカンはミカンで今ちょっと忙しいらしく、もうしばらく休んでていい旨の連絡を貰っている。

忙しいなら手伝いが欲しいのではないかと思うところなのだが、「そういう忙しさじゃなくて……」と言葉を濁された。単純に564番コアがあちらに居るのがまずいという空気であった。

＊　＊　＊

それからなんやかんやあって、564番コアはケーマに呼び出された。魔国に居たのであれば呼んでくれれば歩いて行けただろうに、わざわざダンジョンバトルをして勝敗を適当に誤魔化し、564番コアを手伝いとして手元に呼びつけたのだ。

「ほう、俺様の力を借りたいのか。——だが断る、と言ったら？」

「ミカン、命令してやって」

『564番、従うきゅよー』

雷撃魔法を体内に流し込まれたかのような激痛が走りのたうち回る564番コア。

「ぬががががが！　わかった、わかったのである！　で、俺様は何をすればいいのであるか？」

しかしその内容は、なんと魔国民の憧れ、50番コアとの戦いに助力しろという、願ってもない話であった。

「え？　50番様と決闘であるか!?　俺様、実は50番様の大ファンでな、実はこの喋《しゃべ》り方も50番様に憧れて——」

「ああ、その話長くなるならしなくていい」

そうして、50番コアに一撃を入れるための作戦が伝授された。

「俺が【収納】から出したらこの木剣で思いっきり50番コアを叩《たた》いて欲しいんだ」

「は？　俺様、自前の魔剣があるのだが？」

自分の剣を使わせろと口答えしようとしたら有無を言わさず【収納】を開くケーマ。そしてそこに突っ込まれる５６４番コア。

「え、あ、ちょ、【収納】って入れるもんなのであるか？　俺様初耳……」

突っ込まれた先は、真夜中の洞窟で目を閉じても尚足りないほどの暗闇であった。

——……なんも見えないのである！——

と、叫んだはずが、声が聞こえない。なんだこれは。

——おい！　ここから出すのである!?——

叫ぶが自分ですら声が聞こえない。恐らく、【収納】の外にも声は届かないのだろう。であれば、ケーマが５６４番コアを引っ張り出すまでずっとここに居ろという事か。なんたる鬼畜。……少し怖くなってきた。トイレなどの生理現象はコアなのでどうにでもなるし、激しい運動さえしなければ空気が無くても呼吸に問題はない。死ぬことはない、と自分に言い聞かせる。

……こんなことならもっと真面目に魔王流にとりくんで、無呼吸の技術や恐怖心を消す技術にしっかり習熟しておけばよかった、と564番コアは若干の後悔を覚えた。

とりあえず手足の感覚はあるので手探りで周囲を探ってみる……かつん、と何かに手が触れる。おやこれは？　とまさぐると、それは渡されたのとは別の木剣だった。おそらく予備であろう。まだ何本か置いてある事を確認し、折角なので1本右手に持っておくことにした。ちなみに564番コアは左利きである。

ぐみゅ、と何かを踏む。パンのようだ。……匂いは分からないが、触感はそんな感じ。試しに齧《かじ》ってみると、香ばしい小麦の味がした。焼き立てのようだ。

丸い置物があった。撫《な》でてみると覚えがある感じだった。ダミーコアのようである。それも2つ。ダンジョンではなくなぜこんなところにダミーコアを置いているのだろうか？　もしかしたらダミーコアの中に入れたりしないだろうかとぐりぐり右手を押し付けてみると、手に持っていた木剣がぎゅんっと吸い込まれた。手の中から消えた木剣。おやおやこれはどういうことなのだろう？　ともあれ、木剣はまだあったので、あまり気にしないことにした。ダミーコアの中に入り込んだのだろう。

少し楽しくなってきた５６４番コアは、さらに探索を――ざくっ。

――ひぎぃ!?　何か刺さったのである、痛いのである!?――

何か鋭利な刃物に触れてしまったらしい。危うく指が切り落とされるところだった。そしてやはり泣き叫んでも声が聞こえない。どうやらここには危険物も混じっているようなので、５６４番コアは探索をあきらめた。

大人しく、安全そうな場所でちょこんと座る５６４番コア。体感的に多分入ってきた場所に戻ってきた、と思う。そもそもあまり広くない。横になって寝ると危険物にぶつかりまくる。

そうこうしているうちに、時間の感覚が怪しくなってきた。光もない、音もない。匂いもない。触感と味はあるので、ダミーコアを撫でたり、パンをもぐもぐと噛《か》み締めて味を感じていたりした。

＊　＊　＊

他にすることが無いので、ひたすら50番コアに一撃を入れるイメージトレーニングをする。こうきていたら、こう。ああきていたら、こう。暗くて狭くて音のない空間の中、感覚が研ぎ澄まされていく気がする。そう、まるで鼻の奥に何かこみあげてくるような。

――って、泣いてない！　俺様、泣いてないのである！――

既に時間の感覚が怪しい。入れられてからまだ1時間経《た》っていないようにも感じるし、もう1年経ったようにも感じる。前者でも後者でも最悪だ。

まだ1時間なら、これがあと70倍続くことになるだろうし、もう1年なら564番コアは忘れられ、このままこの暗い空間の中で永遠の時を過ごすことになってしまう。

できればもう丁度そろそろ3日目だと嬉《うれ》しいのであるが。


と、その時空間に光が差した。ずるんと引っ張られる感覚――時が来た。564番コアは万感の思いを胸に、勢いよく立ち上がった。

久々の光に目が痛む。とにかく剣を突き出す、可能な限り早く。ガキン。

手ごたえに目を見開くと、左手に握った木剣が、50番コアの右足に当たっていた。

「ぬぉおおおおん！　見たかケーマよ！　俺様やったのであーーーーっるぅ！」

564番の咆哮《ほうこう》が、ダンジョンに響き渡った。

かくして、564番コアは50番コアに一撃を入れるという大戦果を上げた。

どうだ、俺様の働きを見たか。と、ケーマを見ると、ケーマもあっけにとられた顔をしていた。

「ちょ、なんで貴様も驚いているであるか!?　貴様、まさか俺様の事忘れていたのではあるまいな!?」

その後、活躍を存分に褒め称《たた》えられたので許した。

で。そのあとは特にめぼしい活躍はできず、しかしそれでも50番コアに一撃を入れた3人のうちの1人ということで、追放者ではあるものの50番コアからお褒めの言葉を頂き、昼食会にも参加させてもらえることになった。

「久しぶりのステーキウドンなのである！　しかもフレイムヒドラ肉！　俺様、これが大好物であるぞ、力が湧いてくるのである！」

魔国の皆が大好き、肉とウドン。しかもおかわり自由、好きなだけ食べてよいとのお達しである。

「腹がはち切れる程に食べまくるのである！　はぐはぐ、はもっはもっ……おかわり！　おかわりを所望するのであ――」

突如変わる視界。

そして、気が付けば目の前に見慣れたオレンジ色のもふもふが居た。

「おっ、来たきゅね。まったくもー、昨日のうちにケーマの仕事は終わってるって話だったのに、いつまでサボってるきゅかー。まー、ようやく564番のお仕事きゅよー?」

かしこい564番コアは、一瞬で何が起きたかを把握した。

「——俺様のステーキウドンーーーー!?」

564番コアの慟哭《どうこく》が、ウサギの楽園に木霊《こだま》した。……のちに、防衛イベントの常連強敵が爆誕した時の産声であったとされる、魂の叫びであった。

◆ＥＸエピソード／ネルネの催眠術

50番コアに一撃入れるため、俺はある程度策を練ってはいたものの、当然正攻法で真正面から攻め落とすという案も考えていた。もちろんこれはできるだけ温存したい策ではあるものの、用意しておくとしておかないでは大違いである。

そして、直接戦闘を行う場合に心を読まれないように対策する必要がある。アイディとセバス、それとニクについては魔王流『無心』を使ってもらうとして、ワタルについては今から魔王流を覚えてもらうには時間が足らないし、ワタルもそういう手段は持っていなかった。

「と、いうわけで、ワタル。催眠術をかけようと思うんだが、協力してくれ」

「催眠術ですか？」

要するに心が読めなければいいのだから、暴走させてしまえばいいのだ。任意のタイミングで暴走状態になれれば、まぁ、たぶん心も読まれないだろう。

「僕、催眠術とか、かかる気がしないんですけど」

「大丈夫、オフトン教は眠りのプロフェッショナル。ワタルに協力してくれる気があるなら絶対に催眠をかけてやることができる」

「それならまぁ、いいですよ。ケーマさんがかけてくれるんですか？　教祖ですし」

「絶対に嫌だね」

もちろん催眠術にはサキュバスの指輪、コサキを用いての【魅了】を使う。サキュバスの魅了は記憶操作すらもできる優れもの。……だが、サキュマちゃん形態は色々と強すぎて、今後のワタルとの関係に悪影響を及ぼす可能性がある。元スラムの犯罪者集団達《たち》が男状態の俺を見てサキュマちゃんと見抜いた実績を俺は忘れない。


「じゃあどなたが催眠術をかけてくれるんですか？」

「ネルネだよ。どうせ催眠術をかけられるならネルネの方が良いだろ？」

「そうですね、選べるならネルネさんでお願いします」

素直な勇者は好きだよ。というわけで、今回はネルネにサキュバス化してもらうことになった。

尚《なお》、以前ネルネはごく短時間しかサキュバス化できなかったわけだが、なんと今回改めて試してみたら変身可能時間がぐーんと伸びていた。ネルネ曰《いわ》く、『えっちな娘《こ》になってみましたー』とのことだ。（コサキ曰く『なんか違う、違うけど前よりマシ』なので問題はないだろう……詳細は聞かなかったけど）

「おーいネルネ。いいぞ入ってきてくれ」

「はーいー」

と、ネルネはサキュバスの指輪を付けたまま、いつものメイド服で入ってくる。まだサキュバス化はしていない。と、ここで注意点を思い出す。

「ワタル。精神系に作用する魔道具とかあったら外しといてくれ。さすがにそういうの付けてたら失敗するから」

「あ、確かにハクさんから預かった強心のブレスレットとか着けてますね」

ワタルはそう言ってカチャリと手首からブレスレットを外し、【収納】に仕舞う。勇者が魅了されて寝返ったら大変なことになる、当然そのあたりの対策はしているらしい。

「そうだケーマさん、折角なので、催眠術で人間の持つリミッターを解除するってヤツやってみたいです。できますか？」

「え？　まぁできなくはないけど」

確か人間の身体《からだ》は自分が壊れないようにリミッターをかけている、と言うやつか。

「じゃあ、合図で、２段階に分けるってのはどうだ。１つ目は今回の目的の、何も考えずに目の前の敵を倒すだけの暴走モード。２つ目はお望みの、リミッター解除モードだ」

「『リミッター解除！』とか言うと発動するわけですか！　カッコいいですね、採用！」

「暴走状態にするのは『バーサク発動』だな。危ないから気絶するかネルネにストップをかけられたら戻るようにしておこう」

「おお、そんな細かい調整もできるんですか」

できるのだ。以前ニクに協力してもらい、犯罪者に催眠をかけ色々試したから分かる。

「リミッターを戻すのは『状況終了』にしましょう」

ワタル、ノリノリだな。


「それじゃー、催眠術をかけますよー？　リラックスしてて一、こちらを見てくださいー。……あなたはだんだん眠くなーるー、眠くなーるー」

そう言って、椅子にもたれて座るワタルにネルネはオフトン教聖印をゆらゆらと揺らして見せる。元々5円玉をモチーフにしているだけあって実によく似合う。ネルネの間延びした声も、まるで催眠音波のようにしっとりと身体に馴染《なじ》む……おっと、寝かけてた。まだサキュバス化していないというのに何という破壊力だ。

「『憑依《ひょうい》』」

と、ワタルがウトウトしてきたところでネルネがサキュバス化した。……おっと、俺はあらかじめロクコから強心のブレスレット（神）を借りているので魅了されないぞ。

「ね、ねねね、ネルネさん……、なんか、は、肌の露出が……？」

「あらー？　催眠状態でー、幻覚が見えてるんでしょうかー？……私がー、どんな格好をしているように見えるんですかー？」

「そそその、す、すごく……えっちです……はっ、ケーマさん、見ちゃダメです！」

慌てるワタル。

「何言ってんだ、俺には普通に見えてるぞ。ワタル、さっそく催眠術効いてるな？」

「そ、そうなんですか!?　これが催眠術……!?　催眠術しゅごい……」

普通に肌の露出の多いサキュネルネが見えるだけだ。嘘《うそ》は言ってない。

「そーですかー、ワタルさんはー、私にエッチな恰好《かっこう》をさせたいんですねー？　いいですよー？　うふふー……」

ワタルに迫るサキュネルネ。魅了状態に堕《お》とすための誘惑の段階に入ったようだ。クイーン級のサキュマちゃんなら強引に魅了もできるが、ネルネは通常サキュバスレベルらしいから必要なんだろうな。

「おへそが好きなんですかー？　触ってみますー？　ほらー、いいんですよー？」

「は、はわ、はわわわ……！」

もっとも、元々ワタルはネルネを好いてるから破壊力はお察しといったところか。顔が真っ赤である。これもう堕ちてないか？

「ネルネ」

「はいー。……ワタルさんー、私ー、お願いがあるんですよー」

「え、あ、はい、何でしょうか？」

「のうみそー、リミッター、外した所がー……見たいんですけどー？」

「えう、そ、それは……で、できるなら僕もお見せしたいところですが」

しどろもどろになりながらも『できない』と否定するワタル。うーん、魅了が足りてない証拠だ。掛かってたらそんなことは言わない、俺はサキュマちゃんで知ってるから詳しいんだ。

「ネルネ。追加だ」

「はーいー。……どうしたらー、見せてくれますかー？　舐《な》めたりー、しますー？」

「なななな、舐めっ、舐めぇ!?」

身体をワタルにぴとりと密着させ、柔らかな女の子の身体を意識させる。触れるか触れないかの柔らかい手付きで、ワタルの身体を撫《な》でていくネルネ。

「くすぐられるのー、好きなんですねー？　いやらしーですー」

「あひっ!?」

耳元で囁《ささや》き声。

「……耳元で囁かれるのもなんですかー？　うふふー欲張りさんですねぇ……ふーっ」

「うわわわわ……っ」

耳に息を吹きかけられてびくんと身体を震わせた。……というか、俺はなんでワタルの痴態を観《み》なきゃならんのだ？　うーん、もうここはネルネに任せるか。

「ネルネ、後は任せても大丈夫か？」

「はいー、大丈夫ですよー？　コサキもいますしー」

「そうか。じゃあ任せた」

そう言って、俺は手を振るネルネに見送られて部屋から出た。ごゆっくりー。

＊　＊　＊

かくして、施術は完了した。

「お疲れワタル。どうだった催眠術は」

「……なんかあんまり覚えてないんですが、凄《すご》く、凄く力が湧いてきそうで……鼻血噴きそうです」

「ハンカチ用意しとこうか」

一応サキュバス周りの記憶を消したため、聖印でゆらゆらしてる辺りまでの記憶しかないはずだ。もっとも、ワタルの深層意識にはばっちり【魅了】によってバーサクとリミッター解除の技が仕込まれている。

「リミッター解除……ッ！　うわ、これ、何か凄いですね。本当に力が」

「あんまりやり過ぎると身体が壊れるからほどほどにな」

「状況終了ー、ですよー？」

ネルネが終了のキーワードを唱えると、ワタルはちゃんと元に戻ったようだ。

「あ、もうブレスレット付けても良いですか？」

「ん？　あー……」

そういえば、対魅了装備を後からつけた時に催眠術（魅了）が解けてしまう可能性があるのを忘れていた。一応確認するのにも丁度いいし、試してもらおう。

というわけで付けてもらって、比較的安全なリミッター解除の方を試してもらった。

……うん、ブレスレット付けた状態では発動しないが、外せばまた発動できるみたいだ。ちょっと参考になった。

「そんじゃ、アイディ相手にバーサクも性能を試してみようか。いきなりぶっつけ本番ってのも怖いし。【ヒーリング】あるから思いっきりやっていいぞ」

「分かりました！」

ついでにアイディに仲間になる報酬も払えて一石二鳥だね。

尚、こうして身に付けてもらったバーサクだが、本番ではあんまり役に立たなかったようである。残念、そんな日もあるさ！

あとがき

魔国編の13巻、皆様にお届けできました！……え？　Ｗｅｂ版と全然違うって？　うん出国したタイミングが違ったりついて行ったメンバーが違ったりすれば当然です。けど私もよくもまぁここまで変えたなと……今回は変更点少なくなるはずだったのに？　うん、書いてみるまで分からないもんですね？　と、今回は色々と忙しい中、校正さんやよう太様とあとついでに編集のＩさん、お疲れ様でした。そして、本を読んで下さった皆さまにもこの場を借りて御礼申し上げます。世界も大変な状況ですが、この本が少しでもいいのでいやしになってくれればと思います。……なるかなぁ、この内容で？　今回乱暴だし。

ちょうどいいので、Ｗｅｂ版には名前ありで出たものの書籍版では名前が消えた諸兄らのどうでもいい裏話をば。魔国には魔族という地位があるためにハンターは強くても貴族にはならなかったりする中、アルジャーロ・メノウェと苗字《みょうじ》付きの男が。名前の由来は全くおもしろみはなく「目の上にあるじゃろ」。ガイガンキン（外眼筋）のライバルで強さもいい具合に噛《か》ませ犬で。武器の魔槍《まそう》プロチューブは「目の上のタンコブ」から来ているのでした（プロチューブランス＝タンコブ）。本人の名前は消えたけど魔槍は残ったぞ。……誰も気づかなかっただろうけども、目の上のタンコブだから不可視化能力なんだ。うん、本当に誰も気にしてないだろうけどね？　だからこそ言いたかったの。

と、ガチでどうでもいい裏話は置いといて。今回は戦闘描写マシマシ巻となりました。なにせ魔国は戦闘が挨拶。とはいえ私は戦闘描写が苦手なのでとても大変でした。魔国でバトルしないわけがないのにここまで書き下ろし、延《ひ》いては戦闘シーンが増えることになろうとは……。

そして体を動かしまくって運動しているケーマ達《たち》とは裏腹に、今年のGWは実家にも帰らずごろごろと執筆とAI人工音声で歌を歌わせるくらいしかしない、ほぼオフトンの上から動かない生活だった私。体重が……いや、体重はそんなに変わってないんだけど、筋肉が脂肪に置き換わっていると思われる。なにせ1週間ぶりくらいにスーパーに出かけたらめっちゃ息切れしたもの。ケーマ君を見習ってウドンを食べて運動しなきゃ。そして気持ちよく寝るんだ。

ところで今このあとがきを書いている時点ではほぼ在宅勤務なんですが、こっから以前までの週5勤務な社会人生活にちゃんと戻れるのか凄《すご》く不安です。まぁ、ダンぼるを書くためにも働いて、「働きたくないパワー」こと『逃避力エネルギー』を貯《た》めねばな。

それではまた次巻でお会いしましょう。

鬼影スパナ

OVERLAP

絶対に働きたくないダンジョンマスターが惰眠をむさぼるまで 13

発　　行　2020年6月25日　初版第一刷発行

著　　者　鬼影スパナ

発 行 者　永田勝治

発 行 所　株式会社オーバーラップ
〒141-0031　東京都品川区西五反田 7-9-5

校正・DTP　株式会社鷗来堂

印刷・製本　大日本印刷株式会社

Printed in Japan　ISBN 978-4-86554-679-8 C0193

作品のご感想、ファンレターをお待ちしています

あて先：〒141-0031　東京都品川区西五反田 7-9-5 SGテラス 5階　オーバーラップ文庫編集部
「鬼影スパナ」先生係／「よう太」先生係

PC、スマホからWEBアンケートに答えてゲット!

★この書籍で使用しているイラストの『無料壁紙』
★さらに図書カード（1000円分）を毎月10名に抽選でプレゼント!

▶https://over-lap.co.jp/865546798
二次元バーコードまたはURLより本書へのアンケートにご協力ください。
オーバーラップ文庫公式HPのトップページからもアクセスいただけます。
※スマートフォンと PC からのアクセスにのみ対応しております。
※サイトへのアクセスや登録時に発生する通信費等はご負担ください。
※中学生以下の方は保護者の方の了承を得てから回答してください。